Aussen Marmor, innen Gips

Karl Corino

Aussen Marmor, innen Gips

Die Legenden des Stephan Hermlin

ECON

Die Deutsche Bibliothek – CIP-Einheitsaufnahme
Corino, Karl:
Aussen Marmor, innen Gips: die Legenden des Stephan Hermlin /
Karl Corino. – Düsseldorf : ECON, 1996
ISBN 3-430-11912-X

Lektorat: Krista Maria Schädlich
Gesetzt aus der Trump
Satz: ECON Verlag
Papier: Papierfabrik Schleipen GmbH, Bad Dürkheim
Druck und Bindearbeiten: Ebner Ulm
Printed in Germany
ISBN 3-430-11912-X

Vorwort

Als ich im Januar 1996 in St. Louis eine Gastprofessur für zeitgenössische deutsche Literatur antrat, hatte ich in meinem Gepäck Stephan Hermlins »Sämtliche Erzählungen« und den Rezensionsauftrag einer großen Schweizer Zeitung. Die Pausen zwischen meinen Seminaren über »Die andere DDR« und die winterliche Muße am Mississippi nutzte ich für eine möglichst genaue Lektüre der Hermlinschen Texte.

Bei der Beschäftigung mit ihnen und der Vita des Autors ergab sich eine gewisse Verwirrung. Hermlins Flucht während des Zweiten Weltkriegs in die Schweiz – fand sie nun 1941, 1942 oder gar 1944 statt? Ein so wichtiger und vielleicht lebensrettender Schritt aus dem gefährlichen Frankreich in die ziemlich sichere Eidgenossenschaft – und eine Differenz von drei oder vier Jahren bei der Datierung? Linguistiker der Lüge wie Kriminalisten werden bei solchen Widersprüchen stets hellhörig.

So schrieb ich eine Reihe von Briefen, u. a. in die Schweiz, an Schweizer Archive, und versuchte, das genaue Datum der Flucht zu ermitteln. Erst im April, als ich wieder meinen Redaktionsdienst im Hessischen Rundfunk tat, erreichte mich auf dem Umweg über St. Louis ein Mikrofilm aus dem Schweizer Bundesarchiv Bern, auf dem, so zeigte sich, die Flüchtlingsakte von Rudolf Leder alias Stephan Hermlin festgehalten war, eine Akte von mehr als hundert Blatt, mit Dokumenten, die bis zu den ersten Erdentagen des Autors zurückreichten – Geburts- und Heiratsurkunden, Sterbeurkunden, Marschbefehle aus seiner Zeit als Hilfssoldat und Arbeitsdienstler im besiegten Frankreich, Fragebögen, Lebensläufe, ärztliche Gutachten, Briefwechsel Schweizer Dienststellen usw.

Zum erstenmal gab es sozusagen festen Boden unter den Füßen, von dem aus man zu weiterer Suche aufbrechen konnte, in Deutschland, Israel, Frankreich und England. Solche Recherchen haben etwas von einem Schneeballsystem an sich: jedes Ergebnis wirft fünf neue Fragen auf, ihre Beantwortung erzeugt einen weiteren Fächer von Problemen und so fort. Am Ende entsteht, wie auf den folgenden Seiten zu sehen, eine Lawine, die ein ganzes Gebäude aus Lebenslügen mit sich reißen kann.

Anzunehmen ist, daß die Suchtrupps bald aufbrechen werden, um zu retten, was zu retten ist. Es wird vielleicht nicht an Versuchen fehlen, meine Erkundungen als gezielte Schläge gegen die deutsche Einheit auf dem Gebiet der Kultur, gegen die Vereinigung der beiden deutschen PEN-Clubs oder gar – was bei einem Mann wie Hermlin, der seine jüdische Herkunft teilweise und seine zionistische Vergangenheit nahezu ganz leugnet, besonders paradox wäre – als antisemitische Attacke zu bezeichnen. Ich kann nur versichern – all das war nicht beabsichtigt. Ich wollte zu Beginn lediglich einen bestimmten Tag eines bestimmten Monats eines bestimmten Jahres zwischen 1941 und 1944 wissen. Aber im Lauf der Zeit nahm die Suche nach den Tatsachen eine eigene Dynamik an, die sich nicht mehr ohne weiteres aufhalten ließ. Die Funde waren zu schockierend, als daß man sie zur Privatsache hätte erklären können. Es ergab sich, daß jemand, der als »sozialistischer Grandseigneur«, als großer alter Mann der DDR-Literatur galt, sich systematisch eine Wunsch-Biographie gebastelt hatte, ein System, bei dem die literarischen Texte des Autors, seine Äußerungen in Interviews und die von ihm undementierten Verlautbarungen Dritter oft wie Zahnräder ineinandergreifen, eine Maschinerie, die 50 Jahre lang, seit 1946, funktionierte.

Erstaunlicherweise hat sich kein Journalist, kein Literaturwissenschaftler jemals die Mühe gemacht, auch nur eine einzige Station von Hermlins Lebenslauf zu überprüfen. Gewiß, solange die DDR bestand und Hermlin als wichtiger Verbindungsmann zu Honecker galt, hatten die Kritiker und Germanisten drüben, was ihren Säulenheiligen betraf, eine Art Such- und Denkverbot, und ob die Archive im »Arbeiter und Bauernstaat« einem neugierigen Westler vor dem Fall der Mauer in einer so heiklen Sache überhaupt Auskunft, wahrheitsgemäße Auskunft gegeben hätten, steht dahin. Es ist deprimierend feststellen zu müssen: was einmal Eingang in die Zeitungsarchive, in die Lexika gefunden hat, wird bedenkenlos immer wieder abgeschrieben, es sei denn, der Betroffene sorgt durch energische Dementis dafür, daß dieser Mechanismus angehalten wird. Es herrscht ein Vertrauensprinzip, das ganz allgemein Hochstaplern und Fälschern ihr Handwerk erleichtert.

Die simpelste Ausrede, auf die Hermlin und seine Verteidiger kommen werden, dürfte wohl sein: die Gedichte und Erzählungen Hermlins, sein »Abendlicht« seien »bloß Literatur«, und listig hat der Autor auch darauf verzichtet, seine »Erinnerungen an die dreißiger Jahre«, die »Beobachtungen und Erfahrungen eines jungen Mannes aus gebildeter bürgerlicher Familie, der auf der Straße zum Kommunisten wird« (so die Ankündigung des Verlags Wagenbach) irgendwie zu klassifizieren, als »Memoiren« oder »Autobiographie« – was bei dem gegebenen Umfang von 120 locker gedruckten Seiten wirklich ein wenig komisch gewesen wäre. Hermlin versuchte sich wohl in der Tat ein Schlupfloch zu lassen, etwa in der Richtung, dieses Ich, das da zu Wort komme, habe mit seiner eigenen Biographie nichts zu tun. Aber aufgrund der Berührungspunkte zwischen *seinem* Lebenslauf und den Schicksalen jenes ominösen Ichs seiner Texte, las alle Welt sie gewissermaßen als »Bruchstücke einer großen Konfession«, so man Goethe in diesem Zusammenhang zitieren darf.

Hermlin, eine pfeiferauchende Sphinx, beherrscht die Kunst der Insinuation und der passiven Autorisation von Irrtümern, die seine Interpreten und Interviewer bona fide begehen, wie kaum ein anderer.
Mit der größten Seelenruhe ließ er z.B. seinem Vater x-fach von Interviewern nachsagen, er sei in Deutschland im KZ umgebracht worden, obwohl er doch genau wußte, daß es anders war. Gerade, weil Millionen von Juden während des Dritten Reichs gepeinigt und getötet wurden, ist es eine Ruchlosigkeit, einen Überlebenden des KZs jenen Toten zuzugesellen und sich mit dem

Leid anderer Vorteile zu verschaffen. Die eindeutige Andeutung in der Belletristik, das absichtsvoll unterlassene Dementi in Gesprächen, die bewußt und jahrzehntelang hingenommene Desinformation in Klappentexten zu seinen Büchern bilden ein System, ein Komplott gegen die Wahrheit. Daher hat der Verfasser dieser Studie es sich nach seinen Erfahrungen zum Prinzip gemacht, möglichst *alle* relevanten Daten zu überprüfen, kommen sie nun in fiktivem Gewande oder als biographische Notiz daher. Denn nur mit diesem heuristischen Verfahren läßt sich ermitteln, was Dichtung und was Wahrheit ist. In Deutschland, wo solche Methoden der lebensgeschichtlichen Recherche im Unterschied zum Mutterland der Biographie England in den germanistischen Seminaren von Konstanz bis Rostock und in den Journalistenschulen von Hamburg bis Leipzig offenbar wenig bekannt sind, löst ein derartiges Vorgehen, vor allem bei unwillkommenen Ergebnissen, mitunter die helle Empörung aus. Ich ebne damit die ästhetischen Unterschiede zwischen den einzelnen »Textsorten«, zwischen einer Antwort im Fragebogen, im Gespräch und einem literarisch ziselierten Satz nicht ein, sondern schärfe gerade den Blick dafür. Die Dichter sollen in einer Zeit zunehmender Sprachverschluderung beim Wort genommen werden – aber wehe, man tut es. Literatur soll zwar ›irgendwie‹ die Widerspiegelung von Wirklichkeit sein, aber wehe, man versucht den Verzerrungsfaktor dieses Spiegels zu ermitteln. In einer Zeit, in der viele Verehrer in Hermlins »Abendlicht« seit fast zwanzig Jahren ›ihr Schönstes‹ sahen, gilt es nicht wenigen als Sakrileg, am Firnis zu kratzen, mit dem diese Bilder aus der ersten Hälfte unseres Jahrhunderts überzogen sind.

Da es Hermlin beliebt, seine Methode der Darstellung im »Abendlicht« gelegentlich mit Goethes »Dichtung und Wahrheit« zu vergleichen – was hätte die literarisch interessierte Öffentlichkeit denn gesagt, wenn sich herausgestellt hätte, daß unser Weimarer Olympier – gegen seinen Text- beispielsweise nicht in seinem Elternhaus am Großen Hirschgraben, sondern irgendwo am Hinteren Hasenpfad geboren und aufgewachsen, daß seine Mutter keine geborene Textor, daß sein Vater nur drei Jahre lang kaiserlicher Rat gewesen war und dann falliert hatte, daß die Familie nicht fritzisch, sondern antifritzisch gesinnt, daß die Bildersammlung von Vater Goethe aus Geldmangel verkauft werden mußte, daß Goethes Studium in Leipzig und Straßburg nur vorgetäuscht war usw. Sapienti sat.

Es muß doch wohl auch bei einem jüdischen Autor Ende des 20. Jahrhunderts erlaubt sein (was die Goethe-Forschung schon seit anno Tobak tut), nämlich zu fragen, wie autobiographisch die Texte Hermlins seien und speziell die »Bilanz seiner Jugend«, wie Reclam/Leipzig das »Abendlicht« 1979 nannte, den »Versuch, Themen, Motive und poetische Mittel seiner Lyrik wie seiner Novellen und Essays zur Synthese zu führen«. Wenn ein Text wie »Abendlicht« erneut die »Redlichkeit und Größe« des Autors bezeugt, dann hat er doch von einer – in welcher Hinsicht auch immer – kritischen Lektüre nichts zu befürchten!
Goethe ging es bei dem paradoxen »Titel der Vertraulichkeiten« aus seinem Leben, »Wahrheit und Dichtung« darum, das »eigentlich Grundwahre« seiner Existenz darzustellen. Bei Hermlin bezweifle ich solche

Intention. Aber selbst bei Goethe, wo der hohe Wahrheitsgehalt seiner Erinnerungen außer Zweifel steht, haben die Literarhistoriker (Staiger zufolge) eine »lange Reihe von Unrichtigkeiten und Fehlern vorgerechnet und sind sich oft nicht im klaren darüber, was als bewußte ›Fälschung‹ und was als Irrtum aufzufassen sei.« Diese Debatte muß nun auch bei Hermlin beginnen.

Mögen diejenigen, die auf ihren Autor nichts kommen lassen wollen, jetzt, da sich herausstellt, daß Hermlins scheinbar autobiographische Texte mit der Wirklichkeit oft sehr wenig gemein haben, sie weiterhin genießen, als wäre nichts gewesen. Bislang wurde die Debatte über seine Texte nur ästhetisch geführt. Die ästhetische Debatte kann m. E. jetzt erst beginnen, da sich ein weiteresmal Platons Wort bewährt hat, die Dichter lögen zuviel.

Der Verfasser dankt der Washington University, St. Louis, sowie dem Hessischen Rundfunk für die Möglichkeit, dieses Material zu recherchieren; seinen Kindern Carsten und Eva für die Hilfe in England und Frankreich, seiner Frau Elisabeth für den produktiven Widerstand gegen dieses Unternehmen und seiner Lektorin Krista Maria Schädlich für ihre Hartnäckigkeit, die nicht ruhte, bis aus dem Stoff ein Buch wurde.

Bad Vilbel, Ende September 1996

Karl Corino

»Menschen haben ihre Geheimnisse, die sie manchmal nicht einmal den Nächsten anvertrauen.«

Stephan Hermlin, Ein Mord in Salzburg[1]

»Aussen Marmor, innen Gips«*

In einem Interview der »Wochenpost« vom 10. September 1992 wurde Stephan Hermlin nach den Ursachen des weltweiten Zusammenbruchs des Kommunismus gefragt. Er antwortete darauf:

»... ich glaube, die wesentliche (Ursache) war die Absage an die Wahrheit. Der Kommunismus bediente sich einer Strategie, die auf Lüge und Selbstbetrug aufgebaut war ... diese Leute logen, weil das gegenseitige Belügen zu einem Grundsatz des Systems geworden war.«

Wäre es denkbar, daß der Schriftsteller Hermlin, langjähriger Freund Honeckers, Mitglied der DDR-Akademie der Künste wie der Westberliner Akademie der Künste und der neuen Berlin-Brandenburgischen Akademie, Vizepräsident des Internationalen PEN, hier das Gesetz seiner eigenen Existenz formuliert hat, daß ein Großteil seines autobiographischen Werks, seine Erzählungen und seine Bilanzschrift »Abendlicht« die Inszenierung einer großangelegten und jahrzehntelang durch-

Stephan Hermlin bei einer Lesung in einer Buchhandlung in Berlin Pankow 1995
(© Ullstein Bilderdienst)

* Dieser Ausspruch über Stephan Hermlin wird Bertolt Brecht zugeschrieben

[1] Stephan Hermlin, »Entscheidungen«. Sämtliche Erzählungen. Berlin 1995, S. 383

gehaltenen Lebenslüge sind? Wäre es denkbar, daß vieles, was Hermlins Herkunft, seinen Bildungs- und politischen Werdegang, seinen politischen Widerstand im Dritten Reich, seine Teilnahme am spanischen Bürgerkrieg, seinen Kampf in der Resistance angeht, Teil eines großen Potemkinschen Dorfes ist, mögen dessen Fassaden nun in Chemnitz, Berlin, in Albi oder in Zürich stehen? Er rügt post festum, 1992, die Bonzen in der DDR, weil sie den Lieblingsgrundsatz des Karl Marx, »An allem ist zu zweifeln«, nie zur Kenntnis genommen hätten.[2] Die Wette gilt – wenden wir diese Maxime auch auf die Texte des Stephan Hermlin an. Nichts von dem gelte unbesehen, was seit den späten vierziger Jahren an biographischen Daten von Hermlin selbst und anderen über ihn verbreitet wurde.

Zunächst die Familienlegende, wie sie kursiert und in der Dichtung und Wahrheit schier untrennbar vermengt sind: Stephan Hermlin, am 13. April 1915 in Chemnitz geboren, – bürgerlicher Name: Rudolf Leder – sei der Sohn eines hochmusikalischen, konzertreif Klavier spielenden jüdischen Textilfabrikanten, der in seinem Berliner Haus Umgang mit bedeutenden Zeitgenossen hatte, mit Industriellen und Politikern wie Walther Rathenau zumindest lose bekannt war, Kontakte hatte zu der – aus Bismarcks Umgebung bekannten – Bankiersfamilie Bleichröder, zeitgenössische Musiker förderte, mit den Malern Liebermann, Corinth und Kandinsky umging oder mit ihnen gar befreundet war, der Bilder von Gainsborough, von Caspar David Friedrich, Philipp Otto Runge, Carl Blechen, Odilon Redon und Edvard Munch besaß und sich erst nach Hitlers Mach-

Nr. 485 des Geburtsregisters.

Geburtsschein.

für die Milchfürsorge.

Vor- und Zuname: Rudolf Leider.

Geburtstag und -ort: 13. April 1915 Chemnitz.

Vor- und Zuname sowie Stand des Vaters: [illegible] Leider, Kaufmann.

Vor- und Zuname der Mutter: [illegible] Leider geb. Bernstein.

Chemnitz, den 11. November 1915.

Der Standesbeamte.

In Vertretung: [illegible]

Gebührenfrei.

Geburtsschein Rudolf Leders (Leider) »für die Milchfürsorge«

[2] Wochenpost, 10. September 1992

tergreifung allmählich von seinen Schätzen trennen mußte. Schließlich sei er nach der Reichskristallnacht in das Konzentrationslager Sachsenhausen eingeliefert worden und dort umgekommen.
In seinem »Abendlicht«[3] und zahlreichen erzählenden Texten[4] hat Hermlin dieses großbürgerliche Milieu seines Elternhauses immer wieder mit Wärme, Hingabe und stilistischem Glanz beschrieben. Den Namen seines Vaters nennt er freilich nicht.

Er hieß David Leder (andere Namensform: Leider) und wurde am 23. Oktober 1888 in Jassy, Rumänien, geboren.[5] Schon 1889 zog die Familie Leder in die sächsische Industriestadt Chemnitz – David Leders Vater Leon, Hermlins Großvater, war nach der Erinnerung seiner Enkelin Ruth zunächst Hausierer und arbeitete sich allmählich zum Kaufmann hoch. Er kaufte Waren zweiter und dritter Qualität und verkaufte sie in den Jahren vor dem Ersten Weltkrieg in die Balkanländer.[6] Schließlich handelte er, was in dieser Textilstadt nahelag, en gros mit Strümpfen und Handschuhen. Die Familie besaß am Chemnitzer Kaßberg, in der Heinrich-Beck-Str. 53, ein vierstöckiges Haus, in dessen erstem Stock ihre Wohnung und der Geschäftssitz lagen.[7] Ein ehrbarer Aufstieg aus dem Kleinst- oder Kleinbürgertum ins Chemnitzer Bürgertum binnen einer Generation. Im Juli 1914, kurz vor Ausbruch des Ersten Weltkriegs, heiratete David Leder. Wen? Eine schöne Engländerin.

»... sie hatte das rotblonde Haar, den durchsichtigen Teint ihrer Heimat«,[8]

Am Chemnitzer Kaßberg besaß die Familie Leder ein vierstöckiges Haus (© Stadtarchiv Chemnitz)

[3] Stephan Hermlin, »Abendlicht«. Berlin 1979, passim

[4] s. z. B. »Corneliusbrücke«, in: »Entscheidungen«, S. 293 ff.

[5] Mitteilung des Stadtarchivs Chemnitz. Herrn Dr. Pfalzer sei für seine zahlreichen Auskünfte herzlich gedankt!

[6] Auskunft Ruth Frenkels in Holon bei Tel Aviv, der jüngeren Schwester Hermlins, geb. am 16. 12. 1918 in Chemnitz, die von Hermlin in seinen Texten und auf dem in Anm. 18 genannten Fragebogen vollständig verleugnet wird und mit der er 1957 den Kontakt abbrach. Die Gründe dafür sind wohl, daß er einen wichtigen Augenzeugen seiner Jugend aus dem Blick rücken und daß er keinerlei Verbindungen nach Israel haben wollte.

[7] Mitteilung des Stadtarchivs Chemnitz

[8] »Abendlicht«, S. 36

heißt es im »Abendlicht«, und ebenda wird geschildert, sie habe manchmal ihre deutschen Sätze in ihre ›Muttersprache‹ rückübersetzt:

»Wie es mitunter ihre etwas törichte Art war, wiederholte sie den Satz auf englisch: ›People like him are rather unreliable, you know ...‹«[9]

Dieser Satz über mangelnde Zuverlässigkeit könnte sich auf den eigenen Sohn der Lola Leder beziehen, auf Rudolf Leder, der sich schon als Sechzehnjähriger für seine erste lyrische Publikation den kostbar klingenden Namen Stephan Hermlin gab.[10]
Richtig ist an der Geschichte seiner Mutter Lola, daß ihre Eltern einige Jahre in England verbrachten und 1900 als naturalisierte Briten aus London nach Chemnitz übersiedelten. Ihre Tochter Lola hatten sie allerdings in Galizien bei Verwandten zurückgelassen und holten sie dann nach Chemnitz nach.[11] Richtig ist auch, daß Lola Leder im April 1948 als Witwe im Exil nach entsprechender Wartezeit englische Staatsbürgerin wurde. Den britischen Behörden galt sie damals – offenbar aufgrund ihrer früheren Ehe mit einem rumänischen Staatsbürger – als Rumänin.[12] Aber geboren ist sie als Lea Laura Bernstein am 11. Juni 1892 in Tarnov, Galizien, das bis zum Ende des Ersten Weltkriegs österreichisch war.[13]

Nun galt es in Berlin nicht als fein, aus Galizien zu stammen. Der bekannte jüdisch-galizische Schauspieler Alexander Granach schrieb in seiner Autobiographie, die Berliner sprächen über Galizien so gehässig wie über

Die Kanzlerstraße in Chemnitz um 1900 (© Stadtarchiv Chemnitz)

[9] ebda., S. 26

[10] Seiner Familie erklärte der Autor sein Pseudonym damals so: Stephan sei eine Huldigung an Stefan George (nicht also an Stephan Mallarmé, wie man später vermutete), und die Entscheidung für Hermlin begründete er so: ein Hermelinfell sei weich und damit das Gegenteil des harten Leders. Außerdem sei das Hermelin ein scheues Tier, und er sei auch scheu. (Auskunft Ruth Frenkel)

[11] Mitteilung des Stadtarchivs Chemnitz und Ruth Frenkels

[12] Public Record Office, London, Kew Gardens, AZ 41 555, HO 334 – 209. Das »Certificate of Naturalization« trägt das Datum 20. 4. 1948, der Bürgereid, »Oath of Allegiance«, wurde von Lola Leder am 26. 4. 1948 in London abgelegt.

[13] Mitteilung des Stadtarchivs Chemnitz. Ergänzend teilte Ruth Frenkel mit, die Bernsteins seien zu ihres Großvaters Jugend eine sehr fromme chassidische Familie gewesen, – so fromm, daß eben jener Großvater vor der Frömmigkeit ins Ausland floh. Ruth Frenkel wörtlich: »Meine Mutter war eine sehr bewußte Jüdin. Nicht, daß sie eine besonders fromme oder gute Jüdin war. Aber sie war eine stolze Jüdin, sie hat es nie verneint und nie abgeleugnet, im Gegenteil.«

kein anderes Land. Kein Mensch nähme Anstoß daran, wenn Rumänien, Bulgarien, Serbien oder Montenegro genannt würden. Sobald aber das Wort ›Galizien‹ falle, versäume keiner, die Nase zu rümpfen.[14]
So mag es zunächst verständlich sein, daß Hermlin die galizische Herkunft seiner Mutter in Berlin nicht ausposaunte – aber daß er das Judentum seiner Mutter leugnete und die Terminologie der Nazis im Hinblick auf Arier und Nichtarier übernahm –,

»Mir, der ich aus einer sogenannten ›gemischten Familie‹ stamme – die Nazis haben es fertiggebracht, solche Begriffe hervorzubringen –«[15]

dies ist allerdings bedenklich. Und gerade die Nazis hatten bei einer Volkszählung kurz vor der Emigration der Eltern Leder festgestellt, daß Lola Bernstein im Sinne der Nürnberger Gesetze »Volljüdin« sei.[16] Wäre sie englische »Arierin« gewesen, so hätte sie in der Tat in einer »Mischehe« gelebt (wie, mit umgekehrten Vorzeichen, Victor Klemperer), und dies hätte für ihren Mann im Dritten Reich einen gewissen Schutz bedeutet.

Bedenklich auch, wie Hermlin mit der Rolle seines Vaters während des Ersten Weltkriegs umging. Im »Abendlicht« lesen wir darüber anläßlich eines väterlichen Besuchs im Kinderzimmer:

»Ich sehe ihn …, wie er … das Kinderzimmer betritt … ich war etwa sechs Jahre alt. Ich solle die Hände aufhalten, sagte er, hier habe er etwas für uns zum Spielen. Es waren zwei kleine metallene Gegenstände, die bei-

[14] s. David Bronsen, »Joseph Roth«. Eine Biographie. Köln 1974, S. 32

[15] Silvia Schlenstedt, »Gespräch mit Stephan Hermlin«. In: Weimarer Beiträge 30 (1984) 11, S. 1894. Vgl. auch die ähnliche Unterstellung in »Abendlicht«, S. 79, wo der Erzähler seinem »englischen« Vetter Geoffrey sagt: »Wärest du Deutscher, würdest du für jüdisch versippt gelten.« Hermlins Schwester Ruth Frenkel kennt übrigens keinen englischen Vetter Geoffrey o. ä., der Korrespondent einer Zeitung gewesen wäre. Von daher ist stark zu vermuten, die ganze Episode, das Gespräch zu Berlin mit dem englischen Verwandten sei von A bis Z erfunden. In einem Interview mit Uri Avnery für die israelische Zeitung Ma'ariv erklärte Hermlin seine Mutter, eine bewußte und stolze Jüdin, übrigens zur Christin! (Auskunft Ruth Frenkel)

[16] s. Volkszählungslisten, Berlin, 17. Mai 1939, im Bundesarchiv, Abteilungen Potsdam

den Orden, die er aus dem Krieg mitgebracht hatte. Wir wußten nicht, was mit ihnen anzufangen war, aber sie lagen noch lange zwischen unseren Stofftieren und kleinen hölzernen Automobilen. Später erfuhr ich, daß mein Vater, der 1914 die wilden nationalistischen Ansichten der großen Mehrheit geteilt hatte, verändert, verwandelt zurückgekommen war. Nur sehr selten sprach er ein Verbot aus, aber es war meinem Bruder und mir verboten, Bleisoldaten zu besitzen, was wir verständnislos und bitter beklagten. Er schlug mich nur einmal; ich war etwa dreizehn und erlaubte mir bei Tisch, im Laufe eines Gesprächs, von dem ich nichts mehr weiß, das aber offenbar Politisches berührte, die Bemerkung, wir würden uns unser Recht, und damit Elsaß-Lothringen, schon wieder holen. Mein Vater verfärbte sich bei diesen Worten, er erhob sich ohne ein Wort, trat neben meinen Stuhl und schlug mir ins Gesicht, worauf er das Zimmer verließ. Später erst fiel mir auf, daß er den Krieg nie erwähnte, sondern jedesmal, wenn andere das Gespräch auf dieses Thema brachten, in ein langes Schweigen verfiel.«[17]

Es könnte sein, daß Vater Leder einfach deswegen bei Erwähnung des Ersten Weltkriegs in ein langes Schweigen verfiel, weil er ihn nicht an der Front erlebt hatte. David Leder war – nach dem bislang unbekannten Zeugnis des Sohnes gegenüber den Schweizer Behörden – bis zum Jahre 1925 rumänischer Staatsbürger,[18] ehe er staatenlos wurde, weil ein gekaufter bolivianischer Paß sich als gefälscht erwies.[19] Ein rumänischer Staatsbürger war im Deutschen Reich nicht wehrpflichtig und konnte deswegen auch schwerlich militärische Orden erringen.

Leon und David Leder verbrachten die letzten Kriegsjahre im Lager Holzminden (© Stadtarchiv Holzminden)

17 »Abendlicht«, S. 110 f. – Völlig kritiklos übernimmt Silvia Schlenstedt in ihrem Buch »Stephan Hermlin. Leben und Werk«, Westberlin 1985 (künftig zitiert als S. Schlenstedt), S. 48, diese Darstellung und spricht von den »Wandlungen, die der Krieg in seinem Vater bewirkte, die ihn fortan Krieg, Militärisches ablehnen ließen und aus ihm einen Frankophilen machten ...«.

18 S. 1 des Fragebogens in der Akte Rudolf Leder, Schweiz. Bundesarchiv, April 1943 (künftig zitiert als »Akte Leder«)

19 Auskunft Ruth Frenkel. Sie schloß ausdrücklich aus, daß ihr Vater (der an bestimmten Angstneurosen litt, z. B. eine ausgeprägte Brückenphobie hatte) zu Beginn des Krieges für Deutschland gekämpft hätte: »Mein Vater und Kämpfen – das sind zwei absolute Gegensätze ... mein Vater war ein friedliebender Mann. Mein Vater und Kämpfen! Er war kein Kämpfer, in keiner Form! In keiner Form!«

Zudem erklärte Rumänien am 27. August 1916 Österreich-Ungarn den Krieg, und die Mittelmächte zogen gegen die Rumänen zu Felde: David Leder war also plötzlich Angehöriger eines Feindstaates und wurde wie sein Vater Leon und die übrigen männlichen Familienmitglieder die letzten Kriegsjahre in Holzminden interniert, seine Chemnitzer Firma stand unter Zwangsverwaltung.[20] Die Anekdote von David Leder als wildem deutschen Chauvinisten, der sich unter dem Eindruck der Fronterlebnisse zum aggressiven Pazifisten wandelt, seine Orden den Kindern zum Spielen schenkt – nichts als ein frommes pädagogisches Märchen.
Daß er 1925 nicht deutscher Staatsbürger wurde, hatte aber in der Tat mit seinen Folgerungen aus dem Ersten Weltkrieg zu tun. Er glaubte, seine Söhne kämen als Staatenlose nicht in die Verlegenheit, kämpfen zu müssen.[21] Wie unter anderen Voraussetzungen, nämlich denen des Dritten Reichs, die Auswanderung für Staatenlose mit einem deutschen Fremdenpaß erschwert sein könnte, war damals noch nicht zu ahnen.

Nach dem Ersten Weltkrieg, soviel steht fest, übersiedelte David Leder mit seiner Familie aus Chemnitz nach Berlin. Der Erinnerung des Sohns zufolge wohnte die Familie damals in einem prächtigen Haus am unteren Ende des Kurfürstendamms, später Budapester Straße, an der Ecke der Keith-Straße, direkt gegenüber dem Haus des Generals Ludendorff, dem deutsche Truppen vor den staunenden Augen des Drei- oder Vierjährigen die Ehre geben. Es soll sich bei dem Lederschen Domizil um ein Haus – so zumindest die Perspektive des imaginären Kindes Hermlin – mit »ungeheuer

[20] Apart sind im Zusammenhang mit den angeblichen Kriegsorden David Leders die Erinnerungen Lola Leders an Sitzungen für das Doppelporträt des Ehepaars Ende 1921 bei Lovis Corinth. Er hatte dabei darauf bestanden, David Leder im Abendanzug zu malen, vermißte aber einen kleinen Farbfleck »und fragte eifrig ...: Haben Sie nicht was fürs Knopfloch? Er meinte ein Ordensband.« Damit konnte David Leder offenbar nicht dienen. s. »Lovis Corinth 1858–1925. Gemälde und Druckgraphik«, München 1975, S. 187.
Über das Internierungslager in Holzminden berichtet Paul Kretschmer in seinem Buch »Die Weser-Solling-Stadt Holzminden – wie sie wurde, was sie ist«, Holzminden (1981), S. 498, daß das Lager für ca. 4000 kriegsgefangene Soldaten und Zivilgefangene am »Rande des Sollings zwischen dem Pipping und dem Meiernberg am ›Roten Weg‹« eingerichtet war. »Die Militärbehörde führte die Oberaufsicht über das Lager, das ausgezeichnet organisiert war und den Gefangenen die verschiedensten Abwechslungen bot. In dem Lager wurde ein eigenes Streichorchester unterhalten, wissenschaftliche Vorträge geboten und künstlerische Werke erstellt. Es war eine umfangreiche Bücherei vorhanden, deren Bestände aus Büchersammlungen laufend ergänzt wurden. Eine durchgeführte Kunstausstellung bewies, wie vielseitig die Begabungen der in dem Lager untergebrachten Internierten war. ... Arbeitskommandos waren vor allem bei der Feldarbeit eingesetzt. Eine andere Abteilung verlegte die Kanalisation in der Sollingstraße ... Betuchte Zivilinternierte wurden auf Wunsch auch – soweit die Überwachung sichergestellt werden konnte – in Privatquartieren untergebracht.«
Ruth Frenkel erinnert sich an Erzählungen, daß sich ihr Vater David während seiner Holzmindener Zeit in eine psychiatrische Anstalt einweisen ließ, um sich dort das Rauchen abzugewöhnen.
Der Zwangsverwalter der Lederschen Betriebe in Chemnitz war nach den Erinnerungen Ruth Frenkels sehr kaltschnäuzig. Als Lola Leder sich bei ihm beschwerte, sie komme mit der zugeteilten Monatsapanage nicht zurecht, sie müsse mit ihren beiden Kindern in den Chemnitzer Schloßteich gehen, forderte sie der Mann kurzerhand auf: »Gehen Sie!«
[21] Auskunft Ruth Frenkel

weite(n), ungeheuer hohe(n) Zimmern« gehandelt haben, um Zimmer mit Aubusson-Teppichen und, exempli causa, mit zwei Gainsborough-Gemälden an den Wänden.[22] Der Mythos dieses Hauses geistert durch Hermlins Prosa[23] und Lyrik. So heißt es in der »Ballade vom Gefährten Ikarus«, einem Nachruf auf seinen Bruder Alfred:

»Rosen versteinerten grün im Schreien der Pfauen.
Durch die schwierigen Türen taute Musik« [24]

Eine großbürgerlich-feudale Wohnlandschaft mit Park, in der der häßliche Schrei des prächtig gefiederten Juno-Vogels mit der lieblichen Klaviermusik vergangener Zeiten kontrastierte. In diesen edlen Gemächern spielt Vater Leder Scarlatti und wiegt Sohn Rudolf in einen ästhetisch beruhigten Schlaf. Und ausgerechnet in dieser Gegend, die ein Hort der Sicherheit und des Anstands zu sein scheint, ereignet sich eines Nachts eines der schlimmen Verbrechen der deutschen Geschichte: der Mord an Rosa Luxemburg und Karl Liebknecht:

»Es hätte aber sein können, daß gerade in jener Nacht, da mein Vater wieder Scarlatti spielte und ich tief in der Höhle des Schlafes liege, in der Straße eine gewisse Bewegung entsteht ... Es muß ein Lärmen gewesen sein, die Trunkenheit des Sieges und die andere, alltägliche, das Hin- und Herblitzen von Schreien: ›Rosa: Rosa‹ – ›Da ist der rote Hund!‹ – ›Von denen kommt uns keiner lebendig weg!‹ – ›Die Sau muß schwimmen!‹, nur zwei-, dreihundert Meter von der Stelle entfernt, wo ich, ein kleines Kind, in tiefem Schlaf lag.« [25]

[22] s. »Corneliusbrücke«, in: »Entscheidungen«, S. 293 ff. In den Versteigerungskatalogen der Sammlungen von David Leder tauchen Bilder von Gainsborough nicht auf – s. Olaf Thormann, Der Maler und Zeichner Otto Th. W. Stein (1877 – 1958). Leben und Werk. Frankfurt am Main, Berlin, Bern, New York, Paris, Wien 1992, S. 83.
Es scheint, als wolle Hermlin sein Elternhaus als das Gegenstück zum Elternhaus Gottfried Benns stilisieren; s. Benns Gedicht »Teils-Teils«: »In meinem Elternhaus hingen keine Gainsboroughs/ wurde auch kein Chopin gespielt/ ganz amusisches Gedankenleben« usw.

[23] s. »Abendlicht«, S. 23: »Das Haus war groß ...«; ebda., S. 45: »... im größten Raum des Hauses ...«; ebda., S. 52: »In einer Ferne, die unablässig wuchs, lag mein Haus ...« Ausdrücklich bestätigt dagegen Ruth Frenkel: »Wir haben (in Berlin) nie Häuser besessen ... wir hatten (dort) nie Grundbesitz, Häuserbesitz.«

[24] Stephan Hermlin, Gesammelte Gedichte. München o. J., S. 65

[25] »Corneliusbrücke«, in: »Entscheidungen«, S. 295. Übrigens hält Hermlin auch andernorts die Fiktion aufrecht, er sei schon mit drei Jahren, also 1918, nach Berlin gekommen; s. seine Rede in den Münchener Kammerspielen, November 1986, »Das hier ist es« (in: Stephan Hermlin, »In den Kämpfen dieser Zeit«, Berlin 1995, S. 72): »Als Kind von drei Jahren kam ich nach Berlin.« Ergänzend dazu die Anmerkung zur »Corneliusbrücke« (»Entscheidungen«, S. 408): »Der Autor schildert (mit dem Mord an Liebknecht und Luxemburg) einen Vorgang im Jahr 1919 in unmittelbarer Nähe seines Elternhauses, den er miterlebte ohne ihn doch erleben zu können: der Autor ist ein Kind von noch nicht drei Jahren.«

Derlei scheint mir ein typisches Beispiel für die Technik Hermlins, sich fremde Geschichte anzueignen und sie seiner Biographie zu annektieren. Dazu dienen raffinierte syntaktische Mittel – der Übergang von der Möglichkeitsform und einem hypothetischen Präsens zum Realis und zu einer Art von faktischer Vergangenheit. Und er manipuliert Zeit und Ort. Der Mord an Rosa Luxemburg und Karl Liebknecht ereignete sich am 15. Januar 1919 – Familie Leder wohnte damals noch in Chemnitz und zog erst ein gutes Jahr später nach Berlin, nämlich am 6. Februar 1920. General Ludendorff wohnte niemals an der so pseudoexakt beschriebenen Stelle, und er war zudem bei Kriegsende nach Schweden geflohen.[26] Die ersten Anschriften der Leders in jenen brisanten Nachkriegsjahren sind für uns heute apokryph – an der angegebenen Stelle (s. Hermlins Text »Corneliusbrücke«) wohnten sie nach den verfügbaren Archivalien nicht.

1920 und 1921 läßt sich im Adreßbuch Berlins, in dem auch Untermieter verzeichnet waren, überhaupt kein Wohnort der Leders finden. Erstmals taucht David Leder darin 1922 mit der Anschrift Charlottenburg, Weimarer Str. Nr. 43–46, II. Stock, auf. Das Haus gehörte einem Ingenieur namens Gehn und beherbergte über 20 Mietparteien.[27] Die Leders hatten nach der Erinnerung der Tochter Ruth darin eine Achtzimmerwohnung. Unzweifelhaft waren die Jahre der Inflation die des wirtschaftlichen Zenits der Familie. Sie hielten damals eine Köchin, ein Stubenmädchen, einen Kutscher für die Equipage, und Vater David Leder hielt ein Auto mit Chauffeur.[28] Im Handelsregister von 1922 findet sich ein

Rosa Luxemburg
und Karl Liebknecht
(© Ullstein Bilderdienst)

[26] Auskunft Landesarchiv Berlin: »Eine Anschrift Ludendorffs haben wir in dieser (von Hermlin beschriebenen) Gegend nicht gefunden ... Die letzte Eintragung für ihn stammt aus dem Jahr 1912 (Erich L., Oberst im Generalstab, Wilmersdorf, Prager Platz 5). Danach soll er erst in Küstrin und später in München gewohnt haben. Jedenfalls erscheint er in den (Berliner) Adreßbüchern nicht mehr.«

[27] Auskunft Landesarchiv Berlin

[28] Auskunft Ruth Frenkel

Eintrag, demzufolge David Leder zusammen mit dem Partner Wilhelm Weiland in der Friedrichstr. 200 eine Firma für Woll- und Baumwollabfälle gründete.[29] Just dies, der Handel mit Woll- und Baumwollabfällen, war laut Chemnitzer Adreßbuch von 1917 auch schon sein dortiges Gewerbe.[30] Was darunter genau zu verstehen ist und ob die wirklichen Geschäfte der Firma dem offiziellen Zweck dienten, läßt sich heute nicht mehr sagen – vielleicht ging es tatsächlich um eine kluge und ökonomisch äußerst rentable Resteverwertung, um die Vermarktung von Heeresbeständen oder dgl. Der Schriftsteller und Verleger Wieland Herzfelde, der die großbürgerliche Herkunft Hermlins immer bezweifelte, sprach respektlos von einem Lumpenhandel.[31] Die Branchenangabe »Pelzgroßhandlung«, die in der Liebermann-Literatur im Zusammenhang mit David Leders Gewerbe auftaucht,[32] klingt jedenfalls wie die Bemäntelung eines sehr viel schlichteren Gewerbes. Das Berliner Branchenbuch enthält in der Rubrik Pelz- und Rauchwaren jedenfalls keine Firma David Leder.[33] 1924 hat die Firma Leder/Weiland ihren Sitz in der Potsdamer Str. 113 und handelt mit »Textil-Rohstoffen«. Die private Anschrift der Leders – und das ist für fünf Jahre der letzte Berliner Eintrag – lautet nun Weimarer Str. 46 in Charlottenburg.[34] Die Reduzierung der Hausnummer von 43–46 auf 46 deutet wohl auf eine Verkleinerung der Wohnung. Aber bereits der Wechsel der Berliner Adressen, der sich 1930 fortsetzt, zeigt, daß es in der deutschen Hauptstadt kein »Haus Leder« gab, wie es Hermlin gerne wahrhaben möchte.

Unbestreitbar ist, daß Max Liebermann 1921/22 von

Lola Leder, Gemälde von Max Liebermann 1921
(© Sächsische Landesbibliothek, Abt. Deutsche Fotothek)

[29] Auskunft Stadtarchiv Chemnitz
[30] Olaf Thormann, »Der Maler und Zeichner Otto Th. W. Stein (1877–1958)«. Leben und Werk. Frankfurt am Main, Berlin, Bern, New York, Paris, Wien 1992, S. 82, Anm. 395
[31] Information Ingeburg Kretzschmar
[32] »Max Liebermann in seiner Zeit«. Eine Ausstellung der Nationalgalerie Berlin (6. September – 4. November 1979), Ausstellungskatalog S. 360
[33] Auskunft Zentral- und Landesbibliothek Berlin
[34] Auskunft Landesarchiv Berlin

Lola Leder drei größere Ölbilder malte. Einem Porträt, das sie im weißen Kleid mit nackter Schulter und Pelzkragen zeigt, attestieren die Kunsthistoriker eine Art von malerischer Alterserotik Liebermanns:

»Wer hätte in ihm die Sinnlichkeit vermutet, mit der die Porträts der Frau Leder gemalt sind … diese natürliche Sinnlichkeit, die sich unbedenklich gibt, die Form und Farbe geschmeidig und elegant macht und sie mit zärtlichem Reiz erfüllt.« [35]

Lola Leder selbst erinnerte sich 1954:

»Max Liebermann hat mich neunmal gemalt in den Jahren 1919-1922, außerdem gibt es noch Lithos, Radierungen und zahlreiche Zeichnungen. In seinem Buch über Degas machte er eine Federzeichnung von mir mit der Widmung: dem besten Modell und der liebenswürdigen Frau. In ›Phantasie in der Malerei‹ zeichnete er ein Selbstporträt und in einem Exemplar seines ›Josef Israels‹ eine kleine Skizze von Israels am Strande. Diese köstlichen Sachen, zusammen mit vielen bezaubernden Briefen von ihm und Noten von Corinth etc. habe ich mit meinem ganzen Hab und Gut in Deutschland zurucklassen mussen, und oft denke ich, wo dies alles hingekommen sein mag. Liebermann hat auch meinen Mann gemalt …« [36]

Nun ist bekannt, daß Liebermann Berliner Damen, mit denen er während der Sitzungen hübsch anzüglich plaudern konnte, ihr Konterfei anschließend schenkte.[37] Und speziell bei Frau Leder dürfte das so gewesen sein,

Bildnis Lola Leder, 1922, Gemälde von Max Liebermann (© Pfalzgalerie)

[35] »Max Liebermann in seiner Zeit«, l. c., S. 360. – Einen ganz anderen Blick auf dieses Porträt hat Günter Busch: »Demgegenüber betont die Frau Leder, auch durch das Ambiente von Polsterbank und schwellenden Kissen, das wahrscheinlich ebenso ähnliche wie penetrante Bild einer Mondänen aus den zwanziger Jahren.« (Günter Busch, »Max Liebermann. Maler Zeichner Graphiker«, Frankfurt am Main 1986, S. 108)

[36] »Lovis Corinth 1858–1925«. Gemälde und Druckgraphik. München 1975, S. 66.– Nach der Erinnerung ihrer Enkelin Andrée Leusink fand Lola Leder bei einem Besuch in Berlin 1948 das Liebermannsche Porträt ihres Mannes in der britischen Kommandantur im Westteil der Stadt. Sie bemühte sich darum, das Bild wiederzubekommen – vergeblich. Auch dies wohl eine Mythe.
Das Porträt David Leders von Liebermann hatte nämlich Ruth Frenkel in Palästina/Israel bei sich. Sie empfand es als durchaus nicht gelungen, ja sogar »häßlich«, und trennte sich eines Tages davon. In Ruth Frenkels Besitz befindet sich auch noch ein Lola Leder gewidmetes Selbstportrait Liebermanns, eine Graphik.

[37] Hans Ostwald, »Das Liebermann-Buch«. Berlin o. J., S. 420

kursierte doch in Berliner Malerkreisen der Stabreim *»Lola Leder – letzte Liebe Liebermanns.«* [38]

Aber Liebermann dürfte kaum alle Porträts verschenkt haben – es muß also auch Geld geflossen sein. Und von Lovis Corinth ist ähnliche Freigebigkeit ohnehin nicht bekannt. Er malte das Ehepaar Leder 1922.[39] Die Leders steckten das flüchtige Nachkriegsgeld damals augenscheinlich ›in Kunst‹ – in Zeiten drastischer Inflation eine einigermaßen wertbeständige Geldanlage. David Leder galt als »Kunstfreund« wie als »Kunstpirat« und Berlin

»gemeinhin als Stadt, in der Kriegsgewinnler Geld in Kunst investierten.«
»Der Sumpf der Inflation zeitigte Arbeitslosigkeit, Hunger und Seuchen. Revolutionäre Aufstände, Demonstrationen, Morde, überquellende Prostitution, Tausende von Kriegskrüppeln prägten das Bild. Der neue Reichtum der Kriegsgewinnler und Schieber, die sich auch mit Kunst schmückten, stand dem Massenelend eklatant gegenüber.« [40]

Bei David Leder muß es im Unterschied zu den Raffkes einen echten Sinn für bildende Kunst, Musik und Literatur gegeben haben. Seine Kammermusikabende müssen immer ein Ereignis gewesen sein. Der Kontakt zu Corinth dürfte übrigens von der Chemnitz-Berliner Industriellenfamilie Göritz vermittelt worden sein – Erich Göritz gehörte zu den größten Corinth-Sammlern Deutschlands. Und so malte Corinth auch ein Doppelporträt von Erich Göritz und David Leder.[41] Unter den

Porträt David und Lola Leder, 1922, Gemälde von Lovis Corinth (© Museumsinsel Hombroich)

[38] Brief Otto Th. W. Steins an Fritz Böttger vom 27. 4. 1954, mitgeteilt von Olaf Thormann. – Das Ehepaar Leder hatte sich offenbar nach der Geburt dreier Kinder auseinandergelebt. David Leder hatte bis 1932 eine Mätresse, die auch dem Dienstpersonal, wie z. B. der Kinderfrau, bekannt war. (Information Andrée Leusink und Ruth Frenkel)

[39] Charlotte Berend-Corinth, »Lovis Corinth. Die Gemälde«. München 1992, S. 800 Das Bild wurde von Fam. Leder an Erich Goeritz, London, verkauft. Es wurde 1922 in der Akademie der Künste, Berlin, gezeigt, 1926 in der Nationalgalerie, 1936 in der Kunsthalle Basel, 1955 im Museum Allerheiligen, Schaffhausen, 1958 in Wolfsburg und 1983 im Kunsthaus Bühler, Stuttgart, erworben von einem amerikanischen Händler. Damals erwarb es dann das Museum Hombroich, wo es noch heute zu sehen ist. (Auskunft Kunsthaus Bühler, Stuttgart)

[40] Olaf Thormann, »Der Maler und Zeichner Otto Th. W. Stein«, S. 80

[41] ebda., S. 82 f., Anm. 395; heute wird das Bild gezeigt im Ostdeutschen Museum Regensburg unter dem Titel »Die Kunstfreunde«.

reichen Chemnitzer Industriellen und Kaufleuten gab es mäzenatische Anstrengungen:

»... der Maler S., dessen verführerische, in grauen und graublauen Tönen gemalte Bilder mein Vater schätzte«, [42]

wie es im »Abendlicht« heißt, war kein Phantom. Es handelt sich um den Maler und Zeichner O. Th. W. Stein, einen jüdischen Künstler, der damals in Berlin und Chemnitz lebte. Vater Leder kaufte Bilder von ihm und schenkte sie in den frühen zwanziger Jahren dem Chemnitzer Museum.[43] Leider fielen sie der ›Reinigungsaktion‹ der Nazis im Rahmen ihres berüchtigten Kampfes gegen die »entartete Kunst« zum Opfer.[44]

Die Beschäftigung mit Leben und Werk Otto Th. W. Steins liefert auch wichtige Aufschlüsse über das finanzielle Schicksal von Hermlins Vater. Der Kunsthistoriker Thormann schreibt:

»David Leder trug in den Nachkriegsjahren, teils gestützt auf die Ratschläge Steins, eine bedeutende und umfangreiche Sammlung zusammen, die ihre Schwerpunkte in der französischen Kunst des 19. und frühen 20. Jahrhunderts von Ingres bis Matisse und der deutschen Kunst von der Romantik bis ins frühe 20. Jahrhundert, dabei insbesondere in Werken von Lovis Corinth, Max Slevogt und (des mit der Familie befreundeten) Max Liebermann, hatte ... Gegen Ende der Inflation erlitt Leder geschäftliche Verluste und war gezwungen, schrittweise große Teile seiner Kunstsammlung zu veräußern (einige wichtige Arbeiten gingen in

Porträtaufnahme O. Th. W. Stein von Joseph Rosner, 1929
(© Städtische Textil- und Kunstgewerbesammlung Chemnitz)

[42] »Abendlicht«, S. 23

[43] Er tat das zusammen mit seinem Bruder Max, s. Thormann, a. a. O., S. 88 f., Anm. 420

[44] Auskunft Stadtarchiv Chemnitz

[45] Thormann, a. a. O., S. 82 f. O. Th. W. Stein ist in seinen Formulierungen noch erheblich drastischer. In einem Brief an Fritz Böttger vom 27. 4. 1954 schreibt er: »Nach der Inflation ging Leder pleite. Er war genötigt … seine Bilder zu veräußern.«

den Besitz seines Freundes Erich Goeritz über), auf seinen Briefköpfen las man nun schlicht ›Textilien‹.«[45]
Die finanzielle Krise David Leders wurde ca. ein Jahr nach der Währungsreform manifest, im Herbst oder Winter 1924. Das zeigt die Auktion von 316 Handzeichnungen Liebermanns, die die Galerie Paul Cassirer am 4. März 1925 unter den Hammer brachte. Eine weitere Auktion folgte am 29. Oktober 1925 bei Amsler & Ruthardt in Berlin. Die Liste der Maler, die David Leder, ›der Not gehorchend, nicht dem eigenen Triebe‹, feilbieten ließ, ist beeindruckend:

Barlach, Blechen, Corinth, Daumier, David, Friedrich, Hofer, Ingres, Cézanne, Corot, Derain, Dufy, Gauguin, Kokoschka, Kollwitz, Leger, Maillol, Manet, Marées, Matisse, Menzel, Millet, Modigliani, Monet, Munch, Pisarro, Renoir, Rodin, Rops, Picasso, Seurat, Signac, Slevogt, Toulouse-Lautrec, Utrillo u. a.

Trotz dieser imponierenden Namensliste blieb der Ertrag der Versteigerung nach zeitgenössischen Berichten hinter den Erwartungen zurück.[46] Eine dauerhafte Sanierung David Leders brachte sie jedenfalls nicht.

Fast gleichzeitig begannen die Firma des Vaters und der Sohn offenkundig zu kränkeln. Während David Leder seine Kunstsammlung verkaufen mußte, wurde der Sohn aus medizinischen Gründen in die Schweiz geschickt. Belegt ist ein Aufenthalt Hermlins in einem Zürcher Kinderspital,[47] wahrscheinlich in der sog. Eleonorenstiftung, Steinwiess-Straße 75,[48] wo er vom Februar 1925 an ca. sechs Wochen lang behandelt wurde.

Die Eliteschule Lyceum Alpinum in Zuoz, in der Hermlin nicht war
(© Ulrich von Bubna)

[46] ebda., S. 83, vor allem Anm. 396
Vielleicht trug zum wirtschaftlichen Niedergang David Leders auch sein Hang zum Glücksspiel bei, der anhielt, auch als die Barmittel dafür nicht mehr vorhanden waren. Zu den (unerzählten) Familiengeschichten der Leders gehört u. a., daß Lola Leder eines Morgens zehn Aquarelle Liebermanns mit Ansichten des Tiergartens nicht mehr vorfand – David Leder hatte sie nachts verspielt. Lola Leder bestand dann darauf, daß er sie, unter welchen Umständen auch immer, wiederbeschaffe, was ihm nur bei sechs dieser Arbeiten gelang (Information Andrée Leusink).

[47] Akte Leder, Fragebogen April 1943, Antwort V/5

[48] Auskunft Dr. Hugo Hungerbühler, Zürich

Dann ging er bis November 1925 nach Zuoz in Graubünden,[49] möglicherweise um in der Bergluft die Folgen seiner Erkrankung völlig auszukurieren.[50] Insgesamt also ein Schweizer Aufenthalt von ca. zehn Monaten.

Hier beginnt der nächste Mythos – der Mythos seiner Schweizer Internatsjahre, wie er auch von Hermlins offizieller Biographin in der DDR, Silvia Schlenstedt, kolportiert wird.[51] Hermlin im »Abendlicht«:

»Die Jahre in den Bergen fielen mir nicht leicht, ich gewöhnte mich nur langsam an die fremden Kinder, nachdem ich so lange allein gewesen war.«[52]

Hier stolpert man schon wieder: Wie konnte er zu Hause so lange »allein gewesen« sein, wo er doch zwei jüngere Geschwister hatte, den Bruder Alfred, geboren 1917, und die Schwester Ruth, Jahrgang 1918, die Hermlin allerdings auch hier völlig verleugnet.[53] Und in der Schweiz konnte er schon deshalb nicht »allein gewesen« sein, weil man ihm den jüngeren Bruder Alfred zur Gesellschaft mitgegeben hatte.[54]

»Mir fehlten meine Hauslehrer, meine Erzieherin, die Mädchen, alle die Menschen, die mich Tag für Tag umgeben hatten, ehe ich in das Internat kam. Sie standen unwandelbar um mich her, voll unergründlicher Weisheit und Erfahrung, stets in Sorge um mich, manchmal streng auf einer Forderung bestehend, aber immer freundlich und Vertrauen spendend.«[55]

Durch Familiennamen wie den der Plantas oder der

[49] Akte Leder, Fragebogen April 1943, Antwort V/5

[50] Anscheinend gab es im Frühjahr 1925 – nach Auskunft von Hermlins Schwester Ruth Frenkel – den Verdacht einer Hüfttuberkulose. Im »Abendlicht«, S. 35, verlegt Hermlin diese Episode ins Jahr 1922, sein siebtes Lebensjahr, und läßt sich im Sanatorium des Professors Weidner in Dresden kurieren. Dies bietet ihm den Vorteil, die Ermordung Walther Rathenaus vom 24. 6. 1922 mit seiner eigenen Krankengeschichte zu verquicken. Wie substantiell die entsprechende Passage mit ihrem visionären politischen Angsttraum ist, sei dahingestellt.

[51] s. dazu S. Schlenstedt, S. 48: »Für einige Jahre wird der junge Gymnasiast in ein Internat in die Schweiz geschickt.« – Wie sich der Mythos als biographisches ›Faktum‹ in den Nachschlagewerken manifestiert, s. »Wer war wer – DDR. Ein biographisches Lexikon«, Berlin 192, S. 194: »Gymnasium in der Schweiz«.

[52] »Abendlicht«, S. 15. – In einem Interview mit Klaus Wagenbach im WDR vom 6. 12. 1965 sprach Hermlin noch vorsichtiger von »einem Jahr Schule in der Schweiz«. Die Übertreibung nahm hier also im Lauf der Jahre zu. Die fiktive Verlängerung des Aufenthalts in der Schweiz führte dann dazu, daß Hermlin den zweiten Aufenthalt in Chemnitz (Ende 1925 bis Anfang 1930) entsprechend kürzte. Er war zehnjährig dort eingetroffen, schreibt aber in seinem Text »Kassberg«:
»Später kehrte ich, zwölf-, dreizehnjährig in diese Stadt zurück.« (»Entscheidungen«, S. 287)

[53] Sie kommt, wie gesagt, weder in seinen erzählenden Texten noch in seinem Fragebogen vom April 1943, Akte Leder, Antwort XII, vor.

[54] Auskunft Ruth Frenkel. Mit der Fiktion des langen Alleinseins und des Besuchs eines Schweizer Gymnasiums korrespondiert eine Aussage in einem Interview mit »Sinn und Form«, das in Hermlins Band »Lektüre 1960–1971«, Frankfurt a. M. 1974, abgedruckt ist:
»Mehrere Jahre wurde ich von Hauslehrern erzogen, in den üblichen Fächern. (...) Später ging ich auf humanistische Gymnasien in der Schweiz und in Deutschland und gewöhnte mich daran, mit anderen Kindern gemeinsam zu lernen.«
Die jüngere Schwester besuchte in Berlin 1925, durchaus nicht von Hauslehrern unterrichtet, die Pestalozzi-Schule!

[55] »Abendlicht«, S. 15

Zender, alter Zuozer Familien, oder Ortsnamen wie Scanf, ein Nachbarort von Zuoz,[56] suggeriert Hermlin dem geographisch wie pädagogisch bewanderten Leser, er habe etliche Klassen an dem weltberühmten Lyceum Alpinum in Zuoz absolviert, das damals gewiß eines der teuersten Internate der Welt war und pro Monat etwa das Gehalt eines Ministerialdirigenten – in Devisen – verschlang.[57] Verwunderlich ist es nicht, wenn sich der Name Rudolf Leder in den – bei Klassenstärken von ca. acht bis zehn Schülern höchst übersichtlichen – Unterlagen des Lyceums nicht findet, sowenig wie jener der von ihm »am meisten« geliebten Lehrerin, eines gewissen Fräulein Ze(h)nder.[58] Es ist möglich, daß er von März/April bis Oktober 1925 mit seinem Bruder in der privaten »Kleinkinderschule Bellaria« in Zuoz untergebracht war und auf den Eintritt in das Gymnasium vorbereitet wurde.[59] Wobei man hinzufügen muß, daß die Recherchen oft kompliziert sind, weil Hermlin mit Namen scheinbar ziemlich willkürlich, in Wirklichkeit aber sehr raffiniert umgeht: Er kürzt sie ab, verändert sie, auch wo eine Schutzfunktion für die Betroffenen überhaupt nicht nötig ist. Seine Namengebung scheint Teil einer Immunisierungsstrategie zu sein, die nur dem Schutz des Verfassers vor unliebsamen Recherchen dient.

So erzählt Hermlin im »Abendlicht« die tragische Geschichte seines Vaterbruders, des geliebten Onkels Herbert, der gelegentlich in das große Berliner ›Haus‹ zu Gast kommt und als sehr musikalisch, aber wirtschaftlich nicht sehr tüchtig geschildert wird. Motto: Er könne nur Klavier spielen und fremdes Geld ausgeben.

Hygienische Schule Bellaria in Zuoz
Der Autor dankt Herrn Roman A. Gilli für das Foto

[56] »Abendlicht«, S. 9 ff.

[57] Auskunft Ulrich von Bubna

[58] Auskunft Lyceum Alpinum. Vielleicht war Fräulein Zender Lehrerin an der von Hermann Gilli erbauten »hygienischen Schule« Bellaria. Über die Namen der Lehrer ist dem Enkel des Gründers, Roman A. Gilli, Zuoz, und seiner Familie heute nichts mehr bekannt.

[59] Hinweis Rudolf Goldschmidt. Möglicherweise bekam Hermlin Elementarunterricht in Latein beim Pfarrer von Scanf, damit er bei seinem Eintritt in das erste Schuljahr am Staatsgymnasium Chemnitz dem Unterricht folgen könne. Allerdings ist es völlig unwahrscheinlich, daß er mit 10 Jahren in Scanf schon den »Cornelius Napor« las – das ist eine Lektüre, die in der Regel erst den 14jährigen zugemutet wird, nach ca. 4 Jahren Lateinunterricht (s. »Abendlicht«, S. 9). Ein solcher Lektürehinweis dient unterschwellig der Verlängerung des Zuozer Aufenthalts.

Eines Tages passiert etwas Schreckliches:

»Ich muß neun Jahre alt gewesen sein, und Onkel Herbert hatte uns schon seit vielen Monaten nicht mehr besucht, als während einer Unterrichtsstunde im Hause eine Unruhe entstand. Ich hörte Hin- und Herlaufen, eine Tür schlug, unterdrücktes Reden und Klagen wurde hörbar. Ich lief aus dem Zimmer, verfolgt von den Ordnungsrufen und Protesten meines Hauslehrers. Auf dem Gang begegnete mir meine Erzieherin, die rotgeweinte Augen hatte; sie weinte bei jeder sich bietenden Gelegenheit. ›Dein Onkel Herbert ist tot‹, flüsterte sie, ›welch ein Unglück ...‹ Ich schlich mich zum Arbeitszimmer meines Vaters und öffnete leise die Tür. Mein Vater stand mit weißem Gesicht mitten im Zimmer und sah mit blindem Blick in meine Richtung. Onkel Herbert hatte sich erschossen, irgendwo in einem anderen Land. Mein Vater fuhr zu seinem Begräbnis. Man sprach nicht mehr von ihm, man vergaß ihn allmählich, auch ich.« [60]

In der Tat muß Hermlin da einiges vergessen, genauer: zusammen-phantasiert haben, freilich immer mit der Nebenabsicht, den fortdauernden großbürgerlichen Status mit Hauslehrer, Erzieherin[61] zu betonen.

Die Realität:
Der einzige Bruder von Hermlins Vater David hieß Max Leder, er war fünf Jahre jünger, von Beruf Kaufmann, Prokurist und – in geringerem Maße als sein Bruder David – auch Sammler: von O. Th. W. Stein besaß er rund 150 Arbeiten.[62] 1920–1922 wohnte er in Charlot-

[60] »Abendlicht«, S. 23 ff. – Hermlin kontaminiert hier die Geschichte zweier Onkel, die von Max Leder, dem Vaterbruder, und von Joseph Bernstein (28. 10. 1901–17. 4. 1924), einem Bruder der Mutter, der sich nach einem Streit mit seiner Frau während einer Gesellschaft in Chemnitz erschoß (Information Stadtarchiv Chemnitz und Andrée Leusink).

[61] Schon vor der Übersiedlung David Leders nach Chemnitz, Ende 1925, wurden der Kutscher, die Equipage, das Auto, der Chauffeur abgeschafft. Die Kinderfrau, die »Nanni«, wurde bald nach der Ankunft in Chemnitz entlassen. (Information Ruth Frenkel) Da Ruth Frenkel 1925 in die Berliner Pestalozzi-Schule geschickt wurde, ist denkbar, daß auch ihre Brüder Rudolph und Alfred vor ihr in diese Schule gingen.

[62] Thormann, a. a. O., S. 84, Anm. 399

tenburg und danach wieder in Chemnitz in der elterlichen Wohnung, die er erst räumte, als Bruder David mit Familie und Sack und Pack aus Berlin zurückkehrte.[63] Schon wenige Monate später, am 4. Februar 1926, starb Max Leder in der Chemnitzer Helenenstraße – »nach kurzer schwerer Krankheit«, der Überlieferung nach an einer Blinddarmentzündung.[64] Also nichts mit Selbstmord und Begräbnis im Ausland, er starb sozusagen vor der Haustür David Leders und seiner Familie. Und so wenig die Umstände dieses Todes in Hermlins »Abendlicht« stimmen, so wenig haben die Angaben über das Personal der Familie Leder in ihrer Chemnitzer Etagenwohnung mit der Wirklichkeit zu tun, von wegen Erzieherin und Hauslehrer. Rudolf Leder war zum fraglichen Zeitpunkt ein ganz gewöhnlicher Sextaner am Chemnitzer Staatsgymnasium.[65]

Im November 1925, unmittelbar nach der zweiten Auktion seiner Sammlungen, hatte Vater David Leder seine Firma von Berlin nach Chemnitz verlagert. Die Gründe für die Rückkehr aus der deutschen Reichshauptstadt in die sächsische Provinz sind im einzelnen unbekannt, vielleicht war einer der Gründe der Tod seines Vaters Leon Leder und die Auflösung von dessen Firma. In Chemnitz waren natürlich die Kosten für David Leder niedriger, er konnte wieder im Haus seiner Mutter Cäcilie wohnen. Der Geschäftszweig lautete »Strumpffabrikation und Strumpfexport, Handel mit Rohstoffen in Textilien«. David Leder brachte seine Berliner Firma in eine offene Handelsgesellschaft ein. Partner war sein Schwager Salomon Schwartz. Der Ledersche Anteil wurde mit 40 000 RM bewertet, der Schwartzsche mit

Chemnitzer Staatsgymnasium (© Stadtarchiv Chemnitz)

[63] Auskunft Stadtarchiv Chemnitz

[64] Auskunft Olaf Thormann und Ruth Frenkel

[65] Auskunft Stadtarchiv Chemnitz. – So, wie Hermlin die Schweizer Monate im »Abendlicht« auf Jahre dehnt, so kürzt er die Zeit in Chemnitz, die von Ende 1925 bis Anfang 1930 dauerte, auf zwei Jahre – s. das Interview mit Klaus Wagenbach (WDR, 6. 12. 1965) und »Kassberg« in »Entscheidungen«, S. 287.

10 000, also ein Verhältnis 4 zu 1, Gewinn und Verlust sollten allerdings ca. im Verhältnis 2 zu 1 geteilt werden. Wobei die offene Handelsgesellschaft im Unterschied zur GmbH im Konkursfall die Haftung mit dem privaten Vermögen einschließt.[66]
1928 wurde ein rechtes Unglücksjahr für die Leders. Sohn Rudolf Leder mußte die Quarta wiederholen,[67] und Vater David Leder erlitt mit seiner Firma, bestenfalls einer Dutzendfirma in Chemnitz, Schiffbruch, das Konkursverfahren wurde am 7. September 1928 eröffnet und am 26. 9. 1929, im Jahr der Weltwirtschaftskrise, rund einen Monat vor dem berüchtigten »Schwarzen Freitag«, mit einem Zwangsvergleich beendet. Danach erfolgte die Löschung der Firma im Handelsregister. Das Haus der Leders gehört von 1930 an dem Trikotagenfabrikanten Sigmund Göritz aus Berlin, einem Verwandten des Chemnitzer Corinth-Sammlers Erich Göritz.[68] Vergeblich bot David Leder 1930, um Geld in seine Kasse zu bringen, den Städtischen Kunstsammlungen Chemnitz ein Corpus von Zeichnungen des von ihm einst protegierten Chemnitzer Malers Otto Th. W. Stein an, die er, das Stück zu fünf Mark, erworben hatte. Er bot dem Museum »Zahlung zinsfrei in zwei Jahren« an, aber auch das half nichts.[69]

Nach der Niederlage in der Heimat strebt David Leder zurück nach Berlin. Er wohnt von Januar 1930 an in Friedenau, Stubenrauchstr. 2,[70] einem Mietshaus mit 15 Parteien.[71] Zu Ostern 1930 geht der Sohn Rudolf mit Untertertia vom Chemnitzer Staatsgymnasium ab.[72] Vater David Leder nennt sich im Chemnitzer Adreßbuch von 1930–1935 kaufmännischer Angestellter,[73]

Berlin, Stubenrauchstr. 2. Hier wohnte Familie Leder vom Januar 1930 bis November 1933 (© Roman Grafe)

[66] Auskunft Stadtarchiv Chemnitz und Rechtsreferendar Carsten Corino

[67] Die schulische Not erklärt auch Sätze wie »Die unerträglichen, unendlichen Sonntage sind voller Angst« in dem Text »Kassberg« (»Entscheidungen«, S. 287). In dem Band »Lektüre 1960-1971«, Frankfurt a. M. 1974, S. 207, verrät Hermlin als Grund für sein damaliges Scheitern, daß er sich »mit Mathematik und Naturwissenschaften abquälte«.

[68] Auskunft Stadtarchiv Chemnitz

[69] Thormann, a. a. O., S. 84, Anm. 399

[70] Auskunft Olaf Thormann und Ruth Frenkel

[71] Auskunft Zentral- und Landesbibliothek Berlin

[72] Auskunft Stadtarchiv Chemnitz. Ruth Frenkel meint sich zu erinnern, daß alle drei Kinder der Familie Anfang 1930 zusammen nach Berlin übersiedelten.

[73] Auskunft Stadtarchiv Chemnitz

von 1935 an heißt die Berufsbezeichnung Vertreter oder Textilvertreter.[74] Wenn Sohn Rudolf als Stephan Hermlin also im Jahr 1992 verlautbart:

»Ich habe fast so etwas wie eine Proustsche Existenz geführt. Ich wurde von Privatlehrern unterrichtet, ich lernte Geige spielen, ich hatte Reitpferde, Bücher, Autos zu meiner unbeschränkten Verfügung« –[75]

so ist dies für die zweite Hälfte der 20er Jahre, die frühen 30er Jahre, als Hermlin in die Pubertät kam, reichlich unrealistisch. Auto, Chauffeur, Equipage, Kutscher und Kindermädchen waren in Chemnitz abgeschafft.[76] Hermlins Behauptungen passen in keiner Weise zu den Augenzeugenberichten und den ökonomischen Tatsachen, wie sie sich in den Dokumenten der Handelsregister abbilden. Sein Vater war Ende der 20er Jahre, man muß es wohl so formulieren, finanziell ziemlich angeschlagen, nur mit großer Mühe und mit Hilfe von Freunden wie Erich Göritz, der ihn als Vertreter beschäftigte,[77] dürfte es ihm gelungen sein, in den frühen 30ern wirtschaftlich wieder Fuß zu fassen.

In dem berühmten Fragebogen der amerikanischen Militärregierung, den Hermlin im März 1946 ausfüllte,[78] gab er an, er habe 1930–1932 das Steglitzer Gymnasium besucht und 1933 am Prinz-Heinrich-Gymnasium zu Berlin das Abitur abgelegt.[79] Schon rein rechnerisch ist das unmöglich. Aufgrund seiner schulischen ›Ehrenrunde‹ in der Quarta zu Chemnitz wäre er, erneute Wiederholungen von Klassen einmal ausgeschlossen, frühestens 1935 zum Abitur zugelassen worden. Seine Gymnasialzeit endete, wie noch zu zeigen ist, vorzeitig

[74] Auskunft Zentral- und Landesbibliothek Berlin

[75] Wochenpost, 10. September 1992

[76] Auskunft Ruth Frenkel. Sie berichtet über die Änderung des Lebensstils zwischen 1925 und 1930 und über den Lebenszuschnitt in Berlin-Friedenau, Stubenrauchstr. 2: »Anstatt soviel Personal hatten wir ... nur ein Mädchen, ... Das war sehr viel kleiner alles. Das Büro war in der Wohnung, und zwar hatten wir noch nicht mal, das klingt jetzt komisch, noch nicht einmal mehr ein Eßzimmer, sondern die Familie aß in meinem Zimmer, und da war immer nicht genug Platz. Meine Mutter hatte einen sozialen Fimmel, da mußte ich immer mit dem Mädchen essen, damit das Mädchen nicht alleine ißt, denn mein Vater wollte das Mädchen nicht mit am Tisch haben. Und außerdem, wie gesagt, der Platz an dem Tisch war zu klein für alle. Und somit aß ich in der Küche. Was mich persönlich nicht furchtbar gestört hat, nur hinterher ist mir aufgefallen, daß das eigentlich sehr unrecht war. Die Sekretärin hat bei uns auch mitgegessen, nachdem die schon da war, und das war ein Teil ihres Gehaltes sogar.«

[77] Auskunft Ruth Frenkel

[78] Aufbewahrt in der Personalabteilung des Hessischen Rundfunks

[79] s. Antwort B

aus politischen Gründen. Im Widerstreit zwischen der bürgerlichen Reputation, wie sie das Abitur mit sich brachte, und der Möglichkeit, sich als guter Kommunist zu erweisen, der von der kapitalistischen Gesellschaft stigmatisiert und seiner Bildungschancen beraubt wurde, entschied sich Hermlin für den Ausweis des Bildungsbürgertums und spiegelte die Ablegung der Reifeprüfung vor. Unzutreffend ist so in diesem Zusammenhang, daß er, wie in dem erwähnten Fragebogen behauptet, von 1933–1936 an der Berliner Alma Mater studiert habe. Auskunft der Humboldt-Universität:

»Unsere mehrfach durchgeführte Recherche hat ergeben, daß zwischen 1933 und 1936/37 in den uns zur Verfügung stehenden Findhilfsmitteln … keine Eintragung von ›Rudolf Leder‹ bzw. ›Stephan Hermlin‹ als Student oder Gasthörer vorliegt.«

Angesichts solcher Flunkereien Hermlins sind die langen Passagen im »Abendlicht« über ehemalige Abiturkameraden wie jenen Götz v. R., den Sohn eines Reichswehrgenerals, der sich für marxistische Theorie interessierte, oder jenen bösartigen B., einen vorgeblichen Schüler Wilhelm Kempffs,[80] mit großer Skepsis zu lesen. Es waren in keinem Fall Abiturkameraden, und ob sie überhaupt seine Schulkameraden waren, steht auch dahin. Diese schemenhaften Figuren wirken wie idealtypische Konstrukte, etwa um, wie im Falle jenes B., zu beweisen, daß hohe musikalische Bildung und antisemitische Barbarei Hand in Hand gehen können.

Bei einem einzigen Porträt in der Galerie seiner Schul-

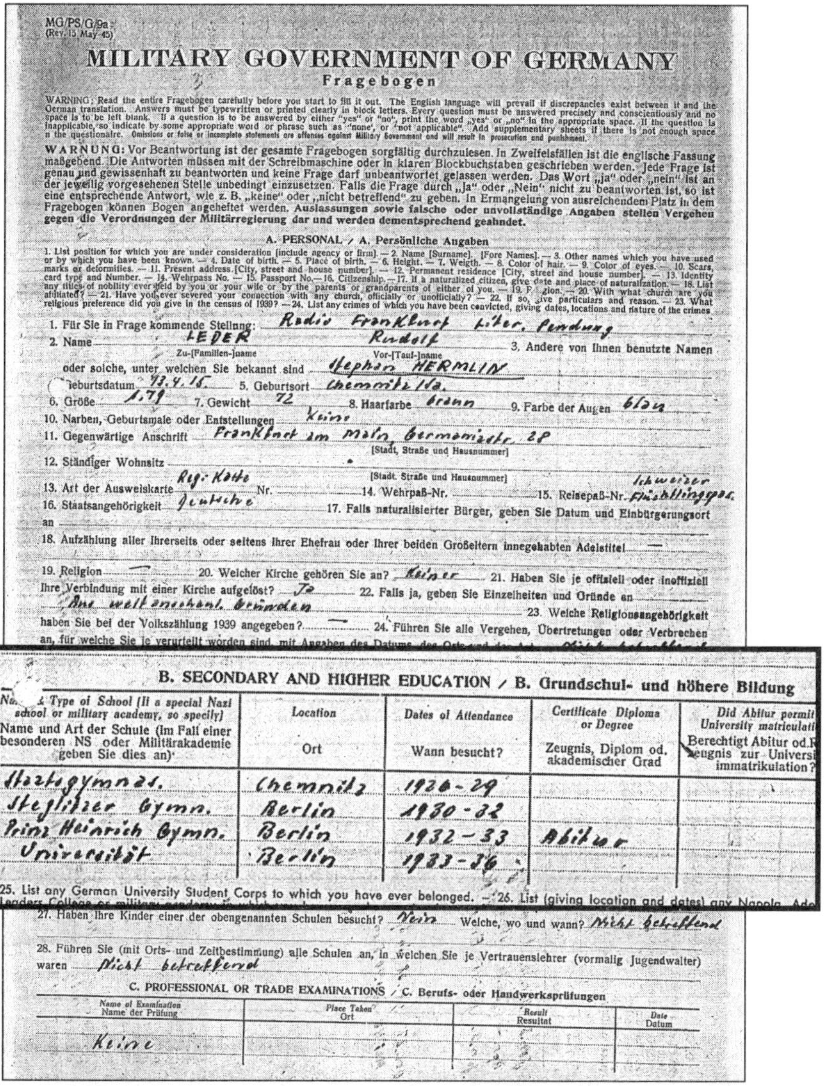
MG/PS/G/9a
(Rev. 15 May 45)

MILITARY GOVERNMENT OF GERMANY

Fragebogen

WARNING: Read the entire Fragebogen carefully before you start to fill it out. The English language will prevail if discrepancies exist between it and the German translation. Answers must be typewritten or printed clearly in block letters. Every question must be answered precisely and conscientiously and no space is to be left blank. If a question is to be answered by either "yes" or "no", print the word „yes" or „no" in the appropriate space. If the question is inapplicable, so indicate by some appropriate word or phrase such as "none", or "not applicable". Add supplementary sheets if there is not enough space in the questionaire. Omissions or false or incomplete statements are offenses against Military Government and will result in prosecution and punishment.

WARNUNG: Vor Beantwortung ist der gesamte Fragebogen sorgfältig durchzulesen. In Zweifelsfällen ist die englische Fassung maßgebend. Die Antworten müssen mit der Schreibmaschine oder in klaren Blockbuchstaben geschrieben werden. Jede Frage ist genau und gewissenhaft zu beantworten und keine Frage darf unbeantwortet gelassen werden. Das Wort „ja" oder „nein" ist an der jeweilig vorgesehenen Stelle unbedingt einzusetzen. Falls die Frage durch „Ja" oder „Nein" nicht zu beantworten ist, so ist eine entsprechende Antwort, wie z. B. „keine" oder „nicht betreffend" zu geben. In Ermangelung von ausreichendem Platz in dem Fragebogen können Bogen angeheftet werden. **Auslassungen sowie falsche oder unvollständige Angaben stellen Vergehen gegen die Verordnungen der Militärregierung dar und werden dementsprechend geahndet.**

A. PERSONAL / A. Persönliche Angaben

1. List position for which you are under consideration [include agency or firm]. — 2. Name [Surname]. [Fore Names]. — 3. Other names which you have used or by which you have been known. — 4. Date of birth. — 5. Place of birth. — 6. Height. — 7. Weigth. — 8. Color of hair. — 9. Color of eyes. — 10. Scars, marks or deformities. — 11. Present address [City, street and house number]. — 12. Permanent residence [City, street and house number]. — 13. Identity card type and Number. — 14. Wehrpass No. — 15. Passport No. — 16. Citizenship. — 17. If a naturalized citizen, give date and place of naturalization. — 18. List any titles of nobility ever held by you or your wife or by the parents or grandparents of either of you. — 19. Religion. — 20. With what church are you affiliated? — 21. Have you ever severed your connection with any church, officially or unofficially? — 22. If so, give particulars and reason. — 23. What religious preference did you give in the census of 1939? — 24. List any crimes of which you have been convicted, giving dates, locations and nature of the crimes

1. Für Sie in Frage kommende Stellung: Radio Frankfurt liter. Sendung
2. Name LEDER (Zu-[Familien-]name) Rudolf (Vor-[Tauf-]name) 3. Andere von Ihnen benutzte Namen oder solche, unter welchen Sie bekannt sind Stephan HERMLIN
4. Geburtsdatum 13.4.15. 5. Geburtsort Chemnitz/Sa.
6. Größe 1,79 7. Gewicht 72 8. Haarfarbe braun 9. Farbe der Augen blau
10. Narben, Geburtsmale oder Entstellungen keine
11. Gegenwärtige Anschrift Frankfurt am Main, Germaniastr. 28 [Stadt, Straße und Hausnummer]
12. Ständiger Wohnsitz [Stadt, Straße und Hausnummer]
13. Art der Ausweiskarte Reg.-Karte Nr. 14. Wehrpaß-Nr. 15. Reisepaß-Nr. schweizer Flüchtlingspaß
16. Staatsangehörigkeit deutsche 17. Falls naturalisierter Bürger, geben Sie Datum und Einbürgerungsort an
18. Aufzählung aller Ihrerseits oder seitens Ihrer Ehefrau oder Ihrer beiden Großeltern innegehabten Adelstitel —
19. Religion — 20. Welcher Kirche gehören Sie an? keiner 21. Haben Sie je offiziell oder inoffiziell Ihre Verbindung mit einer Kirche aufgelöst? Ja 22. Falls ja, geben Sie Einzelheiten und Gründe an aus weltanschaul. Gründen 23. Welche Religionsangehörigkeit haben Sie bei der Volkszählung 1939 angegeben? — 24. Führen Sie alle Vergehen, Übertretungen oder Verbrechen an, für welche Sie je verurteilt worden sind, mit Angaben des Datums, des Orts und der Art

B. SECONDARY AND HIGHER EDUCATION / B. Grundschul- und höhere Bildung

Name & Type of School (If a special Nazi school or military academy, so specify) Name und Art der Schule (Im Fall einer besonderen NS oder Militärakademie geben Sie dies an)	Location Ort	Dates of Attendance Wann besucht?	Certificate Diploma or Degree Zeugnis, Diplom od. akademischer Grad	Did Abitur permit University matriculati… Berechtigt Abitur od. Zeugnis zur Universi… immatrikulation?
Staatsgymnas.	Chemnitz	1926–29		
Steglitzer Gymn.	Berlin	1930–32		
Prinz Heinrich Gymn.	Berlin	1932–33	Abitur	
Universität	Berlin	1933–36		

25. List any German University Student Corps to which you have ever belonged. — 26. List (giving location and dates) any Napola, Adolf Hitler School, Leaders College or military academy …
27. Haben Ihre Kinder einer der obengenannten Schulen besucht? Nein Welche, wo und wann? Nicht betreffend
28. Führen Sie (mit Orts- und Zeitbestimmung) alle Schulen an, in welchen Sie je Vertrauenslehrer (vormalig Jugendwalter) waren Nicht betreffend

C. PROFESSIONAL OR TRADE EXAMINATIONS / C. Berufs- oder Handwerksprüfungen

Name of Examination Name der Prüfung	Place Taken Ort	Result Resultat	Date Datum
Keine			

Seite 1 des Fragebogens der am. Besatzungsmacht vom 15. März 1946, Archiv des hr. Fälschlicherweise behauptet Hermlin, das Abitur gemacht und die Universität besucht zu haben

[80] »Abendlicht«, S. 85 ff.

kameraden und Freunde kann man die pseudo-historiographischen, pseudo-autobiographischen Tricks Hermlins genau studieren. Er schreibt:

»Albert H., der aus meiner Heimatstadt stammte, kämpfte in Spanien. Beim Vorgehen über ein erobertes Geländestück bemerkte er einen verwundeten Franco-Offizier, der zu verstehen gab, daß er sich ergeben wolle. Als Albert auf ihn zuging, zog der andere eine Pistole und schoß ihm auf kürzeste Entfernung in den Unterleib. Albert erschoß den Faschisten, dann schaffte man ihn fort; wie viele Schwerverwundete der Brigaden brachte man ihn in die Sowjetunion, die Wunde heilte, aber er hatte aufgehört, ein Mann zu sein. Als der Angriff auf die Sowjetunion begann, meldete er sich zu einer Fallschirmaktion über Deutschland. Er blieb verschollen wie andere auch. Erst nach dem Krieg fand man seine Akten bei der Gestapo, die kurzen Angaben über seinen Tod. Nur durch die angeheftete Fotografie erfuhr man, daß es sich um Albert H. handelte. Er hatte unter der Folter nichts preisgegeben, nicht einmal seinen Namen. Er war als Unbekannter hingerichtet worden.« [81]

Bei diesem Albert H. handelt es sich, wie man in Günther Nollaus und Ludwig Zindels Buch über sowjetische Fallschirmagenten im Zweiten Weltkrieg nachlesen kann,[82] um einen Albert Hößler aus Mühlau, einem Flecken 15 km von Chemnitz. Er war Jahrgang 1910, fünf Jahre älter als Hermlin, und kann aufgrund seines Lebenswegs Hermlin als Kind und Jugendlichem nicht begegnet sein.

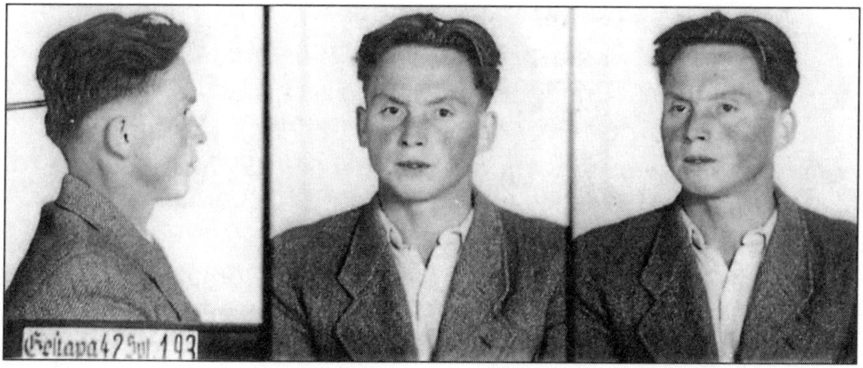

Albert Hößler
(© Regina Griebel, Marlies Coburger, Heinrich Scheel »Erfaßt, Das Gestapo-Album zur Roten Kapelle », 1992 by audioscop, Halle/S.)

[81] »Abendlicht«, S. 92
[82] Günther Nollau, Ludwig Zindel, »Gestapo ruft Moskau. Sowjetische Fallschirmagenten im 2. Weltkrieg«. München 1979, S. 63 ff.

»Er war 1933 zunächst in die ČSR und von dort weiter über die Niederlande und Belgien nach Frankreich geflüchtet. Im Spanischen Bürgerkrieg hatte er als Interbrigadist für die Sache der Republikaner gekämpft, war verwundet worden und 1939 in die Sowjetunion entkommen.« [83]

Am 5. August 1942 sprang Hößler bei Gomel, Weißrußland, hinter den deutschen Linien ab und schlug sich zur »Roten Kapelle« nach Berlin durch. Schon Ende September 1942 wurde er verhaftet, weigerte sich allerdings standhaft auszusagen und blieb dabei. Die Nazis brachten ihn um, aber sie wußten sehr wohl, um wen es sich handelte. Er wurde schon seit Mai 1935 im Fahndungsbuch der Gestapo – mit Lichtbild – als flüchtiger Kommunist gesucht, und sein Mithäftling, der Bildhauer Kurt Schumacher, identifizierte ihn im Herbst 1942. In ungenauer Kenntnis der Sachlage behauptete die DDR-Publizistik, Hößler habe trotz furchtbarer Martern nicht einmal seinen richtigen Namen genannt und die Gestapo habe ihn als Unbekannten hingerichtet. So Otto Winzer, der nachmalige Außenminister der DDR, 1955 in seinem Bericht »Zwölf Jahre Kampf gegen den Faschismus«.[84]

Hermlin schreibt also nur ab, was in einem offiziösen Bericht der DDR falsch gestanden hatte, und tut so, als habe er mit Albert Hößler gar Seite an Seite in Spanien gegen die Faschisten gekämpft, als sei er Zeuge der schweren, Hößler angeblich entmannenden Schußverletzung gewesen. (Wozu freilich nicht paßt, daß Hößler im Jahr 1941 die russische Ärztin Rubzowa heiratete.)[85]

[83] Nollau und Bindel, a.a.O., S. 63

[84] l. c., S. 192

[85] s. Regina Griebel u. a.: »Erfaßt? Das Gestapo-Album zur Roten Kapelle«. Halle 1992, S. 97

Begegnet sein können sich Hößler und Hermlin allenfalls in Paris, Herbst 1938 und Frühjahr 1939, als sie beide Mitarbeiter in der Jugendredaktion des Freiheitssenders 29, 8 Barcelona gewesen sein sollen. Hätte Hermlin Hößler wirklich persönlich gut gekannt, hätte er vermutlich gewußt, daß dessen Verwundungen nicht in der Sowjetunion, sondern in spanischen und französischen Lazaretten geheilt worden waren und daß Hößler als bereits Gesundgepflegter im Frühling 39 in die Sowjetunion zurückkehrte.[86] Durch die Verschleierung aller näheren Umstände ihrer Beziehung läuft es bei Hermlin hinaus auf die Renommisterei mit dem tragischen Schicksal eines tapferen Mannes, der seine Standhaftigkeit gegenüber der Gestapo mit dem Leben bezahlte. Aber wie nannte Hans Mayer Hermlins »Abendlicht«?

Ein »dichterisches Monument für unauslöschliche Erinnerungen«.[87]

Natürlich bringt Hermlin im Konnex mit seiner Schulzeit immer wieder ins Spiel, daß er schon als Gymnasiast dem kommunistischen Jugendverband beigetreten sei.[88] Er, der Sohn des Großkapitalisten, des Fabrikanten, habe quasi aus eigener Einsicht die Klassenschranken überwunden, habe den ehrbarsten Klassenverrat, den an der Bourgeoisie, begangen und sich dem Proletariat angeschlossen. Man hat den Eindruck, als habe Hermlin den Reichtum seiner Eltern – prächtige Bibliothek, großes Haus in Berlin, phänomenale Kunstsammlung, Reitpferde, Wasserflugzeug etc.[89] – vor allem deshalb so ins Phantastische gesteigert und über das

Albert Hößler (2. v. l.) mit Spanienkämpfern, vermutlich Sommer 1939 in Monino bei Moskau

[86] Regina Griebel u.a., a. a. O., S. 96

[87] s. Hans Mayer, »Lyrik der Hoffnung«. Stephan Hermlin: »Gesammelte Gedichte« und »Abendlicht«, in: Die Zeit, Nr. 39, 21. September 1979, S. 53

[88] »Abendlicht«, S. 30 ff.

[89] Das Wasserflugzeug für den Trip an die Ostsee (»Abendlicht«, S. 64) war samt Pilot nur gemietet (Auskunft Ruth Frenkel)

Verfallsdatum hinaus prolongiert, um seinen Absprung desto imposanter zu machen, seine intellektuelle und politische Frühreife desto erstaunlicher.

»Mit dreizehn Jahren las ich zufällig das ›Kommunistische Manifest‹; es hatte später Folgen. Mich bestach daran der große poetische Stil, dann die Schlüssigkeit des Gesagten. Zu den Folgen gehörte, daß ich es mehrmals las, im Laufe der Jahre sicher zwei dutzendmal.« [90]

Niemand kann eine solche Aussage überprüfen. Aber hätte Hermlin als Dreizehnjähriger tatsächlich erstmals zum Kommunistischen Manifest gegriffen, so hätte das eine von ihm freilich verschwiegene oder nicht begriffene Logik: Es wäre im Jahre 1928 gewesen, im Jahr, in dem sein Vater Bankrott machte. Das Scheitern des Kapitalismus in der eigenen Familie gewissermaßen am eigenen Leibe zu erleben – derlei konnte tatsächlich zur Lektüre Marxscher Schriften führen. Man wollte vielleicht wissen, wie das Verhängnis über einen selbst, über die eigene Familie gekommen war.

Im Lauf der Zeit dürften allgemeinere Interessen hinzugekommen sein, die Hermlin später in die Arme der kommunistischen Partei bzw. der SED führten. Im »Abendlicht« berichtet Hermlin, wie er von 1931 an auf den Berliner Straßen die Diskussionen zwischen Nazis, Sozialdemokraten und Kommunisten verfolgte.

»Von den Argumenten, welche die drei Gruppen vorbrachten, überzeugten mich die der Kommunisten am meisten. Auch gefielen mir die Kommunisten, die ich täglich sah – sie hatten, obwohl es ihnen offensichtlich

Auseinandersetzung zwischen Angehörigen des RFB und der Polizei während eines Demonstrationszuges in den Straßen Berlins, um 1930 (© Ullstein Bilderdienst)

[90] »Abendlicht«, S. 20 f.

nicht gutging, etwas Freudiges und Zuversichtliches an sich.
Ich fühlte, wie ich blaß wurde, als einer von ihnen mich eines Tages plötzlich ansprach. Es war nur wenige Tage vor dem Beginn der Sommerferien. Zwar war ich manchmal von Blicken, gleichgültigen oder wohlmeinenden, gestreift worden, aber hier trat jemand auf mich zu, zwei blaßblaue Augen sahen mir gerade ins Gesicht und eine Stimme sagte: ›Na, was bist denn du für einer … Bist wohl Gymnasiast, wie?‹ (…) In diesem Augenblick, als der Fremde mich anredete, kämpfte in mir die Empörung über das plötzliche und selbstverständliche ›Du‹ mit einer rätselhaften Freude. Ich gab Auskunft über mich, ja, ich besuche das und das Gymnasium, ich wohne dort und dort, ich sei gegen die Faschisten. Wir wechselten noch ein paar Worte, ehe der Fremde mich plötzlich fragte: ›Na, wie ist es … willst du bei uns Mitglied werden?‹ Er hatte aus einer Jackentasche einen Zettel gezogen, ein zerdrücktes, nicht sehr sauberes Blatt, das er mir hinhielt. Der Zettel war nicht gedruckt, er war in verwischten, blassen Lettern auf einem Abziehapparat hergestellt worden und bekundete, der Unterzeichner sei von jetzt an Mitglied des Kommunistischen Jugendverbandes Deutschlands (…) Ich blickte auf den zerdrückten, verwischten Zettel und unterschrieb. Die Straße drehte sich langsam und unaufhörlich um mich.« [91]

So soll es gewesen sein.
Aber trat Hermlin damals tatsächlich *so* dem Kommunistischen Jugendverband bei? Die drei Jahre jüngere Schwester Hermlins, Ruth Frenkel, erinnert sich, weni-

Eine Kindergruppe der Kommunistischen Jugendorganisation, ca. 1931
(© Ullstein Bilderdienst)

[91] ebda., S. 31 ff.

ger schwindelerregend, an folgendes: Sie ging 1931, dreizehnjährig, auf die Fürstin-Bismarck-Schule in Berlin. Damals verliebte sie sich in einen Jungen, der dem SSB, dem Sozialistischen, d. h. dem kommunistischen Schüler-Bund,[92] angehörte und sie überredete, dort ebenfalls einzutreten. Sie nahm ihre beiden älteren Brüder Rudolf alias Stephan Hermlin und Alfred mit dorthin, und sie wurden ebenfalls Mitglieder.[93] Der Anstoß, in eine kommunistische Jugendorganisation einzutreten, durch die drei Jahre jüngere, später aus dem Gedächtnis gestrichene Schwester, gar noch im Gefolge einer Liebesgeschichte – solch zufälliges erotisch-politisches Morgenlicht paßte verständlicherweise nicht ins »Abendlicht«! Trat Hermlin nach dieser Initiation in den SSB irgendwann dem KJVD bei? Es ist vielleicht aufschlußreich, daß in der Sonntagsbeilage der »Jungen Garde« vom 24. Mai 1931, im Feuilleton dieser Zeitschrift des KJVD, ein R. L., also vielleicht Rudolf Leder, einen Artikel veröffentlichte unter dem Titel »Jugend mit neuen Zielen«.[94] Darin nahm der R. L.Partei für arbeitslose und streikende Jugendliche. Er könnte ein Indiz für den vollzogenen Beitritt in den KJVD sein und den Beginn seiner publizistischen Karriere markieren. Freilich wurde dann bald nach solchem Beginn das Ende von Hermlins Schullaufbahn eingeläutet. Als er im Januarheft 1932 des »Schulkampfs«, im Organ des Sozialistischen Schülerbundes, einen Artikel über Lenin, Liebknecht und Rosa Luxemburg veröffentlichte und darin die »Verleumdungen« und »Entstellungen des bürgerlichen Geschichtsunterrichts« angriff,[95] wurde er von der Schulleitung zur Rechenschaft gezogen und mit dem Consilium abeundi bestraft[96] – vielleicht noch vor der mittleren Reife.

[92] Hermlins Exilfreund E. J., in Berlin aufgewachsen, äußerte sich zum SSB in unveröffentlichten Tonband-gesprächen, deren Abschrift mir seine zweite Frau dankenswerterweise zur Verfügung stellte. Demnach war der SSB »in Wirklichkeit ein kommunistischer Schülerbund; ... der war nicht sozialistisch, er war auch nicht sozialdemokratisch, so daß die Sozialdemokraten einen Extra-Schülerbund gegründet haben ... und wir gaben den ›Schulkampf‹ heraus, eine Zeitschrift, da habe ich sehr aktiv mitgemacht.«
Der »Schulkampf« wurde an Kiosken, aber auch vor Schulen verkauft.

[93] Information Ruth Frenkel. – Auf dem Fragebogen der amerikanischen Besatzungsmacht vom 15. 3. 1946 antwortete Hermlin auf die Frage 113 (»Waren Sie jemals Mitglied einer nach 1933 aufgelösten oder verbotenen Gewerkschaft oder eines Berufs- oder Wirtschaftsverbandes?«) mit »S(chutzverband) D(eutscher) S(chriftsteller), S(ozialistischer) S(chüler-) B(und).
Auf die Frage 110 f. (»Waren Sie seit 1933 Mitglied einer verbotenen Oppositionspartei oder -gruppe?«) antwortete er mit »KJVD, Freie Deutsche Jugend«.

[94] Der Verfasser dankt der Deutschen Bücherei Leipzig für die Hilfe bei der schwierigen Suche nach diesem Artikel! Hermlin hat auf die Frage, ob der Artikel von ihm stamme, nicht geantwortet.

[95] »Der Schulkampf«, V. Jg., H. 1, Januar 1932, S. 15 f. Der Verf. dankt der Staatsbibliothek zu Berlin, Preußischer Kulturbesitz, Abt. Historische Drucke, für die Suche nach diesem Artikel. Frau Hannelore Kliesener von ebendieser Bibliothek fand darüber hinaus zwei weitere Beiträge im »Schulkampf«, von denen zumindest nicht ausgeschlossen werden kann, daß sie von Hermlin stammen: im IV. Jahrgang, H. 8, August 1931, S. 138 f., einen Nachruf auf den Studenten Leo Dobriner (gezeichnet »Rudi«, wobei ich in diesem Fall die Verfasserschaft Hermlins für eher unwahrscheinlich halte) und ebenfalls im IV. Jg., H. 9/10, September/Oktober 1931, S. 177, einen Hinweis auf ein Buch von Jürgen Kuczinski, »Rote Arbeit«, Verlag Historia Foto Berlin (gezeichnet »R.«). In der Bibliographie zu Hermlins 70. Geburtstag von Maritta Rost und Rosemarie Geist, Leipzig 1985, einem Buch mit immerhin 280 Seiten, sind diese Beiträge alle nicht erfaßt.

[96] Auskunft Ruth Frenkel. Hermlin hat auch in diesem Fall auf die Frage, ob er wegen dieses Artikels von der Schule relegiert wurde, sich in Schweigen gehüllt.

Der jähe Abgang vom Gymnasium erklärt auch die Panik Hermlins im Hinblick auf seine Berufswahl, wie er sie unvermittelt in seinem Text »Rückkehr« durchblicken läßt:

»Vielmehr war ich ganz und gar ratlos und dachte mit Schrecken an die Zukunft.«[97]

Die Wahl eines intellektuell einigermaßen befriedigenden Berufs dürfte bei einem Abschluß evtl. ohne das sog. »Einjährige« ziemlich schwierig gewesen sein. Hermlin begann so, wohl oder übel, ein Lehre, anscheinend bei der Druckerei Pohlke, M. und M. Rietsch, in der Schönhauser Allee 6, unweit der Schultheiß-Brauerei.[98] Auf seiner ersten Heiratsurkunde nannte er sich zwar Volontär,[99] wie heute ein angehender Journalist, kam aber nach der Erinnerung seiner Schwester mit den schwarzen Fingern des Handsetzers nach Hause.[100] Daß er keinen »›gehobenen‹ Intellektuellenberuf« ergriff, sondern »zur Arbeit in eine Druckerei« ging, wie seine proletarisch begeisterte Biographin Schlenstedt rühmt, war also kein Verdienst Hermlins, sondern die blanke Verlegenheit.[101]

Da die Familie Leder schon seit den 20er Jahren zionistisch war – Vater Leder hatte in Chemnitz einen zionistischen Club gegründet, die zionistische Sammelbüchse für die ›armen jüdischen Brüder‹ im Osten hing in der Wohnung der Familie immer an der Wand und wurde alle paar Wochen geleert, um Landkäufe in Palästina zu ermöglichen, Mutter Lola besuchte in den 30er Jahren dreimal Palästina –, war nach Hitlers Machter-

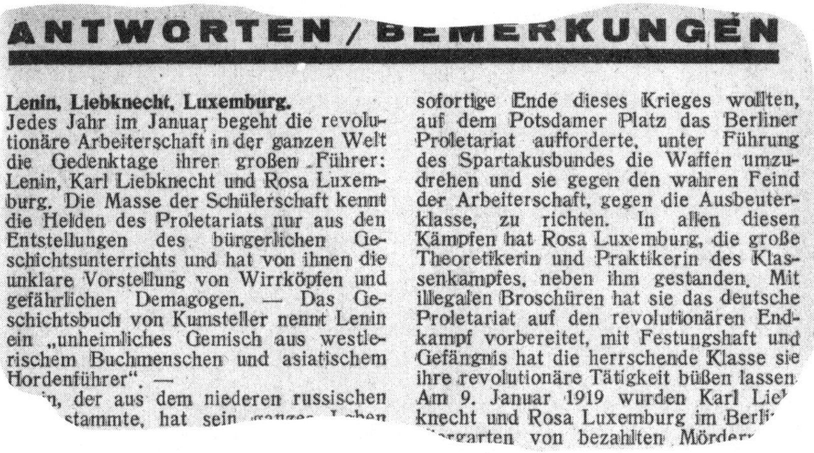

ANTWORTEN / BEMERKUNGEN

Lenin, Liebknecht, Luxemburg.
Jedes Jahr im Januar begeht die revolutionäre Arbeiterschaft in der ganzen Welt die Gedenktage ihrer großen Führer: Lenin, Karl Liebknecht und Rosa Luxemburg. Die Masse der Schülerschaft kennt die Helden des Proletariats nur aus den Entstellungen des bürgerlichen Geschichtsunterrichts und hat von ihnen die unklare Vorstellung von Wirrköpfen und gefährlichen Demagogen. — Das Geschichtsbuch von Kumsteller nennt Lenin ein „unheimliches Gemisch aus westlerischem Buchmenschen und asiatischem Hordenführer". —
…n, der aus dem niederen russischen …stammte, hat sein …

sofortige Ende dieses Krieges wollten, auf dem Potsdamer Platz das Berliner Proletariat aufforderte, unter Führung des Spartakusbundes die Waffen umzudrehen und sie gegen den wahren Feind der Arbeiterschaft, gegen die Ausbeuterklasse, zu richten. In allen diesen Kämpfen hat Rosa Luxemburg, die große Theoretikerin und Praktikerin des Klassenkampfes, neben ihm gestanden. Mit illegalen Broschüren hat sie das deutsche Proletariat auf den revolutionären Endkampf vorbereitet, mit Festungshaft und Gefängnis hat die herrschende Klasse sie ihre revolutionäre Tätigkeit büßen lassen. Am 9. Januar 1919 wurden Karl Lie… knecht und Rosa Luxemburg im Berli… …rgarten von bezahlten Mörder…

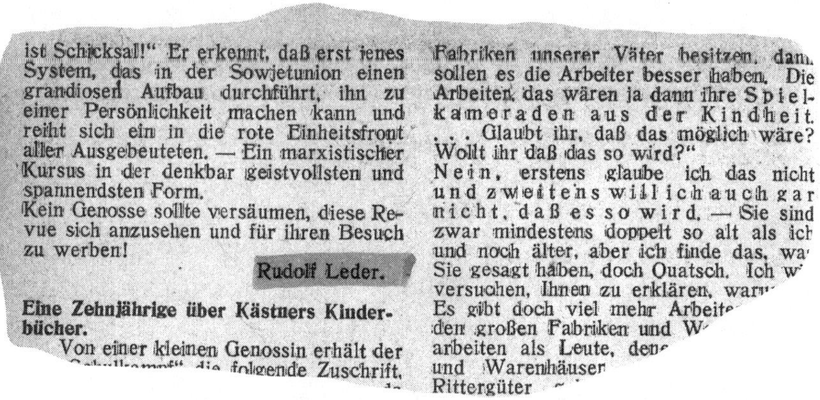

ist Schicksal!" Er erkennt, daß erst jenes System, das in der Sowjetunion einen grandiosen Aufbau durchführt, ihn zu einer Persönlichkeit machen kann und reiht sich ein in die rote Einheitsfront aller Ausgebeuteten. — Ein marxistischer Kursus in der denkbar geistvollsten und spannendsten Form.
Kein Genosse sollte versäumen, diese Revue sich anzusehen und für ihren Besuch zu werben!

Rudolf Leder.

Eine Zehnjährige über Kästners Kinderbücher.
Von einer kleinen Genossin erhält der …„Schulkampf" die folgende Zuschrift.

Fabriken unserer Väter besitzen, dann sollen es die Arbeiter besser haben. Die Arbeiter, das wären ja dann ihre Spielkameraden aus der Kindheit. . . . Glaubt ihr, daß das möglich wäre? Wollt ihr daß das so wird?"
Nein, erstens glaube ich das nicht und zweitens will ich auch gar nicht, daß es so wird. — Sie sind zwar mindestens doppelt so alt als ich und noch älter, aber ich finde das, wa… Sie gesagt haben, doch Quatsch. Ich w… versuchen, Ihnen zu erklären, waru… Es gibt doch viel mehr Arbeite… den großen Fabriken und W… arbeiten als Leute, den… und Warenhäuser… Rittergüter …

In der Zeitschrift »Der Schulkampf« veröffentliche Hermlin (Rudolf Leder) seine ersten Artikel, die ihn zum Verlassen des Gymaniums zwangen.

97 s. »Entscheidungen«, S. 351
98 Auskunft Staatsarchiv Berlin
99 Akte Leder, Schweiz. Bundesarchiv
100 Auskunft Ruth Frenkel
101 S. Schlenstedt, S. 56. Die Autorin tradiert, l. c., auch ungeprüft das Gerücht: »1933 schließt Hermlin das Gymnasium mit dem Abitur ab.«

greifung rasch klar, daß die drei Kinder Rudolf, Alfred und Ruth nach Palästina auswandern würden. Unklar waren vorerst nur der Zeitpunkt und die Modalitäten. Während ursprünglich die beiden Söhne als die älteren vorausgehen sollten, änderte sich dann die Konstellation: die beiden jüngeren, Alfred und Ruth, bekamen die Möglichkeit, Anfang 1934 mit der Jugend-Alijah auszureisen, während der älteste, der 18jährige Rudolf alias Hermlin, auf einer langen Warteliste stand. Aber es war selbstverständlich, daß er nur noch auf Abruf in Deutschland lebte.[102]

Fraglich ist, wie unter diesen Voraussetzungen nach dem Januar 1933 seine angebliche illegale Arbeit[103] gegen die Nazis ausgesehen haben soll. Im »Abendlicht« wird der Eindruck erweckt, als habe Hermlin nach Hitlers Machtübernahme seine Eltern verlassen, sich ökonomisch als Drucker oder Typograph[104] auf eigene Beine gestellt und, ständig fluchtbereit, in konspirativen Wohnungen gelebt.
»In einer Ferne, die unablässig zunahm, lag mein Haus, lebte meine Familie, befand sich der Kreis von Menschen, in dem ich zu leben pflegte.« [105]

»Am späten Nachmittag (des 30. Januar 1933) wechselte ich das Quartier. Eine Freundin, die eine Mansarde bewohnte, gewährte mir Unterschlupf. Durch die geöffnete Luke betrachtete ich die Dächer, die mir im Notfall die Flucht möglich machen sollten.« [106]

»Von Zeit zu Zeit besuchte ich meinen Vater. Seit unserer letzten heftigen Auseinandersetzung, als ich mich

[102] Auskunft Ruth Frenkel. Es scheint, als habe Hermlin die Zeit, die ihm neben seiner Druckerlehre blieb, systematisch seiner Selbstvervollkommnung durch Lektüre gewidmet: »Als ich dreizehn war, fand ich in einem Buch einen Hinweis auf die Nützlichkeit geplanter Arbeit. Ich stellte mir im Laufe einer Woche einen Leseplan auf, der mir ermöglichen sollte, die großen europäischen Literaturen gründlich kennenzulernen. Dazu kamen einige orientalische Werke und die griechischen und römischen Klassiker. Nach diesem Plan habe ich täglich sieben Jahre lang gelesen, also bis zu meinem zwanzigsten Lebensjahr.«, d. h. bis 1935, bis zu seiner Auswanderung (s. Stephan Hermlin, »Lektüre 1960–1971«, Frankfurt 1974, S. 207)

[103] s. »Abendlicht«, S. 93: »im zweiten Jahr meiner Illegalität«. Solche Aussagen suggerieren, Hermlin habe jahrelang im Untergrund mit falschen Papieren und konspirativer Adresse gelebt. In seinem Interview mit Hermlin (WDR, 6. 12. 1965) sprach Klaus Wagenbach in Unkenntnis der Tatsachen von einer »strikten Illegalität« während der Jahre 1933–1936 und kommentierte den Unterschied für die Zeit danach (wohl gemeint: in Frankreich) so: »Sie wechselten von einer strikten Illegalität in eine weniger strikte, aber doch sichtbare und deutliche.«
Wenn Hermlin während des Dritten Reichs gegen die Nazis arbeitete, dann gerade aus der Legalität eines offiziell gemeldeten Wohnsitzes heraus. Die einzige konkrete Aktion, die S. Schlenstedt in ihrer Monographie erwähnt und die die Möglichkeit der Datierung bietet – die Verteilung eines Doppelblatts auf dem Kurfürstendamm, eines Doppelblatts, »das obenauf für einen reißerischen Film wirbt, auf dem zweiten Blatt aber von Dimitroffs Auftreten im Reichstagsbrandprozeß kündet« (l. o. S. 57) – fällt in die Zeit kurz nach dem 4. November 1933. Es wäre logisch, wenn Hermlin mit dem Fortschreiten der Zeit und dem Näherrücken seiner eigenen, von langer Hand betriebenen Emigration seine Widerstandsaktivitäten entsprechend reduziert hätte.

[104] »Drucker, Setzer« ist der Beruf, den Hermlin im Fragebogen von April 1943, Schweizerisches Bundesarchiv, Antwort I/9, angibt.

[105] »Abendlicht«, S. 52

[106] ebda., S. 54

geweigert hatte, nach Cambridge zu gehen, und, auf seine Frage nach den Gründen, ihm erwidert hatte, es ginge um die deutsche Revolution und ich wollte bei den Arbeitern bleiben, hatte er es aufgegeben, mit mir über Politik zu streiten (...) Er fragte mich, ob ich etwas brauche; ich beruhigte ihn: ich käme mit meinem Verdienst schon zurecht. Seine Miene zeigte, daß er nicht weiter zu sprechen wünschte, er setzte sich an den Flügel, und wir spielten Mozartsonaten.« [107]

So drei, fast beliebige, Zitate aus dem »Abendlicht«. Wie, fragt man sich, sollte jemand (zum Studium) nach Cambridge gehen, dem das Abitur versagt worden war! Und wartete Hermlin, seit seine Geschwister in den Kibbuz gegangen waren, nicht einfach auf sein Schiffsbillett statt auf die deutsche Revolution? Aber heroische Parolen der Treue zur deutschen Arbeiterschaft lasen sich in der DDR natürlich besser als zionistische Bekenntnisse ... Begnügt man sich nicht damit, dem imaginären Mozartspiel zu lauschen, sondern untersucht man die Dokumente, so ergeben sich immer wieder die verblüffendsten Widersprüche. In dem berühmten Fragebogen von 1946 gibt Hermlin halb unbefangen, halb verlogen, jedenfalls vor Beginn der großen Legendenbildung zu Protokoll:

»Von 1931–1936 lebte ich bei meinen Eltern als Schüler und Student ...« [108]

Nun, als Student gewiß nicht, aber er lebte bei ihnen, mit ihnen, z. B. in der Stubenrauchstr. 2, Friedenau, bis Dezember 1933, dann in der Carmerstr. 2, Gartenhaus,

Carmerstraße 2, Berlin. Hier wohnte Hermlin mit seiner Familie ab Dezember 1933 in dem rückwärtigen Gartenhaus, das zu diesem Gebäude gehörte. (© Roman Grafe)

107 ebda., S. 105

108 Fragebogen vom 15. März 1946, Archiv des hr, Antwort H auf die Frage nach Einkommen und Vermögen.
Vollkommen kritiklos S. Schlenstedt (S. 56): »Er wohnt auch nicht mehr im Haus der Eltern, aber er vollzieht keinen Bruch mit den Eltern, von denen er sich politisch entfernt hatte.«
Ruth Frenkel bestätigt ausdrücklich, daß Hermlin nach 1933 bei den Eltern in der Carmerstraße wohnte.

Charlottenburg. Wenn Hermlin behauptet, er habe als »Illegaler« in Berlin »am Steinplatz«[109] gewohnt, so ist dies nur eine Camouflage seiner ganz legalen Anschrift bei den Eltern. Denn die Carmerstraße mündet in den Steinplatz – das Haus Nr. 2 liegt nur achtzig Schritte vom Steinplatz entfernt. Eindeutig geht seine Adresse aus der ersten Heiratsurkunde des Stephan Hermlin alias Rudolf Leder vom 5. Dezember 1935 hervor, als er vor dem Standesamt Charlottenburg die Berliner Büroangestellte Juliett Brandler ehelichte.[110] Und es stellt sich natürlich die Frage, wie heftig eine Illegalität gewesen sein kann, wenn man im Herbst 1935, fast drei Jahre nach Hitlers Machtantritt, das Aufgebot bestellen, im Dezember 1935 die Ehe schließen und ca. Ende Januar 1936 ganz legal, mit Hausrat,[111] ausreisen konnte. Ohne weiteres ist glaubhaft, daß Hermlin während der Hitlerzeit, wie er schreibt,

»stets ein Stück Kreide in der Tasche (hatte) oder einen Kohlestift oder auch beides. Es gab immer einmal eine Gelegenheit, eine Losung an die Wand schreiben zu können.«[112]

Er will eine Widerstandsgruppe geführt haben, die damals gewöhnlich aus drei Personen bestand; sein »Instrukteur« soll ein Hermann R. gewesen sein, dessen Identität bis heute unklar ist,[113] Erich Honecker war Hermlins Formulierung nach sein »Vorgesetzter«.[114] Nun, Honecker kam erst im August 1935 aus Prag nach Berlin, um im Auftrag des Zentralkomitees des Kommunistischen Jugendverbandes Deutschlands dem Berliner Verbandschef Bruno Baum unter die Arme zu grei-

[109] »Abendlicht«, S. 75
Beim Besuch einer Lesung im Berliner-Buchhändler-Keller in der Carmerstraße ließ Hermlin ca. Ende der 70er Jahre gegenüber Sarah Kirsch mehrmals verlauten, er habe hier in der Carmerstraße *illegal* gewohnt!

[110] Eine amtliche Abschrift dieser Urkunde ließ Hermlin am 27. Januar 1936, unmittelbar vor seiner Ausreise, herstellen. Er nahm sie mit nach Palästina, Frankreich und in die Schweiz. Dort wurde sie Teil der Akte Leder im Schweizer Bundesarchiv. Ruth Frenkel zufolge ließ das junge Paar der standesamtlichen Trauung von Berlin dann nach einiger Zeit in Palästina eine Trauung durch den Rabbiner folgen, weil Hermlins Schwiegervater Brandler in London andernfalls mit Entziehung der finanziellen Unterstützung gedroht hatte.

[111] Information Ruth Frenkel. Ihr zufolge nahmen Hermlin und seine Frau Möbel, Geschirr, Kleidung, Bücher, vor allem Kunstbände, und einige Arbeiten Archipenkos mit nach Palästina. Schon die Beschwerung durch diese Habe machte einen häufigen Ortswechsel unmöglich.
Aparterweise gibt Hermlin im Interview mit dem SPIEGEL 41/1996, gerade seine Heirat, etwa sieben Wochen vor der jahrelang ersehnten Ausreise, als »gute Tarnung«, als Teil der Konspiration aus.

[112] »Die Straße« in »Entscheidungen«, S. 268. In seinem SPIEGEL Interview 41/1996 bestätigt Hermlin dies, allerdings ohne Mitglieder der von ihm geführten Gruppe als Zeuge zu benennen:
»Ich habe eine fünfköpfige illegale Gruppe des Kommunistischen Jugendverbandes (KJV) geführt. Wir haben in Berlin Inschriften angebracht, auch NS Inschriften geändert oder übermalt, illegale Schriften verteilt, konspirative Versammlungen in Laubenkolonien am Teltow-Kanal abgehalten.«

[113] Einen Hermann R., der 1940 im Steinbruch von KZ Buchenwald erschossen worden wäre, (»In einer dunklen Welt« in »Entscheidungen«, S. 276) konnte man in der Gedenkstätte Buchenwald bislang nicht finden. Die Umstände des Todes ähneln denen von Rudi Arndt, dessen Leben Hermlin in seiner »Ersten Reihe«, Berlin 1951, S. 47–54, abgehandelt hat. Möglicherweise ist dieser »Hermann R.« wieder einmal eine synthetische Figur, zusammengesetzt aus (dem mit Hermlin kaum bekannten) Rudi Arndt, einer Symbolfigur in der DDR, und Heinrich Viertel, dem »arbeitslose(n) Schlosser, de(m) lustigste(n) Bursche(n) in der Gruppe, der sich nicht beugte und nach Sachsenhausen kam« (»Die Straße« in »Entscheidungen«, S. 254). Synthetische Figuren sind aber kein Beweis für Widerstandsfähigkeit.
Viertel war es, der nach Erinnerung von Ruth Frenkel im KZ Sachsenhausen, November/Dezember 1938, Hermlins Vater David unterstützte und ihm warme Unterwäsche gab. Vgl. »Abendlicht«, S. 108: »Einer meiner Freunde, ein junger Metallarbeiter, hatte ihn (meinen Vater) in Sachsenhausen gesehen, wie er, gegen Ende des Jahres, in dünnem Drillich Steine klopfte.«

[114] Wochenpost, 10. September 1992

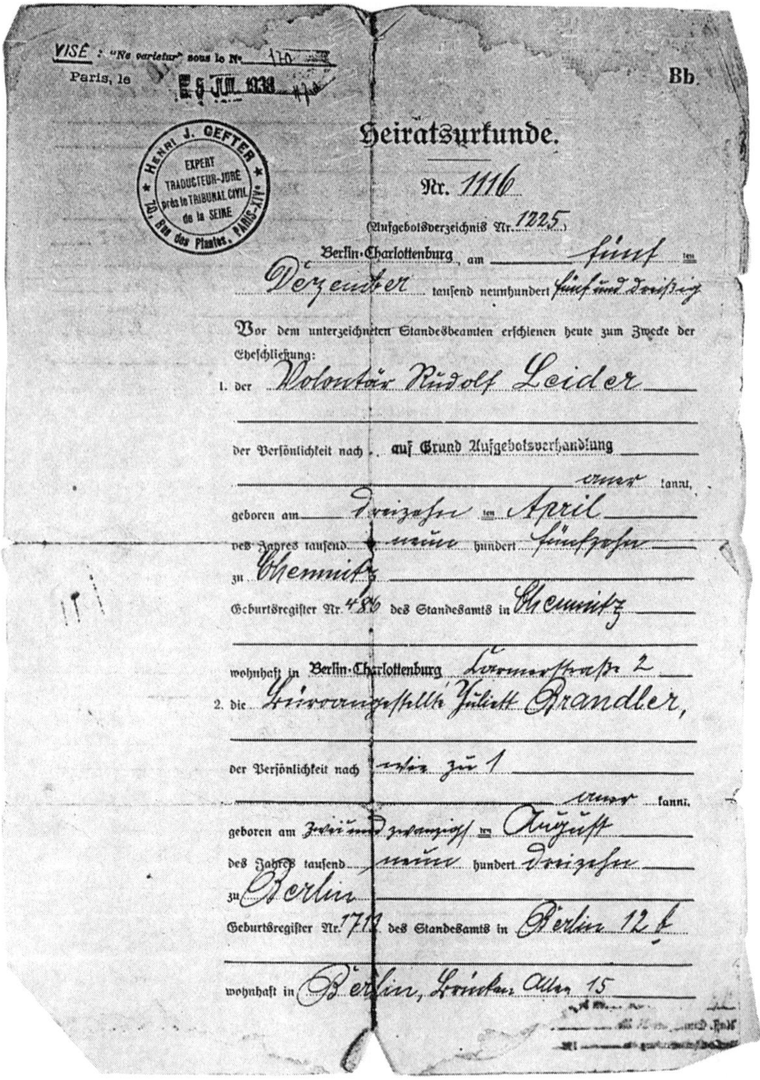

VISÉ : "Ne varietur" sous le No 170
Paris, le 6 JUIL 1938

HENRI J. GEFTER
EXPERT
TRADUCTEUR-JURÉ
près le TRIBUNAL CIVIL
de la SEINE
70, Rue des Plantes, PARIS-XIVe

Bb.

Heiratsurkunde.

Nr. 1116

(Aufgebotsverzeichnis Nr. 1225.)

Berlin-Charlottenburg, am fünften Dezember tausend neunhundert fünfunddreißig

Vor dem unterzeichneten Standesbeamten erschienen heute zum Zwecke der Eheschließung:

1. der Volontär Rudolf Leider

der Persönlichkeit nach auf Grund Aufgebotsverhandlung [illegible] kannt,

geboren am dreizehnten April des Jahres tausend neun hundert fünfzehn zu Chemnitz

Geburtsregister Nr. 486 des Standesamts in Chemnitz

wohnhaft in Berlin-Charlottenburg [illegible] 2

2. die Büroangestellte Juliette Brandler,

der Persönlichkeit nach wie zu 1 [illegible] kannt,

geboren am zweiundzwanzigsten August des Jahres tausend neun hundert dreizehn zu Berlin

Geburtsregister Nr. 1713 des Standesamts in Berlin 12 b

wohnhaft in Berlin, [illegible] Allee 15

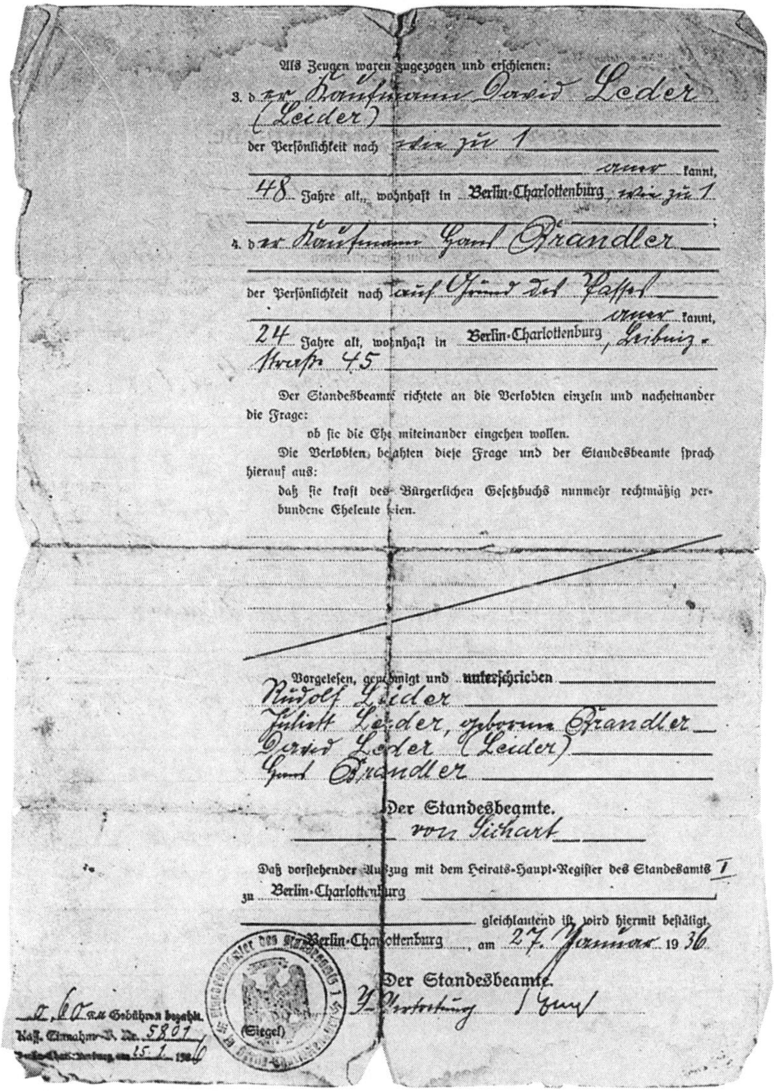

Als Zeugen waren zugezogen und erschienen:

3. der Kaufmann David Leder (Leider)

der Persönlichkeit nach wie zu 1

anerkannt,

48 Jahre alt, wohnhaft in Berlin-Charlottenburg, wie zu 1;

4. der Kaufmann Paul Brandler

der Persönlichkeit nach auf Grund des Passes

anerkannt,

24 Jahre alt, wohnhaft in Berlin-Charlottenburg, Leibnizstraße 45

Der Standesbeamte richtete an die Verlobten einzeln und nacheinander die Frage:

ob sie die Ehe miteinander eingehen wollen.

Die Verlobten bejahten diese Frage und der Standesbeamte sprach hierauf aus:

daß sie kraft des Bürgerlichen Gesetzbuchs nunmehr rechtmäßig verbundene Eheleute seien.

Vorgelesen, genehmigt und unterschrieben

Rudolf Leider

Julliett Leder, geborene Brandler

David Leder (Leider)

Paul Brandler

Der Standesbeamte.

von Sichart

Daß vorstehender Auszug mit dem Heirats-Haupt-Register des Standesamts I

zu Berlin-Charlottenburg

gleichlautend ist, wird hiermit bestätigt.

Berlin-Charlottenburg, am 27. Januar 1936

Der Standesbeamte.

I. Vertretung

(Siegel)

–,60 RM Gebühren bezahlt.

Kass. Einnahme-B. Nr. 5801

Berlin-Charl. ... am 15. 1. 1936

Am 5. Dezember 1935 heiratete der Volontär Rudolf Leider (Leder) die Büroangestellte Julliett Brandler: Abschrift der Heiratsurkunde

fen. Honecker hatte einen gefälschten holländischen Paß auf den Namen Marten Tjaden und lebte damit bis Anfang Dezember 1935 in Berlin. Am 4. Dezember wurde er verhaftet, und er plauderte bekanntlich bei der Gestapo, so daß es zu weiteren Verhaftungen kam. Schon am 10. Dezember konnte die Gestapo dem Untersuchungsrichter den Schlußbericht über die Widerstandsgruppe Honecker, Baum und vier weitere Personen präsentieren.[115]

Der »Illegale« Rudolf Leder muß geradezu unwahrscheinliches Glück gehabt haben, daß er den Fahndern drei Jahre lang entkam.[116] Die Schwester Ruth bestätigt, daß es bald nach der Machtübernahme Hitlers 1933, in der Familienwohnung, Stubenrauchstr. 2, zu einer Haussuchung kam, weil die Leder-Kinder in Friedenau als Kommunisten bekannt waren. Die Beamten, die den Auftrag hatten, waren aber keine Nazis. Als sie im Zimmer Hermlins seine marxistischen Broschüren sahen, drückten sie beide Augen zu und sagten zur Mutter Lola bloß: »Das Zeug muß weg!« Die Luxusausgabe des Marxschen »Kapitals« in der Bibliothek des Vaters kommentierten sie mit Kopfnicken: »Das gehört in eine gute Bibliothek.«[117] Jedoch, als fehlte Hermlin ohne eine Haft etwas an seinem Heldenleben, fingierte er zumindest im nachhinein eine Internierung. Im Fragebogen von 1946 gab er an, er habe von Januar bis März 1934 im Konzentrationslager Sachsenhausen gesessen.[118] Ergebnis einer Recherche in der Gedenkstätte Sachsenhausen:

»Zu der Angabe von Stephan Hermlin alias Rudolf

115 Peter Przybylski, »Tatort Politbüro. Die Akte Honecker«. Berlin 1991, S. 46 ff. Bemerkenswert ist, daß auch Honecker in seiner Autobiographie »Aus meinem Leben«, Berlin 1980, in der er seine Untergrundtätigkeit von 1935, seine Verhaftung etc. ausführlich schildert, Hermlin mit keinem Wort erwähnt. Hätte die Verbindung zu Hermlin schon aus jener brisanten Zeit gestammt, hätte er sie bestimmt gewürdigt. Honecker erwähnt Hermlin erst 15 Jahre später, bei der Eröffnung eines Kongresses am 27. Mai 1950. Neuerdings, im SPIEGEL 1996, präzisierte Hermlin das »Vorgesetztentum« Honeckers. Auf die Frage des SPIEGEL, ob er seinem »Chef« Honecker begegnet sei, antwortete er: »Nein. Honecker war der Führer der gesamten illegalen Jugendorganisation in Deutschland – ich war bloß kleiner Gruppenführer in Berlin. Alles ging konspirativ zu ...

116 So lesen wir bei S. Schlenstedt, S. 56, dem Sprachrohr Hermlins: »Der junge Illegale hat Glück; einmal, 1934, gerät er in eine Razzia, wird festgenommen und kommt nach wenigen Stunden wieder frei, auch Haussuchungen haben keine Folgen. Und keiner der verhafteten Genosssen, mit denen er zu tun hat, verrät Namen und Verbindungen.«
Vielleicht hängt dies eben damit zusammen, daß die Widerstandstätigkeit wesentlich kürzer war als bislang angenommen. Nicht von ungefähr hat Hermlin nach dem Krieg in Frankfurt, nach einem Bericht Heinrich Fraenkels, den Vorwurf bekommen, er habe »nur ein oder zwei Jahre in der Widerstandsbewegung gearbeitet, sei dann aber fahnenflüchtig geworden«. (»Lebewohl Deutschland«, Hannover 1961, S. 102).
Ich werfe ihm keineswegs eine solche »Fahnenflucht« vor, weder nach Palästina, noch aus Frankreich in die Schweiz, – im Unterschied zu seiner Partei! –, aber solange Hermlin nicht alle Namen seiner Widerstandsgruppe nennt, ist jeder Zweifel erlaubt! Die, wie ich meine, törichten Vorwürfe der Frankfurter KPD von 1946/47 schienen sich eher auf die Flucht in die Schweiz zu beziehen, aber ich schließe da ein Mißverständnis Fraenkels aus.

117 Information Ruth Frenkel. Da die Haussuchung haltenden Beamten offenbar alte Sozialdemokraten waren, die mit den Nazis vielleicht selbst noch Rechnungen offen hatten, haben sie sich wohl nur für die geistige Ausrüstung der Familie anhand der vorhandenen Bücher interessiert und die Augen sonst fest zugedrückt. Hermlin, in seinem SPIEGEL Interview 41/1996 dramatisch: »Ich hatte eine KJV-Uniform im Schrank und auch eine Pistole bei einer Hausdurchsuchung in meinem Elternhaus (sic!) wäre beinahe entdeckt worden.

	1 Yes or No ja oder nein	2 From von	3 To bis	4 Number Nummer	5 Highest Office or rank held Höchstes Amt oder höchster Rang	6 Date Appointed Antrittsdatum
88. Kameradschaft USA.	Nein					
89. Osteuropäisches Institut	Nein					
90. Reichsarbeitsdienst (RAD)	Nein					
91. Reichskolonialbund	Nein					
92. Reichsluftschutzbund	Nein					
93. Staatsakademie für Rassen- und Gesundheitspflege	Nein					
94. Volksbund für das Deutschtum im Ausland (VDA)	Nein					
95. Werberat d. Deutschen Wirtsch.	Nein					
Others (Specify) andere:						
96.						
97.						
98.						

99. Have you ever sworn an oath of secrecy to any organization? — 100. If so, list the organizations and give particulars. — 101. Have you any relatives who have held office, rank or post of authority in any of the organizations listed from 41 to 95 above? — 102. If so, give their names and addresses, their relationship to you and a description of the position and organization. — 103. With the exception of minor contributions to the Winterhilfe and regular membership dues, list and give details of any contributions of money or property which you have made, directly or indirectly, to the NSDAP or any of the other organizations listed above including any contributions made by any natural or juridical person or legal [illegible]ity through your solicitation your solicitation or influence. — 104. Have you ever been the recipient of any titles, ranks, medals, testimonials or other honors from any of the above organizations? — 105. If so, state the nature of the honor, the date conferred, and the reason and occasion for its bestowal. — 106. Were you a member of a political party before 1933? — 107. If so, which one? — 108. For what political party did you vote in the election of November 1932? — 109. In March 1933? — 110. Have you ever been a member of any anti-Nazi underground party or groupse since 1933? — 111. Which one? — 112. Since when? — 113. Have you ever been a member of any trade union or professional or business organization which was dissolved or forbidden since 1933? — 114. Have you ever been dismissed from the civil service, the teaching profession or ecclesiastical positions or any other employment for active or passive resistance to the Nazis or their ideology? 115. Have you ever been imprisoned or have restrictions of movement, residence or freedom to practice your trade or profession been imposed on you for racial or religious reasons or because of active or passive resistance to the Nazis? — 116. If you have answered yes to any of the questions from 110 to 115, give particulars and the names and addresses of two persons who can confirm the truth of your statements.

99. Sind Sie jemals zu einem Schweigegebot für eine Organisation verpflichtet worden? Nein 100. Falls ja, geben Sie die Organisation und Einzelheiten an Nicht betreffd.

101. Haben Sie irgend welche Verwandte, die jemals Amt, Rang oder einflußreiche Stellungen in irgendeiner der von Nr. 41 bis 95 angeführten Organisationen haben? Nein 102. Falls ja, geben Sie deren Namen und Anschriften an, den Grad ihrer Verwandtschaft sowie eine Beschreibung der Stellung und Organisation. Nicht betreffd.

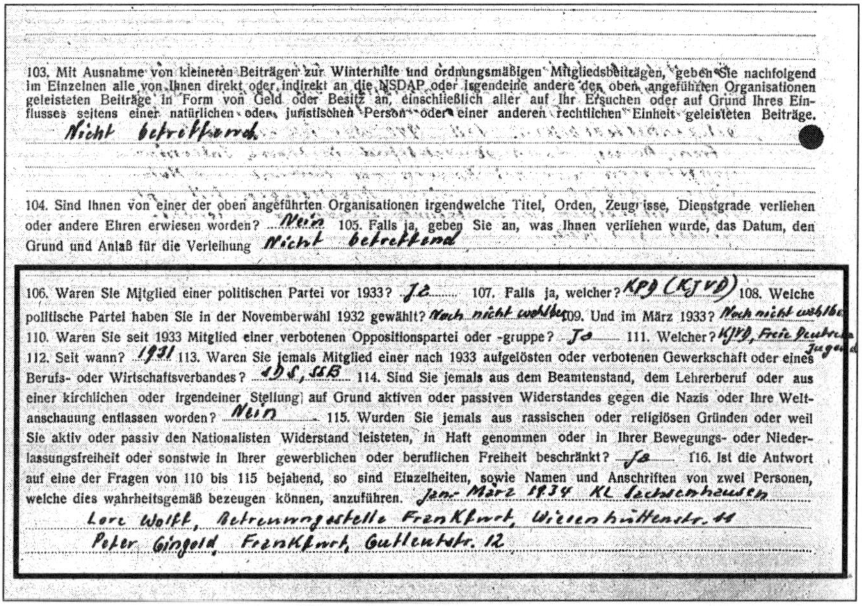

103. Mit Ausnahme von kleineren Beiträgen zur Winterhilfe und ordnungsmäßigen Mitgliedsbeiträgen, geben Sie nachfolgend im Einzelnen alle von Ihnen direkt oder indirekt an die NSDAP oder irgendeine andere der oben angeführten Organisationen geleisteten Beiträge in Form von Geld oder Besitz an, einschließlich aller auf Ihr Ersuchen oder auf Grund Ihres Einflusses seitens einer natürlichen oder juristischen Person oder einer anderen rechtlichen Einheit geleisteten Beiträge. Nicht betreffend.

104. Sind Ihnen von einer der oben angeführten Organisationen irgendwelche Titel, Orden, Zeugnisse, Dienstgrade verliehen oder andere Ehren erwiesen worden? Nein 105. Falls ja, geben Sie an, was Ihnen verliehen wurde, das Datum, den Grund und Anlaß für die Verleihung Nicht betreffend

106. Waren Sie Mitglied einer politischen Partei vor 1933? Ja 107. Falls ja, welcher? KPD (KJVD) 108. Welche politische Partei haben Sie in der Novemberwahl 1932 gewählt? Noch nicht wahlber. 109. Und im März 1933? Noch nicht wahlber. 110. Waren Sie seit 1933 Mitglied einer verbotenen Oppositionspartei oder -gruppe? Ja 111. Welcher? KJVD, Freie Deutsche Jugend 112. Seit wann? 1931 113. Waren Sie jemals Mitglied einer nach 1933 aufgelösten oder verbotenen Gewerkschaft oder eines Berufs- oder Wirtschaftsverbandes? SDS, SSB 114. Sind Sie jemals aus dem Beamtenstand, dem Lehrerberuf oder aus einer kirchlichen oder irgendeiner Stellung auf Grund aktiven oder passiven Widerstandes gegen die Nazis oder Ihre Weltanschauung entlassen worden? Nein 115. Wurden Sie jemals aus rassischen oder religiösen Gründen oder weil Sie aktiv oder passiv den Nationalisten Widerstand leisteten, in Haft genommen oder in Ihrer Bewegungs- oder Niederlassungsfreiheit oder sonstwie in Ihrer gewerblichen oder beruflichen Freiheit beschränkt? Ja 116. Ist die Antwort auf eine der Fragen von 110 bis 115 bejahend, so sind Einzelheiten, sowie Namen und Anschriften von zwei Personen, welche dies wahrheitsgemäß bezeugen können, anzuführen. Jan.-März 1934 KL Sachsenhausen

Lore Wolff, Betreuungsstelle Frankfurt, Wiesenhüttenstr. 44

Peter Gingold, Frankfurt, Gutleutstr. 12

Aus dem Fragebogen der amerikanischen Besatzungsmacht vom 15. März 1946, Archiv des hr. Von Januar bis März 1934 will Hermlin im KZ-Sachsenhausen gewesen sein. Zu dieser Zeit bestand das KZ-Sachsenhausen noch nicht.

Leder ... über seine Haft von Januar bis März 1934 in Sachsenhausen konnten wir keinen Nachweis finden. Zu dieser Zeit bestand das KZ Sachsenhausen noch nicht, es wurde im Sommer 1936 errichtet.
In der Stadt Oranienburg existierte von März 1933 – Juli 1934 das KZ Oranienburg. In dessen Namenslisten ist der Name Rudolf Leder (Leider) nicht enthalten.« [119]

Eine fraus minor, ein geringfügiger Betrug, weil Hermlin auf diese angebliche KZ-Haft in seinen literarischen Schriften vielleicht nicht mehr zurückkam und trotz Strafandrohung auf dem Formular nur die amerikanische Besatzungsmacht anlog? Indes sorgte 1951 der Lektor des Aufbau-Verlags, Günter Caspar, im Nachwort des Hermlin-Bandes »Die Zeit der Gemeinsamkeit« dafür, daß der Mythos von der KZ-Haft des Autors unter das Publikum der DDR kam:

»So ist Stephan Hermlins Leben. 1915 in Deutschlands Mitte geboren, früh schon zum Proletariat und seiner Jugendorganisation findend, muß Hermlin als Achtzehnjähriger den Weg des Antifaschisten antreten, durch den Tartarus, die Hölle jener Jahre (wie er es später mit Blick auf die Plastiken des Getto-Denkmals sagen wird), durch das KZ ins Exil.« [120]

Caspar war mit seiner Irreführung des Publikums wohl nur ein betrogener Betrüger. Das absolute Meisterstück in diesem Fall der, sagen wir es anstößig und paradox, nachträglichen KZ-Vorspiegelung lieferte indes Hermlin selbst. Im Sonderheft der Zeitschrift »Aufbau« zu Stalins Tod veröffentlichte Hermlin einen Gedenk-

[118] Antwort 116 im Fragebogen von 1946, Archiv des hr.
Den angeblichen Aufenthalt im – damals noch nicht vorhandenen KZ Sachsenhausen hat Hermlin in seinem SPIEGEL Interview 41/1996 als einzige Lüge zugegeben. Bei der Begründung seiner damaligen Lüge lügt er erneut:
»Bei meiner Rückkehr nach Deutschland – ich bin illegal aus der Schweiz eingereist – wußte ich nicht, was mich dort erwartet. Frankfurt, wo ich den Fragebogen ausgefüllt habe, lag im amerikanischen Sektor. Es ist möglich, daß ich glaubte, bei den Amerikanern größeres Wohlwollen zu finden. Um zu überleben, mußte ich mich damals mehr als einmal verstellen.«
Es ging im März 1946 nicht mehr ums Überleben, sondern z. B. darum, wie er mit Hilfe einer fingierten Ausbildung (Abitur, mehrjähriges Studium) und einer teilweise erfundenen Leidensgeschichte seine Berufschancen verbessern konnte. Aufgrund seiner Angaben erhielt er ab 15. März 1946 ein Gehalt von 300 RM, ab 1. 6. 1946 450 RM, ab 1. 8. 650 RM, ab 1. 4. 1947 700 RM. Für die damalige Zeit enorme Beträge. (Alle Dokumente im Archiv des hr).

[119] Auskunft von »Gedenkstätte und Museum Sachsenhausen« vom 26. 6. 1996

[120] l. c., S. 198. – Ähnlichen Fehlinformationen ist Marcel Reich-Ranicki aufgesessen, als er unter dem Titel »Der Weg des Stephan Hermlin« am 18. 4. 1959 in der »Welt« schrieb: »Stephan Hermlin ... wurde 1935 verhaftet. Kurz danach gelang es ihm, ins Ausland zu fliehen. Er ging nach Spanien, kämpfte in den Internationalen Brigaden« usw.

Stephan Hermlin (© Keystone)

Stiftung Brandenburgische Gedenkstätten

Gedenkstätte und Museum Sachsenhausen

Straße der Nationen 22
16515 Oranienburg
Telefon: 03301 / 80 37 15
Telefax: 03301 / 80 37 18

Gedenkstätte und Museum Sachsenhausen Straße der Nationen 22, 16515 Oranienburg

Hessischer Rundfunk

Abt. Literatur. HF.
z. Hd. Dr. Karl Corino
Bertramstr. 8
60320 Frankfurt am Main

Bearbeiter:
Telefon:
Aktenzeichen:
Datum:

26. 06. 1996
2 - 10/11

betr. KZ - Haft von David Leder, geb. 23. 10. 1888

Sehr geehrter Herr Dr. Corino,

unsere Recherche zu Ihrer Anfrage ergab in unseren leider nur lückenhaft vorliegenden Unterlagen einen Hinweis zu David Leder.

Auf einer Entlassungsliste von jüdischen Häftlingen vom 20. 12. 1938 ist der Name David Leder, geb. am 23. 10. 1988, Häftlingsnummer im KZ Sachsenhausen 9650, eingetragen. Danach wurde er am Dienstag, den 20. 12. 1938, entlassen.

Leider konnten wir das Einlieferungsdatum von David Leder nicht ermitteln, da uns die Einlieferungslisten der Verhafteteten vom Nov. 1938 nicht zur Verfügung stehen.

Zu der Angabe von Stephan Hermlin alias Rudolf Leder (Leider) über seine Haft von Januar bis März 1934 in Sachsenhausen konnten wir keinen Nachweis finden. Zu dieser Zeit bestand das KZ Sachsenhausen noch nicht, es wurde im Sommer 1936 errichtet.

In der Stadt Oranienburg existierte von März 1933 - Juli 1934 das " KZ Oranienburg ". In dessen Namenslisten ist der Name Rudolf Leder (Leider) nicht enthalten.

Mit freundlichen Grüßen
Im Auftrag

I. Roß
Archivarin

Antwortbrief der Gedenkstätte und des Museums Sachsenhausen auf die Frage nach dem KZ-Aufenthalt von David und Rudolf Leder. Über Rudolf Leder konnte kein Nachweis gefunden werden. Begründung: »zu dieser Zeit bestand das KZ Sachsenhausen noch nicht, es wurde im Sommer 1936 errichtet«.

artikel, der mit den Tiefpunkt seiner Publizistik bildet. Darin heißt es:

»Ich entsinne mich schwerster Stunden im Konzentrationslager. Wir, die wir nichts besaßen, besaßen doch viel: unsere Partei und unsere Hoffnung. Niemand war reicher als wir. Ich hatte in meiner Pritsche ein winziges Bild von Stalin versteckt, im Ausmaß zwei mal drei Zentimeter. Am 1. Mai und am 7. November hatten wir das Bild zwischen uns gestellt und feierten flüsternd die Tage, die allen Arbeitern teuer sind.« [121]

Wollte Hermlin laut Fragebogen von 1946 nur drei Monate, von Januar bis März 1934, im KZ gewesen sein, so klingt es jetzt, 1953, schon nach halben Jahren oder gar Jahren. Schlimm genug, wenn jemand ins Exil mußte und während jener Jahre Frau und Bruder verlor – aber muß man den Mitleidsbonus auch anhand eines fingierten Aufenthalts im Konzentrationslager schinden? Das ist eine Anmaßung gegenüber all jenen, die wirklich dort gelitten haben.

Den Genfer Behörden erklärte Rudolf Leder wenige Tage nach seiner Flucht in die Schweiz seinen seit 1933 vorbereiteten Abschied von Berlin so:

»Zufolge der Maßnahmen gegen die Juden reiste ich im Jahre 1936 mit meiner Frau legal aus Deutschland aus.« [122]

Er meint damit die schandbaren Nürnberger Gesetze aus dem Jahre 1935, die eine Emigration in der Tat

Josef W. Stalin, dessen Foto in der Größe einer Briefmarke Hermlin im KZ unter seiner Matratze versteckt haben will (© dpa-Bild)

[121] »Aufbau«, Sonderheft zu Stalins Tod, März 1953, S. 42. Ich verdanke diesen ebenso makabren wie wertvollen Hinweis Dieter Borkowski. In geradezu unerträglicher Manier fährt Hermlin fort: »Einer, der schon in Moskau gewesen war, sagte, wie ein Reporter, mit einem Blick auf die Uhr: ›Jetzt schlägt die Uhr am Spasskiturm. Jetzt steigt Stalin zum Mausoleum empor. Welcher Jubel ...‹
Stalins Name war eine Fahne, die sichtbar und unsichtbar im Winde der Straßen und Sehnsüchte flog. Diese Fahne (...) flog auf den Schornsteinen und Hochspannungsmasten faschistischer Städte, und um sie dort zu hissen, hatten Menschen ihr Leben geopfert.«
Dem Leser in der DDR suggerierte Hermlin damals sublim, auch er habe mit seiner versteckten Stalin-Ikone sein Leben riskiert, nur ein bißchen weniger mutig als jene, die die rote Fahne irgendwo heimlich öffentlich hißten. Wäre nämlich in einem deutschen Konzentrationslager ein Stalin-Bild gefunden worden, hätte das schwerste Repressalien oder den Tod des Häftlings nach sich gezogen.
Die Verteidigungsstrategie in seinem SPIEGEL-Interview 41/1996 sieht, nach Vorhalt des Interviewers, so aus, daß er den ganzen Vorgang aus einem (deutschen) Konzentrationslager in ein französisches (Prestataire-) Lager verlegt. Aber der Leser in der DDR des Jahres 1953 mußte selbstverständlich davon ausgehen, daß es sich um ein nationalsozialistisches Konzentrationslager handelte, auch wenn Hermlin damals listigerweise einen Namen verschwieg – das hätte die Behauptung ja nachprüfbar gemacht! Der Leser tat es dann um so mehr, wenn er die Verlautbarungen von Hermlins Lektor Caspar aus dem Jahre 1951 kannte, denen zufolge Hermlins Weg »durch das KZ ins Exil« führte (s. Stephan Hermlin, »Die Zeit der Gemeinsamkeit«, Berlin 1951, S. 198). Das einzige von den französischen Lagern, in denen Hermlin interniert war und das wegen seiner Gefährlichkeit den Namen Konzentrationslager verdient, war das von Nexon. Er war dort Ende August 1942 für drei, vier Tage, keinesfalls über einen Zeitraum, der den 1. Mai und 7. November deckte.

[122] Erklärung, Genève, 20-4-43, Akte Leder

immer dringender angeraten sein ließen. Da Vater David Leder 1925 seine rumänische Staatsbürgerschaft aufgegeben hatte, galt der Sohn Rudolf von da an als staatenlos.[123] Er war also, fast überflüssig, dies zu betonen, kein deutscher Staatsbürger. Dies machte aber auch, ungeachtet anderer Folgen, die Expatriierung durch die Nazis unmöglich, die der Autor für sich behauptet:

»Hitler hatte mich ausgebürgert.« [124]

Logischerweise schreibt das Bundesarchiv Potsdam:

»Unterlagen über die Ausbürgerung von Rudolf Leder bzw. Stephan Hermlin konnten im Bundesarchiv nicht ermittelt werden.« [125]

Hermlin reiste 1936 mit seiner Frau Juliett[126] angeblich über Österreich, Jugoslawien, Italien, Griechenland und Ägypten nach Palästina.[127] Die Reise ging von Triest aus per Dampfer nach Jaffa.[128] Indiz für den Abfahrtsort ist eine kurze Passage in dem bereits erwähnten Trauerartikel nach Stalins Tod in der Zeitschrift »Aufbau« vom März 1953.

»Ich weiß noch, wie ich vor siebzehn Jahren (also 1936) nachts in einer Straße von Triest stand. Ich war aus einem faschistischen Land in ein anderes faschistisches Land gekommen. Die Schwarzhemden, die sich für ihren Überfall auf Spanien vorbereiteten, hatten wenige Monate zuvor mit Maschinengewehren und Gas das äthiopische Volk niedergeworfen.«[129]

[123] Fragebogen vom April 1943, Schweizer Bundesarchiv, Antwort I/6

[124] Stephan Hermlin, »Rückkehr« in »Entscheidungen«, S. 361. Irreführend auch Hermlins Äußerung über seine Nationalität gegenüber einer französischen Zeitung: »Dann befand ich mich wie viele andere in einem Lager. Nur war meine Lage ein bißchen unangenehmer, da ich Deutscher war« (zitiert nach S. Schlenstedt, S. 60).

[125] Mitteilung vom 19. 3. 1996

[126] Laut Heiratsurkunde Nr. 1116 des Standesamts Berlin-Charlottenburg war Juliett Leider, geb. am 22. 8. 1913, (sic) die Tochter des Kaufmanns Hans Brandler, wohnhaft Berlin, Brückenallee 15.

[127] Im Anhang zu dem Band »Entscheidungen« von 1995 heißt es (S. 410): »1936 Emigration – Österreich, Italien, Nahost, England«. Im Anhang zur Wagenbach-Ausgabe des »Abendlichts« heißt es auf S. 123: »1936 Emigration nach Ägypten, Palästina, England, Spanien, Frankreich, Schweiz«.

[128] Hermlins Schwester Ruth Frenkel, die ihn seinerzeit vom Schiff in Jaffa abholte, schließt nicht aus, daß der Dampfer, mit dem Hermlin kam, kurz in Alexandria anlegte und einen kurzen Stadtrundgang ermöglichte, aber einen Aufenthalt in Kairo schließt sie aus – s. dagegen die Passage in »Rückkehr« (in »Entscheidungen«, S. 348): »Im Garten des Mena-House, in der Nähe der Pyramiden, vernahm ich plötzlich in mir eine einsame Stimme, die ›Ännchen von Tharau‹ sang oder ›Ach, wie ist's möglich dann‹.«

[129] »Aufbau«, März 1953, S. 42

Aufmarsch des Roten Frontkämpferbunds in den Straßen Berlins, um 1930
(© Ullstein Bilderdienst)

Antwort des Bundesarchives, Abt. Potsdam auf die Frage, wann die
Ausbürgerung Hermlins stattgefunden habe.
»Unterlagen über die Ausbürgerung von Rudolf Leder bzw.
Stephan Hermlin konnten nicht ermittelt werden.«

BUNDESARCHIV
ABTEILUNGEN POTSDAM

Tizianstraße 13, 14467 Potsdam

Telefon: (0331) 2797 - 0
Telefax: (0331) 2797 - 303

BUNDESARCHIV - ABTEILUNGEN POTSDAM - Tizianstraße 13 - 14467 Potsdam

Luftpost

Washington University
Herrn Dr. Karl Cooino
Campus Box 1104
One Brookings Drive
St. Louis, Missouri 63130-4899

U. S. A.

Gesch.-Z. (bitte bei Antwort angeben)	Bearbeiter	Telefon 2797 -	Datum
III 2-1102/96	Frau Gresens	315	19.03.1996

Sehr geehrter Herr Cooino,

Ihr freundliches Schreiben vom 14.02.1996 habe ich erhalten.

Unterlagen über die Ausbürgerung von Rudolf Leder bzw. Stephan Hermlin konnten im Bundesarchiv nicht ermittelt werden.

Möglicherweise können Ihnen folgende Einrichtungen mit weiterführenden Hinweisen behilflich sein:

- Stiftung Archiv der Akademie der Künste
  Robert-Koch-Platz 10
  10115 Berlin

- Deutsches Literaturarchiv
  Schillerhöhe 8 - 10
  71672 Marbach.

Mit freundlichen Grüßen

Im Auftrag

Gresens
(Gresens)

Usw. Exilstationen Hermlins wie Griechenland oder Ägypten – allenfalls touristische Kurzaufenthalte – könnten später, als in der DDR ein neuer Antisemitismus und Antizionismus geschürt wurden, der Tarnung seiner zionistischen Auswanderung gedient haben.[130] Jedenfalls ist es ganz unwahrscheinlich, daß er während seiner Emigration 20 Länder berührt haben will.[131] Bei realistischer Zählung kommt man auf sechs oder sieben, gelebt hat er in dreien.[132] Nach der Ankunft im gelobten Land, wo zwei Jahre vor ihm schon sein Bruder Alfred und seine Schwester Ruth mit der Jugend-Alijah, einer Auswanderungsorganisation für junge Juden, eingetroffen waren,[133] gestalteten sich die Lebensverhältnisse ziemlich schwierig. Denn es begannen schwere Unruhen. Im April 1936 nahmen die Demonstrationen und Tumulte der Araber gegen die Juden die Form eines offenen Krieges an.[134] Ein Generalstreik dauerte bis zum 12. Oktober 1936. Die Kibbuzim mußten mit dem Gewehr bewacht werden.[135] Die Briten setzten eine – von den Arabern boykottierte – Kommission ein, die schließlich eine Dreiteilung des Mandats vorschlug. Palästina war ein ungemütliches Pflaster, die Aggressivität der Araber – wenn auch unter anderen Vorzeichen – nicht geringer als die der Deutschen. Hermlins Frau hatte eine Anstellung in einem Kaufhaus gefunden,[136] er selbst arbeitete vielleicht bis etwa Frühling 1937 bei dem Buchhändler und Antiquar Walter Zadek in Tel Aviv. 1977 berichtete Zadek über jene Zeit:

»Die Lehrlinge waren arbeitswillige, begabte Burschen. Sie blieben alle, bis auf einen. Sein Grund zur Kündigung? Er schloß sich der Internationalen Brigade in

130 In seinem Porträt des jüdischen Widerstandskämpfers Rudi Arndt (»Die erste Reihe«, Berlin 1951, S. 48) spricht Hermlin im Zusammenhang mit zionistischen Bestrebungen des Fünfzehnjährigen ausdrücklich von »Irrwegen«. Zwei Jahre später, 1953, wurde Hermlins Exilbekannter Erich Jungmann, mit dem er in Paris Manuskripte für den Freiheitssender 29, 8 geschrieben hatte und mittlerweile Chefredakteur der SED-Bezirkszeitung »Volkwacht« geworden war, wegen zionistischer Abweichungen abgesetzt (s. Jörg-Bernhard Bilke, »Geballte Faust aus dem Zugfenster gereckt. Der frisierte Lebenslauf des ›Spanienkämpfers‹ Stephan Hermlin«, in DTP, 30. 8. 1986).
So ist es wohl nicht von ungefähr, daß Hermlin 1957 den Kontakt mit seiner in Israel lebenden Schwester Ruth Frenkel abbrach. – Wie wichtig für Hermlin die Verwischung der Spur nach Israel war, beweist auch folgendes: Auf dem Foto eines Bildnisses von Vater David Leder (1921) hatte der Maler Otto Th. W. Stein später verso notiert: »David Leder, mein größter Mäzen, jetzt vermutlich Palästina.« Dieses Autograph wurde 1965 durch St. Hermlin wegradiert; s. Olaf Thormann, a. a. O., S. 314.
Im Nachlaß des Leipziger Sammlers Fritz Böttger, der Hermlin das Foto lieh, findet sich ein interessanter Briefwechsel zu dieser Affäre. In einem Brief vom 23. August 1965 an Hermlin schrieb Böttger nach der Rückgabe des Fotos:
»Zu meinem Erstaunen stellte ich fest, daß der handschriftliche Vermerk des Künstlers auf der Rückseite verschwunden ist. Ich weiß nicht, welcher Impuls Sie zu diesem Cagliostro-Kunststück veranlaßt hat. Es war wohl mein Irrtum, Sie für einen Mann mit Pietät zu halten. Die Ehrfurcht, die sich in manchen Ihrer Verse ausspricht, hatte ich überschätzt.«
Hermlin antwortete darauf am 31. August 1965: Er müsse sich in der Tat für die Entfernung einer Notiz auf der Rückseite des Bildes, das seinen Vater darstelle, entschuldigen. Im allgemeinen sei er ein Mann von Überlegung, es gebe Ausnahmen. Ein plötzlicher Impuls habe ihm die unvernünftige Handlung eingegeben. Sein Vater sei nie in Palästina gewesen. Er sei ein Opfer der Kristallnacht geworden, sei schwerkrank noch nach England gelangt, durch seine, Hermlins, Mutter, die Engländerin sei, und dort gestorben – an den Folgen von Sachsenhausen. –
Das hat als Entschuldigung schon wieder einen Beigeschmack von »Cagliostro«, obwohl Hermlin die Verwandtschaft zu ihm im folgenden Passus des Briefs ausdrücklich leugnet. David Leder starb nämlich an einem Leberkarzinom, mehr als acht Jahre nach der Entlassung aus Sachsenhausen und nach Diagnosefehlern der englischen Ärzte, die ein Magengeschwür vermutet hatten (Information Ruth Frenkel).

131 s. »Rückkehr« (in »Entscheidungen«, S. 347 f.): »Ich hatte in dieser Zeit (des Exils) an die 20 Länder berührt – dies ist wohl die treffende Bezeichnung, denn in manchen dieser Länder war ich nur wenige Tage gewesen.« Da Hermlin im »Abendlicht«, S. 56, die Einfahrt »in den Hafen von Larnaka« erwähnt, wäre denkbar, daß der Dampfer auf der Fahrt von Triest nach Jaffa in Larnaka auf Zypern einen Zwischenhalt machte. Vielleicht war es

Spanien zum Kampf gegen die Faschisten an. Er überlebte den Krieg und wurde ein in der DDR preisgekrönter Dichter. Sein Name? Rudolf Leder. Als Schriftsteller: Stephan Hermlin.« [137]

Die Aufstellung der Inter-Brigaden wurde von der spanischen Regierung am 22. Oktober 1936 beschlossen. Und fehlte es auch in Israel angesichts des Kriegs mit den Arabern nicht an Gelegenheiten, vor Ort zu kämpfen – es ist möglich, daß Hermlin damals tatsächlich lieber nach Spanien wollte. Vorher allerdings mußte er sich, ca. Februar 1937, in Palästina einer Bruchoperation unterziehen, und die hätte er beinahe nicht überlebt. Er bekam nämlich postoperativ eine Lungenembolie, die ihn an den Rand des Grabes brachte und Spanien zunächst in utopische Fernen rückte.[138] Die Tatsache indes, daß Hermlin ca. August/September 1937 Palästina verließ[139] und nach kurzem Aufenthalt in Frankreich versuchte, in England einzureisen, zeigt: Er hatte im Herbst 1937 schon kein Interesse mehr, sich in die Schlachten Spaniens zu stürzen, zumal seine Frau Juliett damals mit dem ersten Kind schwanger ging. Als zionistischer Auswanderer enttäuscht und gescheitert, für Spanien nicht mehr disponiert, aus England, wo Vater und Brüder seiner Frau und damit die Geldquellen saßen, ausgesperrt, machte Hermlin im Paris des Jahres 1938 auf seinen Bruder Alfred den Eindruck eines »auf den Rücken gefallenen Käfers«.[140]

Jedenfalls: Mit dem offiziellen Kündigungsgrund Hermlins »Spanien, Inter-Brigaden« wurde in Tel Aviv eine Legende geboren, die bis zum heutigen Tag nicht völlig

aber auch der Dampfer auf der Fahrt von Jaffa nach Marseille, 1937, bei der Auswanderung aus Palästina.
Entgegen den Aussagen seiner Schwester Ruth Frenkel nährt Hermlin die Version, er sei nicht aus Palästina, sondern – mit der ›Marietta Pasha‹ aus Ägypten nach Marseille gekommen« (S. Schlenstedt, S. 59).

132 Gelebt hat er nachweislich nur in Palästina, Frankreich und der Schweiz. Berührt hat er Österreich, Italien (für die Abfahrt von Triest), möglicherweise Ägypten (vor der Ankunft in Palästina). Beim Versuch, in England einzureisen, wurde er schon im Hafen von Dover oder Folkestone abgewiesen (Auskunft Andrée Leusink). Bei S. Schlenstedt, S. 59, dagegen die irreführende Behauptung: »Er bleibt nicht die ganze Zeit in Frankreich, obwohl es die längste Station wird, er hält sich auch in London auf, wo er seinen Bruder wiedersieht.« Es war umgekehrt: Alfred Leder hatte Hermlin in Paris besucht.

133 Auskunft Ruth Frenkel

134 Die einzige Erwähnung dieser Ereignisse bei Hermlin findet sich, soviel ich sehe, in seinem Nachruf auf Stalin, »Das Abbild der Hoffnung«, mit einer höchst unglaubwürdigen Anekdote zum Ruhme Stalins: »Ich entsinne mich, was mir während des arabischen nationalrevolutionären Aufstands ein jüdischer Genosse in Tel Aviv erzählte. Er war auf der Flucht vor zionistischer und britischer Polizei nach Jaffa gekommen. Er hörte die Schritte der Polizisten in der Nebenstraße. Vor einer der Wohnhöhlen, in denen Zehntausende arabischer Werktätiger leben, arbeiten und sterben, begegnete er ein paar Männern. Er sprach nicht arabisch. Er sagte: ›Bolschewik, Stalin!‹ Da verbargen sie ihn vor der Polizei.« (»Aufbau«, März 1953, S. 42). – Ruth Frenkel erinnert sich an eine Äußerung ihrer Schwägerin Juliett, der Frau Hermlins, die sinngemäß lautete: »Hätten die Juden den Arabern das Land nicht weggenommen, gäbe es diese Auseinandersetzungen nicht.« Dies zeigt wohl, daß das Ehepaar Hermlin sich von Anfang an in »Erez Israel« nicht sonderlich verwurzelt fühlte und die erneute Auswanderung nur eine Frage der Zeit war.

135 Information Ernst Loewy und Ruth Frenkel

136 Auskunft Ruth Frenkel

137 Mitgeteilt von Hans Albert Walter

138 Auskunft von Ruth Frenkel. Hermlin wurde damals von seiner Mutter Lola gepflegt, die vorübergehend von Berlin nach Palästina gekommen war.

139 Information Ruth Frenkel

140 Information Ruth Frenkel

getilgt ist.[141] In dem Nachschlagewerk »Berlin – Ein Ort zum Schreiben«, herausgegeben von Karin Kiwus im Auftrag der Akademie der Künste, Aufbau-Verlag 1996, ist in dem Artikel über Hermlin das Stichwort Spanien noch nach 60 Jahren zu finden.[142] Allerdings wird nun nicht mehr behauptet, wie es Hermlin in seinem Lebenslauf für den Hessischen Rundfunk vom August 1946 tut, er sei 1938 Offizier in den Internationalen Brigaden der Spanischen Republikanischen Armee gewesen.[143]

In den Erzählungen Hermlins wie im »Abendlicht« sind die Anspielungen auf Spanien zahlreich. Sein fiktives Spiegelbild wie Neubert in der »Zeit der Einsamkeit« oder Louis in »Arkadien« haben alle eine spanische Vergangenheit:

»Neubert rief die toten Italiener an der Straße von Mora del Ebro als Zeugen an; er sah in Ortons treue, qualvoll starre Augen und auf das hellrote, blasige Blut, das ihm hinter dem staubrasselnden Gebüsch über die Lippen getreten war.« [144]

»Louis, ehemaliger Offizier in einer Internationalen Brigade, hatte ohne Überheblichkeit, aber auch ohne falsche Schüchternheit das am Anfang noch ziemlich mangelhafte Bataillon (der Résistance) durchorganisiert und gute und böse Tage mit ihm ertragen.« [145]

Die Beispiele für derartige Hispanica ließen sich gehörig vermehren. Immer wieder werden solche Reminiszenzen an den Bürgerkrieg auf der Iberischen Halbinsel in

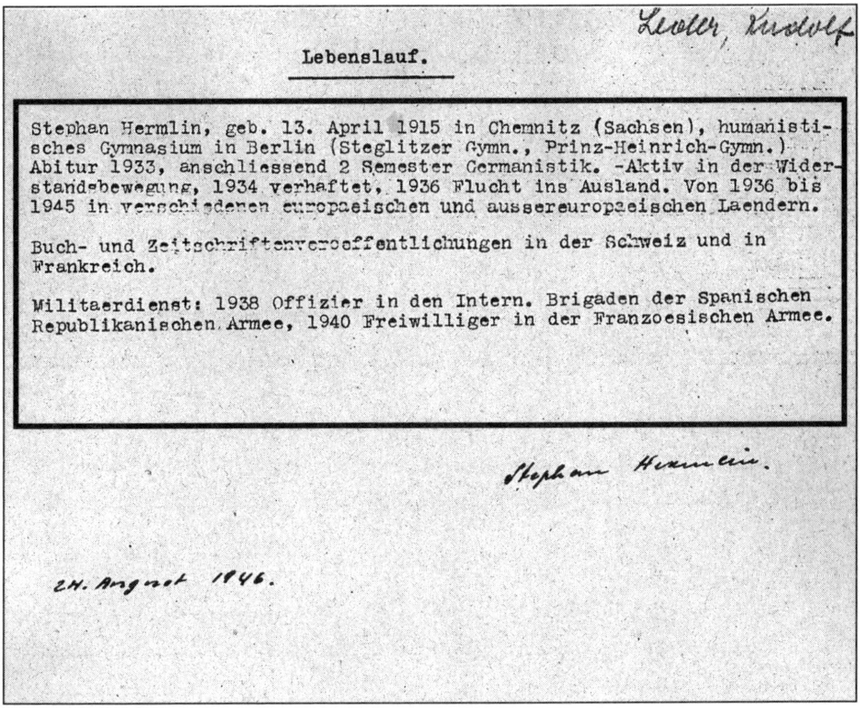

Lebenslauf.

Stephan Hermlin, geb. 13. April 1915 in Chemnitz (Sachsen), humanistisches Gymnasium in Berlin (Steglitzer Gymn., Prinz-Heinrich-Gymn.) Abitur 1933, anschliessend 2 Semester Germanistik. -Aktiv in der Widerstandsbewegung, 1934 verhaftet, 1936 Flucht ins Ausland. Von 1936 bis 1945 in verschiedenen europaeischen und aussereuropaeischen Laendern.

Buch- und Zeitschriftenveroeffentlichungen in der Schweiz und in Frankreich.

Militaerdienst: 1938 Offizier in den Intern. Brigaden der Spanischen Republikanischen Armee, 1940 Freiwilliger in der Franzoesischen Armee.

Stephan Hermlin.

24. August 1946.

Lebenslauf vom 24. August 1946, in dem Hermlin falsche Angaben machte

[141] s. den biographischen Anhang zu den »Entscheidungen«, 1995, S. 410: »Nimmt am Spanischen Bürgerkrieg teil«.

[142] l. c., S. 159. Hermlin hat die Desinformation seiner Spanienkämpferschaft immer wieder ›passiv autorisiert‹ – so z. B. in seinem Gespräch mit Günter Gaus im September 1984 »Zur Person« (abgedruckt in dem Band »In den Kämpfen dieser Zeit«, Berlin, 1995, S. 48 ff.). Auf die Erwähnung seiner Teilnahme am Spanischen Bürgerkrieg durch Gaus (S. 52) erfolgte keinerlei Dementi.

[143] So in einem Lebenslauf vom 24. August 1946: »1938 Offizier in den Intern. Brigaden der Spanischen Republikanischen Armee« (Archiv des hr).

[144] s. »Die Zeit der Einsamkeit« in »Entscheidungen«, S. 114

[145] s. »Arkadien« in »Entscheidungen«, S. 125

Hermlins Texte eingestreut – manchmal sind es nur ein Ortsname oder Halbsätze wie

»... als Casals das Schumannkonzert in einem Saal voller Verwundeter spielte ...« [146]

oder

»... als ich an der Straße nach Corbera den Verwundeten traf dem der Unterkiefer fehlte...« [147]

Sie sollen, vor allem in dem fragmentarisch-andeutenden Stil des »Abendlichts«, dem Leser immer wieder unterschwellig nahebringen: Dieser Autor hat in Spanien gekämpft.

Den Schweizer Behörden erklärte Hermlin indes, drei Tage nach seiner Flucht aus Frankreich:

»Zufolge der Maßnahmen gegen die Juden reiste ich im Jahre 1936 mit meiner Frau legal aus Deutschland aus. Zuerst hielt ich mich in Palästina auf, fuhr dann über Frankreich nach England und – weil ich keine Aufenthaltsbewilligung erhielt – nach Frankreich zurück. Am 7-10-37 kamen wir in Paris an. Wir verblieben dort bis Mai 1940 ...« [148]

Kein Wort also in diesem Dokument, das bis zum heutigen Tag in den eidgenössischen Archiven verschlossen war, über allfälliges Spanienkämpfertum oder gar einen Offiziersposten in den Internationalen Brigaden.

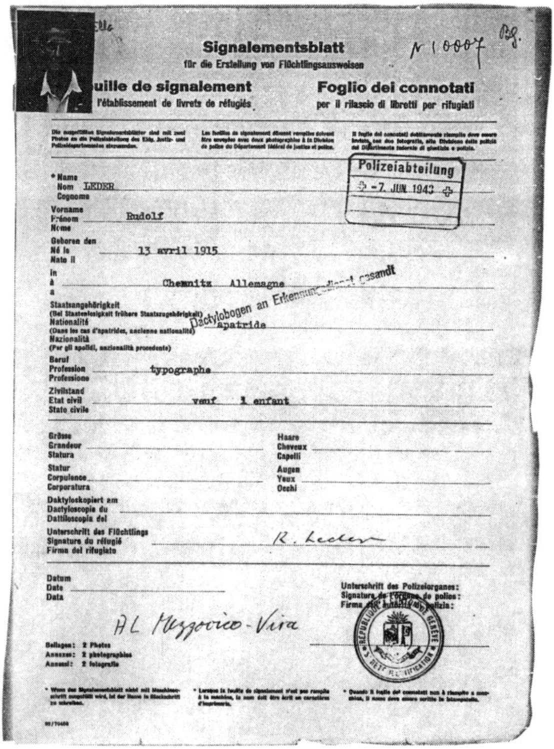
Signalementsblatt
für die Erstellung von Flüchtlingsausweisen
N 10007 Bg.
[Fe]uille de signalement
l'établissement de livrets de réfugiés
Foglio dei connotati
per il rilascio di libretti per rifugiati

Polizeiabteilung
7. JUN. 1943

Name / Nom / Cognome: LEDER
Vorname / Prénom / Nome: Rudolf
Geboren den / Né le / Nato il: 13 avril 1915
in / à / a: Chemnitz Allemagne
Dactylobogen an Erkennungsdienst gesandt
Staatsangehörigkeit (Bei Staatenlosigkeit frühere Staatszugehörigkeit) / Nationalité (Dans les cas d'apatrides, ancienne nationalité) / Nazionalità (Per gli apolidi, nazionalità precedente): apatride
Beruf / Profession / Professione: typographe
Zivilstand / Etat civil / Stato civile: veuf 1 enfant
Grösse / Grandeur / Statura:
Haare / Cheveux / Capelli:
Statur / Corpulence / Corporatura:
Augen / Yeux / Occhi:
Daktyloskopiert am / Dactyloscopie du / Dattiloscopia del:
Unterschrift des Flüchtlings / Signature du réfugié / Firma del rifugiato: R. Leder
Datum / Date / Data:
Unterschrift des Polizeiorganes: / Signature de l'organe de police: / Firma dell'autorità di polizia:
Al Mezzovico-Vira
Beilagen: 2 Photos
Annexes: 2 photographies
Annessi: 2 fotografie

Signalementsblatt für die Erstellung von Flüchtlingsausweisen

[146] »Abendlicht«, S. 56
[147] ebda
[148] Erklärung »Genève, 20 – 4 – 43«, Akte Leder im Schweiz. Bundesarchiv. – Der hier erwähnte Versuch Hermlins, sich 1937 in England niederzulassen, scheiterte schon beim Verlassen der Kanalfähre in Dover oder Folkestone. Er und seine Frau hatten (Information Andrée Leusink) zwar einen Stempel für das Visum in ihren Pässen, aber er war nicht ausgefüllt und wurde nicht ausgefüllt. So blieb nur die sofortige Rückreise nach Frankreich.
Erfolgreicher war Hermlins Bruder. Alfred Leder verließ – nach Erinnerung seiner Schwester Ruth Frenkel – Palästina im Juli 1938. Er besuchte Hermlin in Paris und fuhr dann weiter nach England, um als Werkstudent eine Ausbildung zum Klimatechniker zu absolvieren. Alfred war »subject of Palestine« mit einem Paß, ausgestellt von den britischen Behörden – dies machte für die Einwanderung in England den Unterschied zwischen den Brüdern aus. Hermlin war nach wie vor staatenlos.

Nun könnte man ja argumentieren, Hermlin habe die Schweizer Behörden bewußt belogen und ihnen das Jahr, das er von Dezember 37 bis Dezember 38 jenseits der Pyrenäen verbracht haben will, aus Gründen der Opportunität verschwiegen. Dies freilich entbehrt jeder Wahrscheinlichkeit. Denn es gibt Mitglieder, Historiker der Interbrigaden wie Alfred Kantorowicz, die auf die Anmaßung Hermlins, er sei 37/38 Kombattant gewesen, geradezu wütend reagierten. In seinem »Deutschen Tagebuch« notierte Kantorowicz ca. Juli 1956 nach einer Massenauszeichnung von 350 Spanienkämpfern in der DDR:

»Ein bezeichnendes Kuriosum soll am Rande vermerkt werden. Zum Erstaunen aller Kameraden fand sich bei der vorzugsweisen Erwähnung besonders prominenter Spanienkämpfer in der Presse auch der Name eines Schriftstellers, der während der fraglichen Zeit nicht einen Tag in Spanien gewesen war und der folglich auch nicht am Treffen der Spanienkämpfer teilgenommen hatte: Stephan Hermlin. Daraufhin wurde ich von meinen Studenten angesprochen, warum in der gesamten zugänglichen Literatur über den Spanienkrieg die Beteiligung Hermlins verschwiegen worden sei und warum er das Abzeichen nicht erhalten habe. Ich beschied sie, die Pressenotizen beruhten in diesem Fall wohl auf einem Irrtum. Einer meiner Assistenten jedoch, Hermann Kant … der mit Hermlin privat verkehrte, protestierte. Hermlin habe oft von seiner Kampfzeit in den Internationalen Brigaden gesprochen. Andere bestätigten es. Hermlin sei doch Offizier in Spanien gewesen; er erzähle gern von seinen Taten dort.

Arr.Ter.Genève

Genève, 20-4-43

Poli...
6. MAI 1943
N 10007

Erklärung

Leder Rudolf, geb. 13-4-15 in Chemnitz, Sohn des David und der Laura (Lola) geb. Bernstein, staatenlos, Jude, Setzer und Drucker, Witwer der Juliette geb. Brandler, mil.Eintlg.: Prestataire 169.Col.Inf.Rgt., 317.Cp.T.E.P.; zuletzt wohnhaft in Château-Chervix, Dept.Hte.Vienne,

mit seiner Tochter

Leder Andrée Thérèse, geb. 14. Mai 1938 in Paris VIme, Jüdin, Französin (?),

erklärt:

Mein Vater war Kaufmann. Im Jahre 1919 übersiedelte unsere Familie nach Berlin. Das Jahr 1925 verbrachte ich in der Schweiz, zuerst 6 Wochen in einem Kinderspital in Zürich, dann in Zuoz, Graubünden. Hierauf ging ich wieder nach Deutschland zurück. Im Jahre 1935 heiratete ich. Zufolge der Massnahmen gegen die Juden reiste ich im Jahre 1936 mit meiner Frau legal ~~xxxxxxxx~~ aus Deutschland aus. Zuerst hielt ich mich in Palästina auf, fuhr dann über Frankreich nach England und – weil ich keine Aufenthaltsbewilligung erhielt-nach Frankreich zurück. Am 7-10-37 kamen wir in Paris an. Wir verblieben dort bis Mai 1940, in welchem Zeitpunkt ich mobilisiert wurde. Ich kam in ein Militärlager nach Albi, Südfrankreich. Meine Frau folgte mir dorthin nach. Im Jan. 1941 wurden wir demobilisiert und unsere Kp. in eine zivile Arbeits-Kp. umgewandelt. Wir wurden in der Land- und Forstwirtschaft eingesetzt; ich arbeitete bei verschiedenen Bauern in der Gegend von Albi. Am 29-9-41 starb meine Frau an einer Unterleibsoperation. Das Kind wurde in einem Kinderheim im Dept. Creuse untergebracht. In der Folge arbeitete ich – immer im Auftrage der Arbeits-Kp. – in Agde, dann Dept. Creuse (vom März bis Sept. 1942). Zwischenhinein war ich im Aug. 1942 als Jude für vier Tage in das Lager Nexon verbracht worden. Vom 1-10-42 bis Mitte März 1943 arbeitete ich als Gärtner in einem Kinderheim der O.S.E. in Château-Chervix. Mitte März wurde ich vom Chef der 643. G.T.E. zurückgerufen. Da die Rückberufung in andern Fällen oft als Vorwand diente, um die betreffenden bei ihrer Ankunft den Deutschen auszuliefern – wenn es sich um Juden handelte – folgte ich der Aufforderung nicht, sondern versteckte mich bei einem Bauern. Ich entschloss mich dann, mit meinem Kind nach der Schweiz zu reisen. Am 14-4-43 fuhr ich nach Limoges, und von dort weiter nach Annemasse. Am 17-4-43 überschritt ich die Grenze bei Moillesulaz; dort wurde ich von einem Grenzwächter angehalten und in der Folge den milit.Behörden übergeben.

Vor einem Jahr habe ich für mein Kind die Einreisebewilligung nach England erhalten, wo sich meine Eltern und mein Bruder befinden. Das Kind erhielt jedoch von Frankreich das Ausreisevisa nicht.

./.

Erklärung von Stephan Hermlin (Rudolf Leder) für die Schweizer Behörden anläßlich seiner Flucht von Frankreich in die unbesetzte Schweiz vom 20. 4. 43

So unbesonnen also konnte die manische Geltungssucht selbst einen eisigen Rechner machen. Sein Schwindel mußte ja früher oder später zutage kommen; um von Amts wegen zum ›Spanienkämpfer‹ ernannt zu werden, hätte er den Nachweis erbringen müssen, daß er sich – und sei es auf der Durchreise – zwischen August 1936 und März 1939 jedenfalls eine Stunde lang in Barcelona oder Valencia aufgehalten hätte (von Madrid wollen wir nicht sprechen, das wäre zuviel verlangt). Geschadet hat ihm die betrügerische Anmaßung bei seinen hohen Gönnern nicht.« [149]

Hermlin hat auf diese blamable Enthüllung niemals öffentlich reagiert – schon gar nicht gerichtlich. Er raffte sich niemals zu dem Dementi auf, etwa nach dem Muster, er sei tatsächlich während der zweiten Hälfte der 30er Jahre niemals in Spanien gewesen, es handle sich dabei um ein ›Mißverständnis‹.
Das Höchste waren Abschwächungen in einem Gespräch mit der DDR-Literaturwissenschaftlerin Silvia Schlenstedt, November 1976. Und sie hielt daraufhin fest:

»Stephan Hermlin, der damals (zur Zeit des spanischen Bürgerkriegs) zur Gruppe der Pariser Jugendgenossen gehörte, erinnert sich, gemeinsam mit Hermann Axen Texte für (den Freiheitssender) 29, 8 (in Barcelona) geschrieben zu haben, u. a. Sendemanuskripte, in denen ein vorgeblicher HJler sich zu Wort meldete.« [150]

Das also war Hermlins ›Unterstützung zum Freiheitskampf des spanischen Volkes‹, sieht man einmal davon

[149] Alfred Kantorowicz, »Deutsches Tagebuch«, Zweiter Teil, Berlin 1979, S. 643 f. In seinem SPIEGEL Interview 41/1996 läßt Hermlin sich nach vier Jahrzehnten zu der Bemerkung herab, es handle sich um eine falsche Behauptung Kantorowiczs aus dem Jahre 1956. Er und »Kanto« seien sich in Spanien nie begegnet. Das Merkwürdige ist, daß Hermlin bei seinem Aufenthalt in Spanien – »Als Ambulanzfahrer war ich dann aber doch an der Front, auch unter Beschuß, mehrere Monate« (SPIEGEL 41/1996) – offenbar auch sonst niemand begegnet ist. Er kommt in der gesamten Literatur der Spanienkämpfer in der DDR nicht ein einziges mal vor. Und selbstverständlich gälte auch für einen Ambulanzfahrer an der Front und unter »Beschuß« , daß er von Amts wegen als Spanienkämpfer geführt werden müßte.

Aparterweise hat er dem ihn interviewenden SPIEGEL-Redakteur Mathias Schreiber vor einigen Jahren noch erklärt, er habe auf der Rückreise aus dem Nahen Osten in Spanien Station gemacht, dann aber gemerkt, daß er doch nicht so mutig sei, um zu kämpfen, und deshalb sei er wieder abgereist (Information Mathias Schreiber).

[150] S. Silvia Schlenstedt in »Exil in den Niederlanden und Spanien«, Leipzig, 1981, S. 248. – Nach der Erinnerung von Andrée Leusink wohnte Hermann Axen in seiner Pariser Zeit bei Hermlin oder war öfter zu Gast. In seiner Rede vom November 1986 in den Münchener Kammerspielen »Das hier ist es« ging Hermlin kryptisch auf seine Pariser Begegnung mit Axen ein. Er sagte: »Ich entsinne mich, wie kurz vor Kriegsausbruch ein junger Mann, jünger noch als ich, mit mir die Rue Clignancourt entlanggging und mitten im Gespräch ohnmächtig zusammenbrach. Passanten sammelten sich, es gelang mir, ihn aufzurichten und bis zu dem Haus zu bringen, in dem ich ein Zimmer bewohnte, er hauchte wie eine Entschuldigung: ›Ich habe seit achtundvierzig Stunden nichts gegessen.‹ Der junge Mann hatte damals vier Jahre Zuchthaus hinter sich und fünf Jahre Konzentrationslager vor sich. Er ist heute einer der führenden Politiker der DDR.« (»In den Kämpfen dieser Zeit«, Berlin 1995, S. 75 f.) Aus dieser Zeit stammte wohl das sehr spezielle Verhältnis Hermlins zu Axen, der in der DDR ein mächtiger Funktionär war. Nach Ingeburg Kretzschmar ging Hermlin in der DDR Axen aus dem Weg, er haßte und fürchtete ihn.

ab, daß er in Paris 1939 Mitarbeiter des Internationalen Hilfskomitees für das republikanische Spanien gewesen und im Auftrag dieses Komitees doch noch nach Spanien gekommen sein will, als Begleiter eines Hilfstransports o. ä.[151] Selbst dies ist nach Kantorowiczs Ausführungen ganz unwahrscheinlich und entschuldigt nicht die fortdauernde Prätention, die Hermlin im Hinblick auf seinen Kombattantenstatus betreibt. Der fragmentarische und sprunghafte, die Chronologie absichtlich verwirrende und durchlöchernde Erzählcharakter des »Abendlichts« hängt offenbar mit dieser Hochstapelei zusammen. In einer »ordentlichen« Autobiographie hätte er erzählen müssen, wie er im Frühjahr 1939 aus Spanien nach Frankreich geflohen wäre und was die Franzosen dann mit ihm gemacht hätten.[152] Hans Albert Walter, der beste Kenner der Sozialgeschichte des deutschen Exils, schreibt dazu:

»Gesetzt, er (Hermlin) wäre vor dem Debakel vom Februar 39 nach Frankreich zurückgekommen, so würde er wohl größte Probleme mit seiner Aufenthaltserlaubnis bekommen haben, vielleicht sogar ausgewiesen worden sein: Spanienkämpfer galten als Kommunisten. Kein Wort darüber jedoch. Wäre er aber beim Kollaps der Republik mit den Resten der Interbrigaden gekommen, er wäre sofort in einem Internierungslager gelandet, und diese Camps waren wirklich sehr, sehr schlimm. Auch darüber aber kein Wort …
Alle Interbrigadisten, deren die Franzosen habhaft werden konnten, landeten in einem der sog. ›besonderen‹ Lager (sofern sie nicht sowieso schon darin saßen), in St. Cyprien oder Argelaise sur Mer, in Gurs oder Le Ver-

Alfred Kantorowicz kämpfte zwischen 1936 und 1938 als Offizier der Internationalen Brigaden auf republikanischer Seite im Spanischen Bürgerkrieg
Der Autor dankt der Witwe Ingrid Kantorowicz für das Foto

[151] Zur Mitarbeit im genannten Komitee s. »Ein berühmter Schriftsteller« in »Entscheidungen«, S. 389. Zur angeblichen Einreise in Spanien als Begleiter eines Hilfstransports s. S. Schlenstedt, S. 60.

[152] Listig schreibt Hermlin in einem Brief an Tilo Medek vom 22. 9. 1979, »Schweigen und Verschweigen« gehöre zur »Struktur« seines »Abendlichts«. Der Verf. dankt Tilo Medek für eine Kopie seines Briefwechsels.

net. (Hermlin) wäre da nur mit einem Überseevisum herausgekommen.«[153]

Während Hermlin vom Oktober 1937 an relativ sicher in Paris lebte, war sein Vater in Berlin zurückgeblieben. Er weigerte sich offenbar bis zum November 1938, Deutschland zu verlassen.[154]

»... damals ..., als er eigentlich nur noch allein und in Musik vertieft auf die Katastrophe zu warten schien, hatte er fast alle seine Gewohnheiten verändert. Er hatte nicht darauf gewartet, daß man ihm den Austritt aus seinem Klub nahelegte; er hatte seinen Austritt erklärt. Er kaufte keine Bilder mehr, er verkaufte viele; ich fragte nicht nach ihnen, ich nahm hin, daß ich bei meinen seltenen Besuchen dies oder jenes vermißte; noch konnte ich den schönen unheimlichen Odilon Redon anschauen, aus dessen Rauch Blumen sichtbar wurden, die nicht auf Erden blühen; noch hing das Porträt meiner Eltern von Corinth im großen Zimmer: Lange nach dem Zweiten Weltkrieg sah ich im Museum von Oslo, nachdem ich lange nicht an die Bilder meines Vaters gedacht hatte, einen Munch, der Jahre hindurch über seinem Schreibtisch gehangen hatte. Er stellte die Silhouette eines Mannes am Fenster eines völlig verdunkelten Zimmers dar, während auf dem dunklen Meer vor dem Fenster ein beleuchtetes Schiff vorbeifährt.«[155]

Eine dieser Aussagen ließ sich überprüfen – die über das Bild von Munch. Das Munch-Museum in Oslo schrieb dazu:

[153] Brief Hans Albert Walters an den Verf. vom 7. 2. 1996. Verschiedentlich ließ Hermlin unwidersprochen verbreiten, er sei 1939 in Frankreich interniert oder verhaftet worden – vielleicht eine Legende, um die Spanienkämpferschaft glaubhaft zu machen, s. etwa »Jüdische Portraits«. Photographien und Interviews von Herlinde Koelbl, Frankfurt am Main 1989, S. 286 (»Spanien, Teilnahme am Bürgerkrieg. 1939 Internierung in Frankreich«).
Manfred Wilke erinnert sich, daß Hermlin ihm gegenüber äußerte, er sei 1939 mit Erich Wollenberg zusammen interniert gewesen. Erich Wollenberg war ab Mitte Mai 1940 im Pariser Stade Buffalo festgehalten, wie Hans Albert Walter in Bd. 3 seiner »Deutschen Exilliteratur 1933–1950«, S. 148, schreibt. Allerdings merkt Walter (S. 146) an, daß diese Internierungen vom Mai 1940 nur für »Personen deutscher Herkunft« galten, nicht für Staatenlose wie Hermlin. Lag also bei einer eventuellen Internierung Hermlins im Stade Buffalo ein Irrtum der Behörden vor – oder ist die Internierung eine Fiktion Hermlins? Gegenüber den Schweizer Behörden erwähnt er sie nicht.
[154] Auskunft Ruth Frenkel. Ihr zufolge glaubte David Leder, ihm werde nichts passieren. Er sei ein treuer Staatsbürger und zahle seine Steuern.
[155] »Abendlicht«, S. 111 f.

»Das Gemälde … ist sehr wahrscheinlich das mit dem Titel ›Nacht‹ oder, wie es auch genannt wird, ›Nacht in St. Cloud‹ … Herr Hermlin sah dieses Gemälde sehr wahrscheinlich in der National-Galerie in Oslo … Edvard Munch verkaufte das Bild an einen norwegischen Kunstsammler, Dr. Arntz, in der Zeit um 1890, und die National-Galerie kaufte es direkt von Dr. Arntz im Jahre 1917. Logischerweise kann also dieses spezielle Bild nicht im Besitz von … David Leder gewesen sein.« [156]

Was immer also über dem Schreibtisch von David Leder gehangen und was immer er verkauft haben mag – die Osloer Version von »Nacht in St. Cloud« war es nicht. Aber richtig ist natürlich, daß damals mancher Kunstsammler, wie das traurige Bonmot lautete, ›von der Wand in den Mund‹ lebte. Im übrigen rächte es sich, daß David Leder nicht rechtzeitig aus Deutschland, das er laut Sohn als »komfortables Zuchthaus« bezeichnet haben soll,[157] ausgereist war. Im »Abendlicht« heißt es darüber:

»Von dem, was meinem Vater später widerfuhr, weiß ich nur wenig, von wenigen Zeugen. Einer meiner Freunde, ein junger Metallarbeiter, hatte ihn in Sachsenhausen gesehen, wie er, gegen Ende des Jahres, in dünnem Drillich Steine klopfte. Er habe gewußt, sagte mein Freund, daß mein Vater niemals zuvor körperlich gearbeitet hatte, er hatte ihn auch ohne Klage schwere Lasten tragen sehen, nach seiner Einlieferung, die besonders furchtbar gewesen sei. Er habe der SS gegenüber bis zuletzt eine merkwürdige Haltung gewahrt,

Munch-museet **Oslo kommune**
Kunstsamlingene

Oslo 27-06-96

Dr. Karl Corino, Abt. Literatur
Hessischer Rundfunk
Bertramstrasse 8
D-60320 FRANKFURT AM MAIN
TYSKLAND

Dear Dr. Corino,

We have received your letter of June 14. The painting you refer to is most probably *Night* or *Night in St.Cloud* as it is also called, of which we enclose a photocopy. Mr. Hermlin most probably saw the painting in the National Gallery in Oslo as they hold the main version of this painting. The Munch Museum was founded in 1963, and does not hold any version of this motif.

Edvard Munch sold the painting to a Norwegian art collector, Dr. Arntz, in the 1890'ies, and the National Gallery bought it directly from Dr. Arntz in 1917. Consequently this particular painting cannot have been in Dr. David Leder's possession.

Yours sincerely

Arne Eggum
Chief Curator

Mitteilung des Munch-Museums in Oslo, daß sich das Gemälde »Die Nacht in St. Cloud« von Edvard Munch nicht im Besitz von David Leder befunden haben kann.

156 Briefliche Auskunft vom 27. 6. 1996, vom Verf. aus dem Englischen übersetzt
157 »Abendlicht«, S. 105

die Disziplin, Höflichkeit und Verachtung ausdrückte.«[158]

David Leder war nach Aussage des Sohns in der Kristallnacht nach Sachsenhausen geschleppt worden, am 9. November 1938. Die düstere Wendung, »bis zuletzt« habe er seine Haltung bewahrt, zwingt zu dem Schluß, er sei im KZ umgekommen – und so steht es auch im internationalen biographischen Archiv Munzinger und in vielen anderen Veröffentlichungen.[159] Die Recherche in Sachsenhausen ergibt – erfreulicherweise für den Vater, bedauerlicherweise für die Glaubwürdigkeit des Sohnes – erneut etwas Anderes.

»Auf einer Entlassungsliste von jüdischen Häftlingen vom 20. 12. 1938 ist der Name David Leder, geb. am 23. 10. 1888, Häftlingsnummer im KZ Sachsenhausen 9650, eingetragen. Danach wurde er am Dienstag, dem 20. 12. 1938, entlassen.« [160]

David Leder war also zum Glück nur rund sechs Wochen in Sachsenhausen.

Nach Auskunft von Experten wie Hans Albert Walter dienten die Einweisungen von Juden ins KZ im Zusammenhang mit der Reichspogromnacht dazu, sie binnen kurzem aus dem Land zu treiben.[161] Sie erhielten eine Frist gesetzt, nach deren ergebnislosem Verstreichen eine erneute Internierung drohte. So war es nach der Erinnerung der Tochter Ruth Frenkel auch bei ihren Eltern. Sie erhielten nurmehr sehr kurz bemessene Aufenthaltsgenehmigungen.[162] Bei der Berliner Volkszählung vom 17. Mai 1939 lebten David und Lola Leder

[158] ebda., S. 108 f. Nach Ruth Frenkels Erinnerung handelt es sich bei dem »jungen Metallarbeiter« um Heinrich Viertel. Er bewahrte David Leder vor schwerer Unterkühlung. Viertel soll nach der Entlassung aus dem KZ ins Strafbataillon 999 gesteckt worden, in Jugoslawien desertiert und in der DDR Jugendrichter geworden sein.
Da sich David Leder nach seiner Emigration aus Deutschland im Juli 1939 ca. zwei Monate bei seinem Sohn in Paris aufgehalten hat, ist es unwahrscheinlich, daß dieser nicht auch auf direktem Weg authentische Nachrichten über den KZ-Aufenthalt bekam. Durch die von Hermlin gewählten Formulierungen von dem Wenigen, das er durch »wenige Zeugen« erfuhr, wird beim Leser der Eindruck erweckt, der Vater habe ihm selbst nicht mehr berichten können, weil er eben umgekommen sei.
[159] Munzinger-Archiv/Internat. Biograph. Archiv 30/95 »Sein Vater, der in einem KZ umkam ...«. Vgl. auch die Äußerung seines Freundes André Wurmser, seit 1940 in Albi mit Hermlin in Kontakt, in seinem Beitrag »Zeugenschaft des Dichters. Stephan Hermlin und die Götter der Dämmerung« (in: »Stephan Hermlin. Texte. Materialien. Bilder«. Zusammengestellt von Hubert Witt. Leipzig 1985, S. 108 f.):
»Er (Hermlin) berichtet ... von seinem Vater, einem Mann des Großbürgertums, der, nach Sachsenhausen deportiert, dort sterben sollte.«
[160] Briefliche Mitteilung von »Gedenkstätte und Museum Sachsenhausen« vom 20. 6. 1996
[161] Auskunft Hans Albert Walters vom 7. 2. 1996; vgl. auch »Die Judenpolitik des SD 1935 bis 1938. Eine Dokumentation«, herausgegeben und eingeleitet von Michael Wildt (Schriftenreihe der Vierteljahreshefte für Zeitgeschichte, Band 71), S. 199: »Um den Zwang zur Auswanderung (nach dem 9. November 1938) zu verstärken, wurden gleichzeitig etwa 25 000 männliche Juden, z. T. vorübergehend, in die Konzentrationslager überführt. Nach Abschluß der Aktion erfolgte eine Regelung gegen die Judenschaft auf dem Gesetzes- und Verordnungswege.«
[162] Auskunft Ruth Frenkel. Die letzte Frist endete Mitte Juli 1939.

ad acta JUL 1945

TO: Swiss Federal Police, Berne.

FROM: Jewish Refugees Committee, London

Payment transferred for month .... JULY 1945.

Your Ref.	Our Ref.	Receipt No.
10007	CF/42093	B4831

Beneficiary ... ... LEDER Rudolf and daughter Andree.

Address ... c/0 Lilly Lehner, 10, Volkmarstrasse, Zurich.

Date of Birth ... 13. 4. 15.

Gegenwert anweisen an:
Rudolf Lehner, Volkmarstr.10,
Zürich 6.

Remitter ... Mr. David Leder,

Address ... 115, Chambers Lane, N.W.10.

Amount £. 5,..0,....0, Monthly/One Time

Five Pounds.

Enquiry:

Reply:

3961

24. Aug. 1945

27 JUN 1945

TO: Swiss Federal Police, Berne. ad acta

FROM: Jewish Refugees Committee, London

Payment transferred for month ..~~JUNE~~ 1945.

Your Ref.	Our Ref.	Receipt No.
10007	CF.42093	B.4635

Beneficiary ... LEDER Rudolf. (Ralph ... ...

Address Camp Walliseller, Zurich, ...

Date of Birth .. 1915 ... ...

Remitter Mr. David Leder, ...

Address 115, Chambers Lane, N.W.10. ... ...

Amount £10. .... Monthly/~~One-Time~~

Ten Pounds.

Enquiry:

Reply:

3901

Nachweis über monatliche Zahlungen von David Leder, wohnhaft in London, 115, Chambers Lane, N.W. 10 aus dem Jahre 1945 an Rudolf Leder, seinen Sohn.

noch immer in der Carmerstr. 2[163] und verließen Berlin erst am 15. Juli 1939, kurz vor Beginn des Zweiten Weltkriegs, in Richtung London auf dem vorgeschriebenen Weg über Basel. Mitgenommen werden durften nur die allernötigsten Reiseutensilien in einer Handtasche. Die von den Behörden zugestandene Geldsumme reichte gerade bis Paris, wo das Ehepaar Zwischenstation beim Sohn auf dem Montmartre machte. In London wohnten Alfred und Lola Leder während des Krieges in der Chambers Lane 115, NW 10, und unterstützten den Sohn monatlich mit etwa 10 Pfund.[164] Vater Leder arbeitete u. a. bei der Lebensmittelfirma Heinz, bis er durch einen Unfall zwei Finger verlor.[165] Er starb am 1. März 1947 im Alter von 58 Jahren an Leberkrebs.[166]

Die ersten Jahre Hermlins im französischen Exil, 1937 bis 1939, scheinen nicht allzu dramatisch gewesen zu sein. Das einstweilen gravierendste und erfreulichste Ereignis: die Geburt seiner Tochter Andrée Therese am 14. Mai 1938.[167] Die Inhaftierung 1939, die beispielsweise das Bertelsmann-Literatur-Lexikon von 1990 behauptet, ist vermutlich eine Ente, da Hermlin sie in seiner Schlüsselerklärung gegenüber den Schweizer Behörden vom 20. April 1943 nicht erwähnt.[168] Die dramatische Wende begann mit dem deutschen Angriff auf Frankreich am 10. Mai 1940. Hermlin wurde Ende Mai 1940 mobilisiert und als unbewaffneter Arbeitssoldat, als Prestataire, in den Süden kommandiert. Am 2. Juni trat er seinen Dienst an,[169] am 14. Juni fiel Paris, am 22. Juni wurde der Waffenstillstand geschlossen. Hermlin war ganze 20 Kriegstage Hilfssoldat. Der Rest ist postmilitärisches, halbmilitärisches Nachspiel. Gelegenheiten,

[163] s. Anmerkung 16

[164] Fragebogen, April 1943, Akte Leder, Schweiz. Bundesarchiv, Antwort VII/6. Nach Auskunft Ruth Frenkels trugen zu dieser Summe wahrscheinlich auch Hermlins Schwiegervater Hans Brandler, der in London, wie einst in Berlin, einen Modesalon besaß, und sein Sohn Joachim bei, der mit Holzimport aus Afrika gut verdiente.

[165] Auskunft Hans Brandlers, des jüngsten Schwagers Hermlins. Nach der Erinnerung Ruth Frenkels mußte ihr Vater, bevor er bessere Jobs bekam, auch Kohlen schleppen und andere Schwarzarbeit machen.

[166] Information Ruth Frenkel. – Olaf Thormann in seiner höchst informativen Studie über den Maler Otto Th. W. Stein (l. c., S. 82 f., Anm. 395) wird Opfer einer Fehlinformation, wenn er schreibt: »Während der Nazidiktatur wurde er (David Leder) in ein KZ deportiert, kam wieder frei, starb jedoch im englischen Exil an den Folgen der Haft.«

[167] s. die Geburtsurkunde in der Akte Leder, Schweiz. Bundesarchiv. Hermlin und seine Frau wohnten damals in der Rue du Chevalier de la Barre 6 bis.

[168] s. Anm. 153. Vgl. dagegen »Literaturlexikon. Autoren und Werke deutscher Sprache«. Hg. von Walther Killy. Gütersloh/München 1990, Bd. 5, S. 251: »1939 in Frankreich inhaftiert.«

[169] s. Fragebogen vom April 1943, Schweiz. Bundesarchiv, Antwort II/2 d. Bezeichnend die Legenden, wie sie Rolf Schneider in der Festschrift für Hermlin zum 70. Geburtstag (»Stephan Hermlin. Texte. Materialien. Bilder«. Zusammengestellt von Hubert Witt. Leipzig 1985, S. 89) verbreitet: »Zur Zeit des deutschen Überfalls auf Frankreich befand er sich in einem der vielen Internierungslager, welche die bürgerliche Republik für im Land befindliche Deutsche eingerichtet hatte, Antifaschisten wie Nazis. Eine mißverständliche Eintragung in seinem Identitätspapier bringt einen Offizier dazu, ihn innerhalb eines Tages zu einem französischen Soldaten zu ernennen. Als regelrechter Piou-piou zieht er in den Krieg und erlebt die Niederlage der Armee, in der er dient. Er geht in die Illegalität.«
Praktisch jeder Satz enthält eine oder mehrere Desinformationen.

In diesem Haus in der rue du Chevalier de la Barre 6 bis, Montparnasse wohnte Rudolf Leder mit seiner Frau Juliett. Hier machten auch seine Eltern Zwischenstation auf ihrem Weg nach London (© Jakob Gautel) rechts: Geburtsurkunde der Tochter Andrée Therese

Il est dû pour le présent extrait :

	fr. c.
Timbre	7.50
Expédition	1.25
Total	8.75

ACTES DE L'ÉTAT CIVIL — EXPÉDITIONS — PAPIER SPÉCIAL 7f50

1 H 8 7 5 6 6

EM LEDER 357/778

Cde P
P1 lo P / 7 Nov. 38

EXTRAIT DES MINUTES DES ACTES DE NAISSANCE

DU VI° ARRONDISSEMENT DE PARIS

ANNEE 1938

4 Nov. 1938

Le quatorze mai mil neuf cent trente-huit, sept heures, est née rue d'Assas, 89, Andrée Thérèse, du sexe féminin, de Rudolph LEDER, né à Chemnitz(Allemagne)le treize avril mil neuf cent quinze, Etudiant, et de Juliette BRANDLER, née à Berlin(Allemagne) le vingt-deux août mil neuf cent treize, sans profession, son épouse, domiciliés à paris, rue du Chevalier de la Barre 6 bis.- Dressé le seize mai courant, quinze heures, sur la déclaration de Robert Métayer, trente-huit ans, employé rue d'Assas, 89, ayant assisté à l'accouchement, qui lecture faite a signé avec M. Félix Pellin, Commandeur de la légion d'Honneur, adjoint au Maire du VI° arrondissement de Paris./.

Pour copie conforme

Paris, le neuf juin mil neuf cent trente-huit.

Le Maire,

RÉPUBLIQUE FRANÇAISE — MAIRIE VI° Arrond^{t} PARIS — LIBERTÉ, ÉGALITÉ, FRATERNITÉ

Étudiant

6 Bis Rue du Chevalier de la Barre

sich in jenen drei Wochen mit Schaufel und Pickel groß auszuzeichnen, hat es gewiß nicht viele gegeben.[170]

Aber es ist menschlich, die eigene Rolle zu überzeichnen. Und die des Bruders gleich noch mit.
Alfred Leder, Hermlins jüngerer Bruder, Jahrgang 1917, war 1934 nach Palästina ausgewandert, und 1938 war ihm als »subject of Palestine«, als Bewohner des britischen Mandats, die Einwanderung nach England geglückt.[171]

»Als der Krieg ausbrach, gelang es ihm, in die RAF einzutreten. Es war schwierig, er war in Deutschland geboren, aber zwei Unterhausabgeordnete setzten sich für ihn ein, und er flog Bomber, die in Kanada montiert wurden, hinüber nach England. Aber auch das gefiel ihm nicht, er wollte Jagdflieger werden und er wurde einer ... Seine Staffel hatte ihn geliebt, er flog gut und ging ungestüm auf den Feind los, man hatte ihn ›Starlet‹ geheißen.« [172]

Vielleicht wäre Alfred Leder, Dienstnummer 13 97 463, Soldat seit 10. Oktober 1941, wirklich Jagdflieger auf einer Spitfire geworden, wie Hermlin es als Tatsache in die Welt setzt, wenn, ja wenn er die fliegerische Ausbildung überstanden hätte und nicht bedauerlicherweise am 7. Januar 1943 östlich von Conrich, Alberta, Kanada, beim Zusammenstoß zweier Harvard-Maschinen abgestürzt wäre.[173] Die Harvard war eine typische Trainingsmaschine, nach deren Beherrschung durch den Jungpiloten die Royal Air Force entschied, ob er künftig Bomber, Jagdmaschinen etc. fliegen solle.[174]

[170] s. Hans-Albert Walter, »Deutsche Exilliteratur 1933-1950«. Bd. 3: »Internierung, Flucht und Lebensbedingungen im Zweiten Weltkrieg«, Stuttgart 1988, S. 110:
»Bleibt von den ›Prestataires‹ zu sprechen, die den deutschen Armierungssoldaten des Ersten Weltkriegs vergleichbar sind. Diese hatte der Soldatenjargon des wilhelminischen Heeres bald als ›Schipper‹ bezeichnet, damit das Wesen ihrer Tätigkeit auf einen treffend knappen Begriff bringend. Es waren aus körperlichen Gründen zum Dienst mit der Waffe ungeeignete Männer, die als unbewaffnete Arbeitssoldaten alle die praktischen Hilfsdienste verrichteten, deren eine moderne Armee bedarf. Dem französischen Begriff ›Prestataire‹ wird man denn auch füglich als Arbeitsdienst übersetzen dürfen, und was die ›Prestataires‹ des Zweiten Weltkriegs in Frankreich von den Schippern des Ersten Weltkriegs in Deutschland unterschied, war die Tatsache, daß es sich nicht um Franzosen, sondern um Ausländer verschiedenster Nationalität handelte, vorzugsweise um Deutsche, Österreicher und Spanier.
Franz Schoenberger sagt, ›Prestataire‹ sei ein ›euphemistischer Ausdruck für etwas zwischen einem Soldaten zweiter Klasse und einem Gefangenen‹ gewesen. Sie hätten eine Art von Uniform gehabt, ›auf deren Rücken in dicken Buchstaben T. E. gemalt war, was soviel bedeuten sollte wie ›travailleur étranger‹ (ausländischer Arbeiter), und ihre einzigen Waffen waren Schaufel und Pickel‹.«
Wie er Hermlin in einem Prestataire-Lager nach dem Ende der Kampfhandlungen erlebte, beschreibt Kurt Stern in einem Artikel zu Hermlins 60. Geburtstag im »Neuen Deutschland« vom 12 .4. 1975: »Kennen lernte ich ihn vor fünfunddreißig Jahren. In einem südfranzösischen Internierungslager. Er war gekleidet wie ein zünftiger Jungkommunist, steckte in Schaftstiefeln und Breecheshosen. Was in ihm steckte, ahnte ich noch kaum, obwohl wir, zum Müßiggang verurteilt, lange Gespräche führten. Klug, lebhaft, wissensreich, war er ein paar Wochen lang mein bester Lagerkamerad.«

[171] Auskunft Ruth Frenkel; vgl. Anm. 148

[172] »Abendlicht«, S. 67 ff.

[173] Auskunft des Ministry of Defence, AHB3 (RAF)

[174] Auskunft des deutschen Flughistorikers Peter-Michael Gerhardt

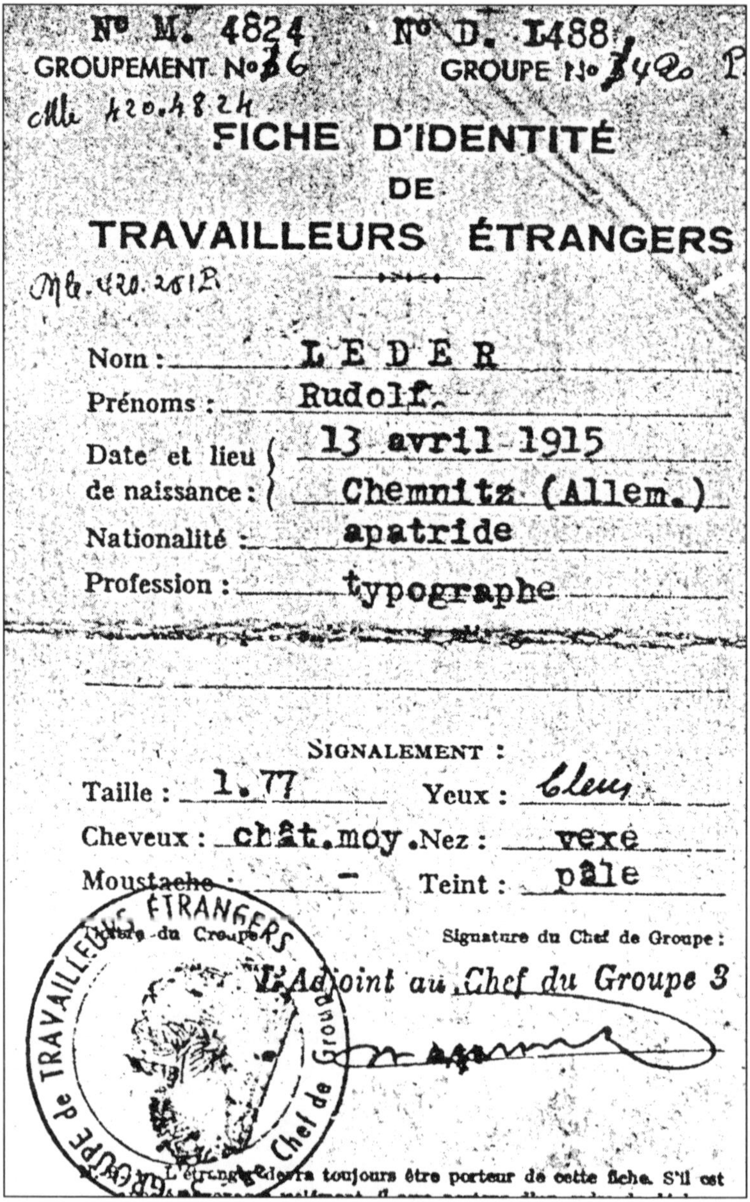

N° M. 4824 N° D. 1488
GROUPEMENT N° 36 GROUPE N° 3420 P
Mle 420.4824

FICHE D'IDENTITÉ
DE
TRAVAILLEURS ÉTRANGERS

Mle 420.281 R

Nom : LEDER
Prénoms : Rudolf.
Date et lieu de naissance : 13 avril 1915 Chemnitz (Allem.)
Nationalité : apatride
Profession : typographe

SIGNALEMENT :

Taille : 1.77 Yeux : bleus
Cheveux : chât. moy. Nez : rexe
Moustache : – Teint : pâle

Timbre du Groupe : Signature du Chef de Groupe :
L'Adjoint au Chef du Groupe 3

GROUPE de TRAVAILLEURS ÉTRANGERS Chef de Groupe

L'étranger devra toujours être porteur de cette fiche. S'il est

Identifikationspapier für ausländische Arbeiter

Affecté au 420e G.T.E. le 25/2/42
Versé au [illegible] le 29/8/42
Réincorporé au 420e G.T.E. le 15/9/42
LE CHEF GROUPE
GUÉRET

Da Alfred Leder seine Pilotenausbildung 1942 in Kanada bekam, läßt sich leicht ermessen, wie realistisch die Passagen sind, in denen Hermlin ein geplantes Kommandounternehmen ausmalt, mittels dessen er aus dem besetzten Frankreich ausgeflogen werden sollte:

»Ich war bald gefangen in einem gefangenen Land und hörte nichts von ihm, bis mich nach einem halben Jahr auf geheimem Wege eine Nachricht von ihm erreichte. Er forderte mich auf, ihm genau meinen Tagesablauf und alle Einzelheiten der Gegend, in der ich damals lebte, zu beschreiben. Ich ahnte, was er vorhatte, ich mußte lächeln, wenn ich an seine Illusionen dachte. Gelegentlich holte man aus dem besetzten Land Personen von politischer Bedeutung, Personen, die dem General nahestanden und entführte sie durch die Luft. Ich besaß keinerlei Bedeutung, ich war ein deutscher Emigrant, einer von vielen.
Dennoch tat ich, was er von mir verlangte, es war ein Spiel, ich zeichnete eine kleine Karte, ich schrieb einen Stundenplan auf, in dem jene Tageszeiten vermerkt waren, von denen ich genau sagen konnte, wo ich mich jeweils befinden würde. Er antwortete, er sei schon dabei, die Sache zu betreiben. Nach einigen Wochen teilte er mir mit, das Kommando habe sein Gesuch abgewiesen, er werde es nach einer Weile wiederholen …« [175]

Ein Flugschüler in Kanada, der das Gesuch gestellt hätte, einen Prestataire, einen Arbeitsdienstler, per Kommandounternehmen aus Frankreich auszufliegen, wäre wahrscheinlich von seinen Kommandeuren für

From: AHB3 (RAF), Room 308
MINISTRY OF DEFENCE
3-5, Great Scotland Yard, London SW1A 2HW

Telephone (Direct dial) 0171 218 5457
(Switchboard) 0171 218 9000
(Fax) 0171 218 5927

Dr Karl Corino
Hessischer Rundfunk
Bertramstraße 8
60320 Frankfurt am Main
Germany

Your reference

Our reference
D/AHB(RAF)8/27
Date
2 August 1996

Dear Dr Corino

Thank you for your letter of 23 June concerning Alfred Leder.

The crash in which LAC Alfred Leder 1397463, lost his life occured at Conrich, Alberta, Canada.

As LAC Leder was undergoing initial pilot training at the time of his death it is improbable that he flew fighters such as the Spitfire.

He enlisted into the RAF on 10 October 1941. A more detailed record of his service may possibly be obtained from the following address:

P Man 4a(2)b
HQ P & TC
RAF Innsworth
Gloucester
GL3 1EZ

I hope that the above will be of some use.

Yours sincerely

M L HATCH

Das »Ministry of defence« bestätigt, daß Alfred Leder bei einem Übungsflug über Kanada abgestürzt sei.

175 »Abendlicht«, S. 67 f.; es scheint, als verarbeite Hermlin hier einen Traum, den seine Schwester Ruth Anfang 1943 hatte und von dem sie dem Verf. im September 1996 erzählte.

verrückt erklärt worden. Mit seinen phantastischen literarisch-aeronautischen Höhenflügen stellt Hermlin der geistigen Gesundheit seines Bruders postum kein gutes Zeugnis aus. Der alte Grundsatz »De mortuis nil nisi bene« wird bei Hermlin angesichts seines toten Bruders zur maßlosen Verklärung, geradezu zum Höhenrausch:

»Wieder blicke ich über die leichtgewellten Äcker und Wiesen, während hinter den Wäldern von St. Pierre-de-Fursac der Donner einer tieffliegenden Spitfire erdröhnt. Gleich wird es soweit sein, er wird mich bei dem Namen rufen, den er als kleiner Junge für mich erdacht hatte, er wird mich in ein anderes Land holen ohne Haß und Furcht …« [176]

Und vielleicht auch ohne Höhenschwindel. Denn um einen solchen handelt es sich bei dieser Darstellung von Alfred Leders Fliegertod. Der Familie waren die Details seines Absturzes durchaus bekannt – so z. B., daß es sich um einen Zusammenstoß bei Nebel handelte und daß sich der andere in die Kollision verwickelte Pilot per Fallschirm retten konnte.[177]

Zu Hermlins Heldengeschichten in eigener Sache gehören die von der Résistance. Die Signale sind manchmal diskret – etwa wenn de Gaulle als Haupt des französischen Widerstands vertraulich nur »der General« genannt wird –,[178] manchmal ganz unübersehbar. In den Erzählungen Hermlins über seine französischen Jahre gibt es heroische Figuren wie den ehemaligen Spanienkämpfer Louis, die stoisch mit ansehen, wie ein

[176] »Abendlicht«, S. 69 f. Der Spitzname Hermlins, den er seit seiner Geburt trug, weil er ziemlich rundlich auf die Welt kam, lautete »Möppel«.
Den Mythos vom Tod seines Bruders Alfred in einer Spitfire bei der Luftschlacht um England, sei es über dem Kanal oder der offenen Nordsee, kultiviert Hermlin auch an anderen Stellen des »Abendlichts«, s. S. 12 ff.: »... als ich tiefer gehe, ist es der Flügel eines Flugzeugs, es ist, wie ich jetzt deutlich erkenne, die Tragfläche einer Spitfire, und quer über ihr liegt ein Mann auf dem Rücken, ich ahne, was mir bevorsteht, und einen Augenblick später sehe ich meinen Bruder. Er liegt gerade neben der Kokarde, ..., sein blasses Gesicht ist ein wenig gedunsen, aber fast so, wie es im Leben gewesen war ...«
Bezeichnend, wie S. Schlenstedt die Passagen über den toten Flieger samt dem angeblich »kühnen Plan des Bruders, mit dem Flugzeug den gefangenen Älteren zu befreien«, für bare Münze nimmt: »Was der Text mitteilt, wie er sich mitteilt, worauf er unausgesprochen im Buch zurück- und vorausdeutend weist, ... all das macht den Reichtum dieser lakonisch und verhalten erzählten Passage aus« (S. Schlenstedt, S. 232 f.). Angesichts solcher Kritiklosigkeit sind die germanistischen Behauptungen à la »Mit dem Lebensmaterial wird (von Hermlin) künstlerisch gearbeitet, es wird von der Subjektivität transformiert«, reine Worthülsen. Was da Lebensmaterial ist, was und wie da transformiert ist, bleibt vollkommen unsichtbar.

[177] Information Ruth Frenkel und Andrée Leusink

[178] »Abendlicht«, S. 68. Im Interview mit der »Wochenpost« vom 10. September 1992, S. 21, behauptete Hermlin aber dreist: »De Gaulle war mein General, mein Oberbefehlshaber in der Résistance.«

Verräter von der Résistance gehängt und selbst dann nicht begnadigt wird, als der Strick reißt.[179] Oder da gibt es jenen Neubert, mit dem sich Hermlin im »Abendlicht« direkt identifiziert:

»… als ich Neubert hieß …« [180]

Dieser Neubert lebt mit falschen Papieren in Frankreich und tötet den Franzosen Dufour, der seine, Neuberts, Frau vergewaltigt hat. Eine dramatische Story mit Vichy-Handlangern, kaltblütiger Rache, Flucht aus dem Gefängnis, Untertauchen und dem Tod der Frau – sie überlebt eine Abtreibung nicht, mit der sie die Folgen der Vergewaltigung tilgen wollte.[181] Durch das Nachwort seines Lektors Günter Caspar ließ Hermlin 1951 per Nachwort die Information streuen:

»Unmittelbar mag erlebt sein, was er in Frankreich spielen läßt.« [182]

Biographisch wahr ist der Tod von Hermlins Frau Juliett, die am 29. September 1941 in Albi an den Folgen eines Schwangerschaftsabbruchs starb. Nach eigenen Angaben gegenüber Vertrauten war Juliett Leder von einem Präfekturangestellten, einem Polizisten oder dgl. zum Verkehr gezwungen worden, der andernfalls mit Repressalien gedroht hatte.[183] Leider wurden auch über diesen tragischen Tod – von wem auch immer – falsche Gerüchte in Umlauf gesetzt, deren Echo in den Memoiren Hans Mayers zu finden ist – seit gemeinsamen Schweizer Flüchtlingsjahren einer der Vertrauten Hermlins. So berichtet Mayer:

[179] s. »Arkadien« in »Entscheidungen«, S. 123–139. Die Anmerkung Hermlins dazu lautet: »Die Erzählung geht auf eine Episode aus den Kämpfen der F.T.P. (Franctireurs et Partisans) im Départment Cantal zurück.« (»Entscheidungen«, S. 406) Das Départment liegt in der Auvergne, Hauptstadt ist Aurillac.
In einem Gespräch mit Horst Simon im »Neuen Deutschland« vom 25. 9. 1975 betonte Hermlin unter dem Titel »Fakten und literarische Wahrheit«: »... meine kleine Erzählung (»Arkadien«) – die gibt in jedem Brief nur wieder, was sich an zwei bestimmten Tagen an zwei bestimmten Orten im besetzten Frankreich ereignete – hier ist gar nichts erfunden. Literarische Wahrheit fällt manchmal auf nüchterne (oder ernüchternde) Weise mit den Fakten zusammen.«

[180] »Abendlicht«, S. 57. Neubert soll laut SPIEGEL 41/1996 auch sein wirklicher Deckname gewesen sein.

[181] »Die Zeit der Einsamkeit« in »Entscheidungen«, S. 83–122

[182] s. das Nachwort von Günter Caspar in: Stephan Hermlin, »Die Zeit der Gemeinsamkeit«. Erzählungen. Berlin 1951, S. 199

[183] Hermlin nannte in seiner Erklärung, Genève, 20-4-43, gegenüber den Schweizer Behörden eine »Unterleibsoperation« als Todesursache seiner Frau. Darüber hinaus hat sich in seiner Akte im Schweiz. Bundesarchiv ein Totenschein seiner Frau erhalten, allerdings ohne Angabe der Todesumstände.

»seine Frau war deportiert worden und umgekommen.«[184]

Diese Frau, die Hermlin samt seiner ersten Tochter in seinem »Abendlicht« nicht mit einem Wort erwähnt – wohl weil sich ein Maquisard mit Frau und Kind nicht so gut machte –, hat bloß in einer Erzählung[185] und in der »Ballade von den Geliebten in den Großen Städten«[186] heimliche Spuren hinterlassen, für den normalen Leser undeutbar.

Den Schweizer Behörden freilich konnte er ihre Existenz bei der Befragung im Aufnahmelager Charmilles bei Genf nicht verschweigen. Er gab zu Protokoll:

»Wir verblieben (in Paris) bis Mai 1940, in welchem Zeitpunkt ich mobilisiert wurde. Ich kam in ein Militärlager in Albi, Südfrankreich. Meine Frau folgte mir dorthin nach. Im Jan. 1941 wurden wir demobilisiert und unsere K(om)p(anie) in eine zivile Arbeits-K(om)p(anie) umgewandelt. Wir wurden in der Land- und Forstwirtschaft eingesetzt, ich arbeitete bei verschiedenen Bauern in der Gegend von Albi. Am 29-9-41 starb meine Frau an einer Unterleibsoperation. Das Kind wurde in einem Kinderheim im Dept. Creuse untergebracht. In der Folge arbeitete ich – immer im Auftrage der Arbeits-K(om)p(anie) in Agde, dann im Dept. Creuse (vom März bis Sept.(ember) 1942). Zwischenhinein war ich im Aug.(ust) 1942 für vier Tage in das Lager Nexon verbracht worden. Vom 1-10-42 bis Mitte März 1943 arbeitete ich als Gärtner in einem Kinderheim … in Château-Chervix.«[187]

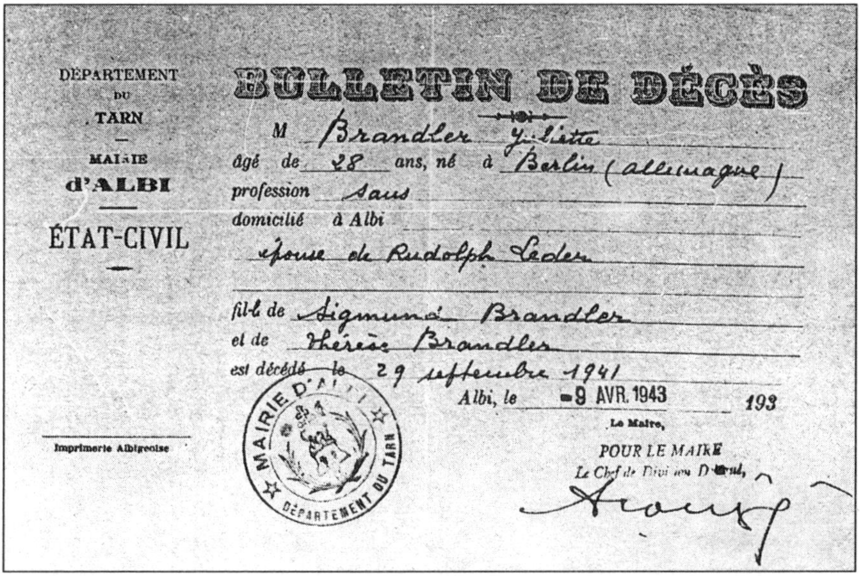

DÉPARTEMENT DU TARN
MAIRIE d'ALBI
ÉTAT-CIVIL

BULLETIN DE DÉCÈS

M Brandler Juliette
âgé de 28 ans, né à Berlin (allemagne)
profession Sans
domicilié à Albi
épouse de Rudolph Leder
fil-le de Sigmund Brandler
et de Thérèse Brandler
est décédé le 29 septembre 1941
Albi, le -9 AVR. 1943 193
Le Maire,
POUR LE MAIRE
Le Chef de Division [illegible]

MAIRIE D'ALBI
DÉPARTEMENT DU TARN

Imprimerie Albigeoise

Totenschein der Stadt Albi von Juliett Brandler

[184] Hans Mayer, »Ein Deutscher auf Widerruf«. Erinnerungen. I. Frankfurt 1982, S. 299.

[185] s. »Die Zeit der Einsamkeit«, a. a. O.

[186] s. Stephan Hermlin, »Gesammelte Gedichte«, München o. J., S. 53–55. Noch nicht einmal eine Widmung mit Initialen (wie bei dem»Ikarus«-Gedicht auf den Tod des Bruders) deutet darauf hin, daß dieses Gedicht vom Tod seiner ersten Frau handeln könnte!

[187] Erklärung, Genève, 20-4-43, Akte Leder, Schweiz. Bundesarchiv.

Hinter diesen nüchternen und wahrheitsgemäßen Zeilen verbergen sich schwere Jahre, gewiß die schwierigsten und gefährlichsten Zeiten in Hermlins Leben. Wenn man andernorts die wahren Bedingungen, unter denen er damals existieren mußte, erfährt und liest, wie er sich und seine kleine Tochter rettete, nötigt einem dies Respekt ab. Ein Freund aus jenen Jahren, der kurz vor seinem Tod eine große Anzahl von Tonband-Gesprächen aufzeichnen ließ, E. J., hat in diesen unveröffentlichten Memoiren ein eindringliches Dokument jener Schicksalsepoche hinterlassen, und sie bilden zugleich ein unschätzbares Korrektiv zu den Aussagen Hermlins. Er war vom Herbst 1940 bis Herbst 1942 ein Leidensgefährte des späteren Autors, mutig, opferbereit, beseelt von großer Wahrheitsliebe und Treue zum Detail. Da diese Erinnerungen hoffentlich bald gedruckt sein werden, ist hier die Beschränkung auf das Nötigste möglich.[188]

E.J. schildert, wie sich im Lauf des Jahres 1942 der Maquis bildete, nicht zuletzt durch Köhler. Sie erzeugten in Arbeitslagern im Wald die Holzkohle, die man für den Antrieb von Bussen und Autos brauchte. Für Emigranten wie ihn und andere in derselben Lage sei aber die Beschaffung von Nahrung für die Kinder in den jüdischen Kinderheimen wie Chabannes am wichtigsten gewesen. Es gab oft nur Pellkartoffeln und Weißkäse, im Frühherbst Brombeeren. Ein Gärtneramt in einem Kinderheim war also nicht ohne weiteres eine Sinecure, wie man vielleicht vermuten könnte.[188a] Und dann die Razzien – sie begannen in der zweiten Jahreshälfte 1942, am 26. August.

[188] Da die Erinnerung E. J.s bisher nur in vollkommen unredigierten, der Öffentlichkeit unzugänglichen Abschriften vorliegen, verzichtet der Verfasser im folgenden auf den Nachweis von Seitenzahlen, wenn er aus diesen Texten zitiert.

[188a] Im Oktober 1942, als Hermlin seine Gärtnerstelle im Kinderheim auf Schloß Montintin antrat, war es von der OSE, der jüdischen Hilfsorganisation, schon geräumt. s. den Bericht eines Kindes bei Ernst Papanek, »Die Kinder von Montmorency«, Frankfurt am Main 1983, S. 154

»Die allererste Razzia hat uns überrascht, morgens um sechs (...) kam französische Gendarmerie, umstellte das Haus und transportierte nach einer Liste Kinder und Erwachsene ab. Zu den Erwachsenen gehörte(n) Rolf Leder (also Hermlin) und ich, und Kinder (...) von Leuten, die im Lager saßen (...) unter dem Motto der Familienzusammenführung fand diese Razzia statt (...) Wir kamen in ein Sammellager von Nexon, und dort hieß es, – es gingen also die wildesten Gerüchte – (...) man käme nach Osten. (...) Es kam die Nacht der Deportation, das war die zweite oder dritte (...) Nacht unserer Anwesenheit da in diesem Lager. Rolf Leder versteckte sich in einer Baracke (...) Und es wurde einzeln aufgerufen zum Abmarsch. Rolf Leder, Heinz Berger und ich wurden nicht aufgerufen. Wir waren nicht auf der Abtransportliste, obwohl ich mich extra gemeldet hatte, daß ich mitwollte. Da wär's mir ergangen wie dem Korczak.

Was sich während des ungefähr drei Stunden dauernden Abtransports, also dieses Appells, dieser Abfahrt mit dem Lastwagen und danach getan hat, gehört zur absolut schwärzesten Erinnerung meines Lebens. Ich kann das gar nicht mehr richtig beschreiben, das Lager war dann leer. Ich saß auf einer Bank und hörte ein Baby weinen aus einer Baracke und torkelte dorthin und fand ein Baby, das die Mutter versteckt hatte. Hob's auf und es kam eine französische Sozialarbeiterin, der übergab ich das. Und dann setzte ich mich auf eine Bank (...) und begann fassungslos zu heulen (...) Wir wurden dann gerufen, es gab noch ungefähr sieben oder acht andere von Hunderten, also es gab Stephan Hermlin, Heinz Berger, den damals 17jährigen (...) Jungen, mich und

noch vier oder fünf andere. Wir wurden also dann gerufen, und uns wurde mitgeteilt, wir seien (...) aufgrund eines Beschlusses, wir wußten nachher auch, durch wen er herbeigeführt worden war, (...) den Judenrat – (...) ausgenommen worden. Wir waren also wieder frei und fuhren nach Hause, d.h. nach Chabannes.«

Eine Szene, bei der einen das Grauen packt, und eine Rettung, die an ein Wunder grenzte – es war dem Judenrat gelungen, wenigstens eine Handvoll Leute zu retten.

Und nun vergleiche man diese Schilderung E.J.'s, kurz vor seinem Tod auf Band gesprochen, ohne jede taktische Absicht und Aussicht auf Publikation mit jener, die Hermlin in seinem SPIEGEL-Gespräch 41/1996 gibt. Auf die Frage, wie er in das Deportationslager gekommen sei, antwortete er:

»Ich habe bei einem Bauern gearbeitet und wurde eines Tages ohne Begründung von Gendarmen abgeholt.«

SPIEGEL: Hat der Bauer Sie verraten?
Hermlin: Ja.
SPIEGEL: Als was – als Kommunisten, als Juden?
Hermlin: Weiß ich nicht.
SPIEGEL: Wie sind Sie dem Lagerleben entronnen?
Hermlin: Ich bin eines Tages zum Lagerkommandanten gegangen und habe gesagt: Ich möchte, daß Sie sich über mich erkundigen, ich gehöre nicht hierher, Sie dürfen mich hier nicht festhalten. Nun hatte es in diesem Lager einige Irrtümer gegeben, einmal wurde versehentlich eine Mitarbeiterin der deutschen Besat-

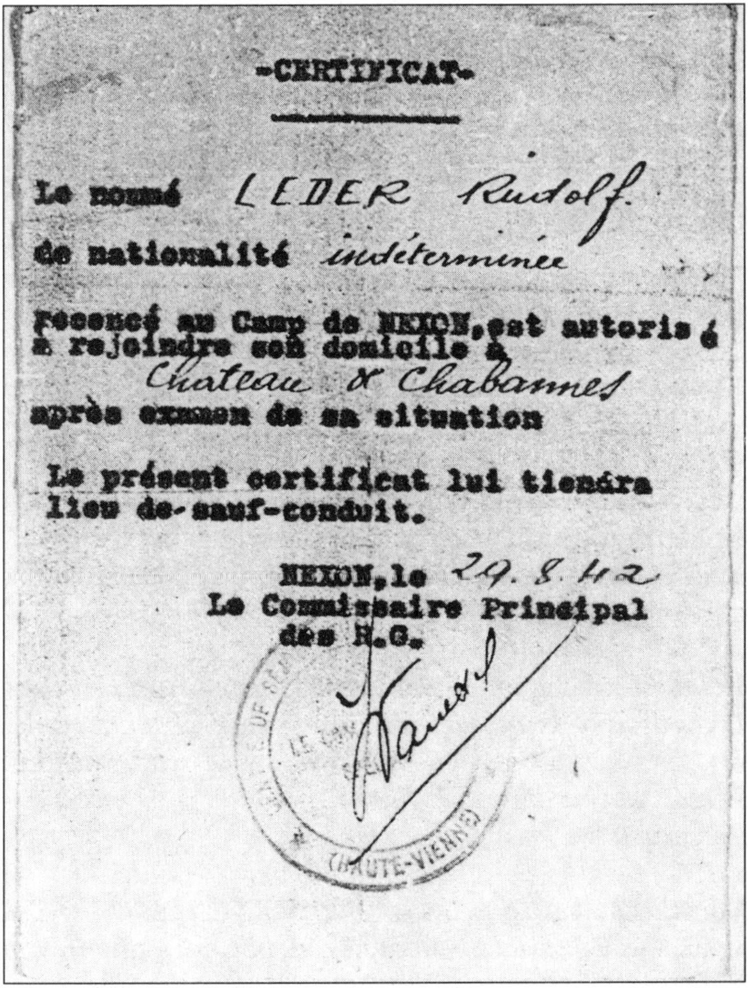

-CERTIFICAT-

Le nommé LEDER Rudolf.

de nationalité indéterminée

recensé au Camp de NEXON, est autorisé à rejoindre son domicile à

Chateau de Chabannes

après examen de sa situation

Le présent certificat lui tiendra lieu de-sauf-conduit.

NEXON, le 29.8.42

Le Commissaire Principal des R.G.

(HAUTE-VIENNE)

Entlassungsbescheinigung aus dem Lager Nexon mit der Aufforderung, zum Château de Chabannes zurückzukehren *zungsmacht interniert. Das war dem Kommandanten sehr peinlich. Möglich, daß er glaubte, ich sei auch so ein Irrtum, und mich deshalb freiließ. Vielleicht sympathisierte er auch mit Emigranten.«*

Der Vergleich zwischen den Erinnerungen der beiden Freunde zeigt: Hermlin denunziert angesichts der Umstände der Razzia ohne Grund den Bauern, bei dem er damals gearbeitet hat, er dehnt die Zeit und läßt die Fristen unbestimmt, er »vergißt« die lebensrettende Rolle (der pädagogischen Sektion) des Judenrates, und er macht aus seinem klug passiven Verhalten, dem Verstecken, ein aktives, indem er den Kommandanten zur Rede stellt. E.J. war bereit, mit den von ihm betreuten Kindern auf Transport zu gehen – Hermlin erzählt im kleinen Kreis davon, daß in Nexon ein anderer für ihn in den Tod gegangen sei, weil er selbst sich beim Namensappell nicht meldete. Wo die Wahrheit liegt, möge der Leser entscheiden. Der Entlassungsschein Hermlins aus Nexon vom 29.8. liegt übrigens vor, vom 1. Oktober 1942 an hatte er einen Kontrakt als Gärtner im jüdischen Kinderheim auf Schloß Montintin bei Mont-Chervix.[189a]

E.J. berichtet, wie er und seine Freunde nach der ersten Razzia und dem grauenhaften Aufenthalt in Nexon von Ende August 1942 mit Hilfe des Widerstandes Informationen aus der Polizeipräfektur Limoges bekamen, wenn wieder eine Razzia drohte. Daraufhin zogen die Erwachsenen mit der jeweils gefährdeten Kindergruppe nachts durch den Wald – die Kinder waren durch eine Art von Kriegsspiel mit Kurierdiensten und Biwakieren

[189] Information G. K.
[189a] s. Faksimile auf Seite 145

auf den Ernstfall vorbereitet. Es wird im Kinderheim auf Schloß Montintin, wo Hermlin später arbeitete, nicht viel anders gewesen sein als auf Schloß Chabannes, wo E.J. der Verantwortliche war. Die eigene Existenz war ganz der Sorge für die Kinder unterzuordnen – es war alles zu vermeiden, was sie hätte gefährden können.

Die Auflagen für den obligatorischen Arbeitsdienst im nichtbesetzten Teil Frankreichs, für einen Travailleur Étranger, wie Hermlin seit Januar 1941 einer war, waren sehr streng. Jede politische Betätigung war ihm untersagt, er hatte das Abzeichen seiner Gruppe ständig auf dem linken Arm zu tragen, sein Identitätspapier, seine Abordnung zu einem bestimmten Arbeitgeber bei sich zu führen und durfte sich nur in einem Radius von acht Kilometern bewegen. Jeder Verstoß gegen die Vorschriften konnte streng geahndet werden. Wenn man das REGLEMENT DISCIPLINE,[190] die Ordres de Détachement für einen Travailleur Étranger wie Hermlin gesehen hat, weiß man, daß wilde Untergrundaktivitäten, Fahrten mit dem

»schwarze(n) Citroën Traction, ein(em) Autotyp, den Leute meines Schlages nicht liebten, obwohl wir ihn selber bei gewissen Aktionen benützten«,[191]

daß Liquidation von Verrätern, Ermordung von Vergewaltigern, Fluchten aus dem Gefängnis etc. pp. nicht zum Leben Hermlins in jenen Jahren gehörten. E.J. war Ende der 70er Jahre nicht fähig, Hermlins »Abendlicht« zu Ende zu lesen, weil er die dem Text innewohnende Unehrlichkeit nicht ertragen konnte. J. wußte einfach

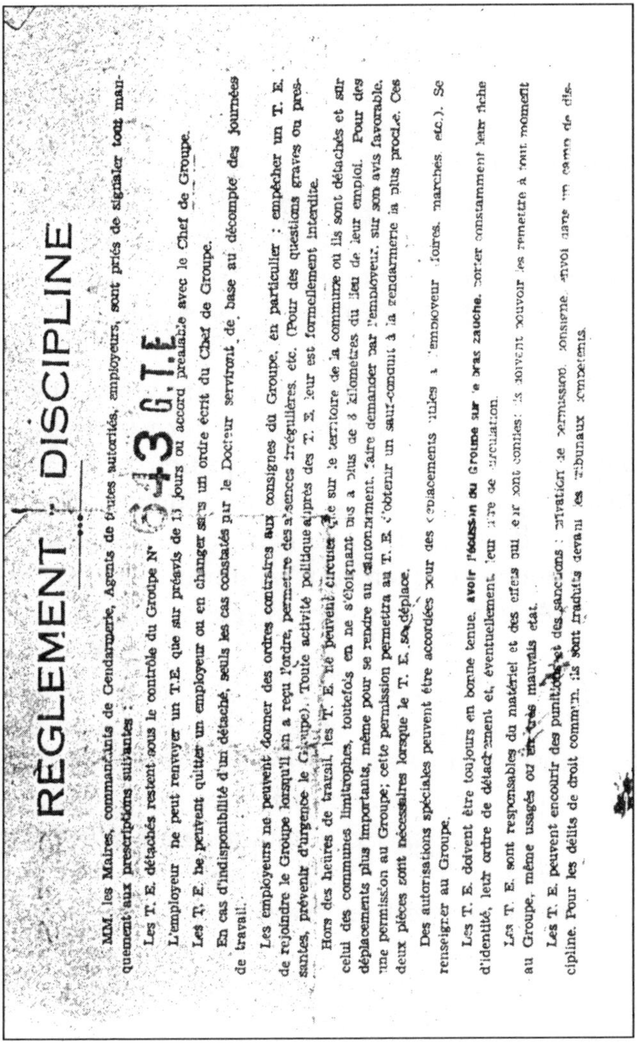

RÈGLEMENT — DISCIPLINE

MM. les Maires, commandants de Gendarmerie, Agents de toutes autorités, employeurs, sont priés de signaler tout manquement aux prescriptions suivantes :

Les T. E. détachés restent sous le contrôle du Groupe N° 643 G.T.E

L'employeur ne peut renvoyer un T.E. que sur préavis de 15 jours ou accord préalable avec le Chef de Groupe.

Les T. E. ne peuvent quitter un employeur ou en changer sans un ordre écrit du Chef de Groupe.

En cas d'indisponibilité d'un détaché, seuls les cas constatés par le Docteur serviront de base au décompte des journées de travail.

Les employeurs ne peuvent donner des ordres contraires aux consignes du Groupe, en particulier : empêcher un T. E. de rejoindre le Groupe lorsqu'il en a reçu l'ordre, permettre des absences irrégulières, etc. (Pour des questions graves ou pressantes, prévenir d'urgence le Groupe). Toute activité politique auprès des T. E. leur est formellement interdite.

Hors des heures de travail, les T. E. ne peuvent circuler que sur le territoire de la commune où ils sont détachés et sur celui des communes limitrophes, toutefois en ne s'éloignant pas à plus de 8 kilomètres du lieu de leur emploi. Pour des déplacements plus importants, même pour se rendre au cantonnement, faire demander par l'employeur, sur son avis favorable, une permission au Groupe; cette permission permettra au T. E. d'obtenir un sauf-conduit à la gendarmerie la plus proche. Ces deux pièces sont nécessaires lorsque le T. E. se déplace.

Des autorisations spéciales peuvent être accordées pour des déplacements utiles à l'employeur (foires, marchés, etc.). Se renseigner au Groupe.

Les T. E. doivent être toujours en bonne tenue, avoir l'écusson du Groupe sur le bras gauche, porter constamment leur fiche d'identité, leur ordre de détachement et, éventuellement, leur titre de circulation.

Les T. E. sont responsables du matériel et des effets qui leur sont confiés; ils doivent pouvoir les remettre à tout moment au Groupe, même usagés ou en très mauvais état.

Les T. E. peuvent encourir des punitions et des sanctions : privation de permission, consigne, envoi dans un camp de discipline. Pour les délits de droit commun, ils sont traduits devant les tribunaux compétents.

Disziplinarordnung für ausländische Arbeiter

[190] s. Faksimile oben
[191] »Doktor Dubois« in »Entscheidungen«, S. 397

vieles zu genau.[192] Hermlin war kein Kämpfer im Maquis, sondern Landarbeiter bei südfranzösischen Bauern oder Gärtner in einem jüdischen Kinderheim, und auch da gehandicapt, weil er seit 1940 an Darmkoliken und Diarrhöen litt, Folge von monatelanger Ernährung mit Topinambur. Vielleicht schickte Hermlin, wenn es hochkam, einmal eine deutsche Streife, die nach dem Weg fragte, in die Irre, so wie er es in seiner Erzählung »Hölderlin 1944« beschreibt.[193]

Dieser Text, einem der wahrhaftigsten deutschen Dichter gewidmet, ist Teil von Hermlins dramatischer Legende. Niemand kann nachprüfen, ob er auf dem Bauernhof, auf dem er kurz vor der Flucht nach der Schweiz versteckt war, um ein Haar eine alte Bäuerin hätte umbringen müssen, um seine Entdeckung zu verhindern. Anderes läßt sich verifizieren oder falsifizieren.

»Der geschichtliche Moment, von dem die Rede ist, lag zu Beginn des Frühjahres 1944 … Frankreich befand sich auf einem Höhepunkt des Widerstandes, kein Tag verging ohne Sprengungen, Anschläge, Massaker. Weit hinter mir lagen die schönen Hölderlin-Ausgaben der väterlichen Bibliothek, … als ich eines Nachts von Freunden weggebracht wurde, nachdem ich erfahren hatte, daß man nach mir suchte, daß es einen Steckbrief gab. Ich lebte damals in einem kleinen Jagdschloß 40 oder 50 km von Limoges, dessen Eigentümer, ein Herr de Neuville, ein Waffenlager der Armée Secrète hütete. Nach dem Krieg erzählte man mir, die Deutschen hätten das Lager entdeckt, das Schloß niedergebrannt, den Schloßherrn und seine Söhne, nicht ohne

Die Kinder von Montmorency: Geburtstagsfeier für Ernst Papanek. Aus: Ernst Papanek, Die Kinder von Montmorency, Frankfurt 1983, © nicht ermittelbar

[192] Auskunft G. D.s, der zweiten Frau E. J.s, der für die Überlassung der Abschriften mit den Erinnerungen ihres Mannes herzlich gedankt sei!
[193] »Entscheidungen«, S. 374 f.

daß diese zuvor Widerstand geleistet hätten, erschossen. Ich weiß nicht, ob das zutrifft, ich habe es nicht nachprüfen können, bin auch nie wieder in diese Gegend gelangt. Das kleine Schloß, ein neuerer, aus dem vorigen Jahrhundert stammender, der Renaissance nachempfundener Bau, war damals für einige Monate keine schlechte Zuflucht für mich. Von drei Seiten drängte dichter Wald heran, durch den wie Schneisen drei schnurgerade Alleen liefen, so daß man jeder Annäherung, jedenfalls am Tag, schon von weitem gewahr wurde. Den ganzen Winter hindurch hatte ich keinen fremden Menschen gesehen ... Nun aber, zu Beginn des Frühjahrs, wurde meine Lage unsicher, man war mir auf die Schliche gekommen, meine falschen Papiere hatten sich als nicht falsch genug erwiesen, und ich brauchte ein anderes Quartier.« [194]

Das Schloß, das Hermlin hier beschreibt, ist das von Montintin, Gemeinde Château-Chervix. Es hat den Krieg überstanden, wurde nicht niedergebrannt[195] und beherbergte kein Waffenlager der Armée Secrète, sondern die jüdischen Flüchtlingskinder von Montmorency.[196] Der österreichische Emigrant Ernst Papanek hatte sie dorthin während der deutsch-französischen Kampfhandlungen unter größten Mühen evakuiert. Und es wäre geradezu gemeingefährlich gewesen, diese ohnehin hochgefährdeten Kinder als Schutzschilde für ein Waffenlager zu mißbrauchen. Auch der spätere Autor Ludwig Greve gehörte zu den (vorläufig geretteten) Kindern.

Als es Jahrzehnte später zwischen ihm und Hermlin im Marbacher Literaturarchiv zu einer Begegnung kam,

Schloß Montintin, Gemeinde Château-Chervix. Es wurde nicht niedergebrannt, sondern hat den Krieg überstanden

194 ebda., S. 374. Daß Hermlin im Winter 1942/43, nicht 1944, wie er suggeriert »keinen fremden Menschen gesehen« hat, hängt natürlich damit zusammen, daß das Kinderheim geräumt war.

195 Der Verf. dankt Herrn Friedrich Pfäfflin, Deutsches Literaturarchiv Marbach, für Fotos von Schloß Montintin und für Auskünfte über seinen Besuch des Ortes.
Eine sehr realistisch anmutende Beschreibung seiner Situation auf Schloß Montintin und seiner Wehrlosigkeit gegenüber drohenden Razzien der Deutschen findet sich in der Rede vor dem PEN, November 1975, »Mein Friede« in: »Entscheidungen«, S. 337 f.: »Ich befand mich in diesem Augenblick in einem tiefen Wald des Départments Haute-Vienne, etwa vierzig Kilometer südlich von Limoges, wenn ich mich recht erinnere. Drei Worte entstanden in meinem Kopf, wurden zu einem einzigen, das sich unablässig wiederholte, eine Floskel der Zeit: Siesindda, Siesindda, Siesindda ..., während die Hand gleichzeitig nach einer Pistole tastete, die nicht existierte, während ein ärgerlich-blödsinniges Erstaunen mich streifte, und überhaupt, allen Überlegungen, aller Vorsicht zum Trotz, ich mich hatte überraschen lassen können ...«
Eben dies ist die Haltung des waffenlosen Prestataire, nicht die des Partisans!

196 s. Ernst Papanek, »Die Kinder von Montmorency«. Frankfurt am Main 1983, S. 126 ff. Herr de Neuville hatte nach Auskunft seiner Witwe Solange keine Söhne und fiel 1945 bei der Befreiung von Belfort.

muß sie sehr beklemmend gewesen sein. Der mögliche Grund: Auch Greve dürfte ein höchst skeptischer Leser des »Abendlichts« gewesen sein. Im Anhang zu Greves fragmentarischen Erinnerungen heißt es:

»Am 26. August (1942) kommen französische Gendarmen auch nach Montintin, um die älteren Schüler zu verhaften. Greve wird versteckt, flieht, verbirgt sich wochenlang in den umliegenden Wäldern, wird zweimal gefaßt und entkommt wiederum. Ende September erhält er, gerade 18 Jahre alt, falsche Papiere auf den Namen Louis Gabier; fortan muß er sich als Franzose, im Untergrund, durchschlagen, erst in einer Bauerngenossenschaft, dann als ›convoyeur‹, Begleiter von Gruppen Illegaler an die Schweizer oder an die spanische Grenze.« [197]

In Hermlins Schweizer Flüchtlingsakte findet sich eine »Ordre de Mission«, datiert Aixe s/Vienne, 15. März 1943, die ihn anwies, sich wegen des Endes seines Arbeitskontrakts nach ebendiesem Aixe zu begeben.[198] Es gab also keinen Steckbrief, kein Auffliegen falscher Papiere,[199] sondern einen schlichten Rückkehrbefehl vom Kommandanten der Arbeitsgruppe Nr. 643, zu der Hermlin gehörte. Hermlin traute aber dem Frieden nicht und beschloß unterzutauchen. Dies war auf jeden Fall klug. Er hatte ja nicht nur die Verantwortung für sich selbst, sondern auch die für seine Tochter Andrée Therese, die damals knapp fünf Jahre alt und nach dem Tod ihrer Mutter, wie schon erwähnt, in Horten für jüdische Kinder in Chabannes und Poulouzat untergebracht war.[199] Diese Jahre nach dem jähen Verlust seiner Frau waren für ihn gewiß nicht leicht, aber die Wahrheit

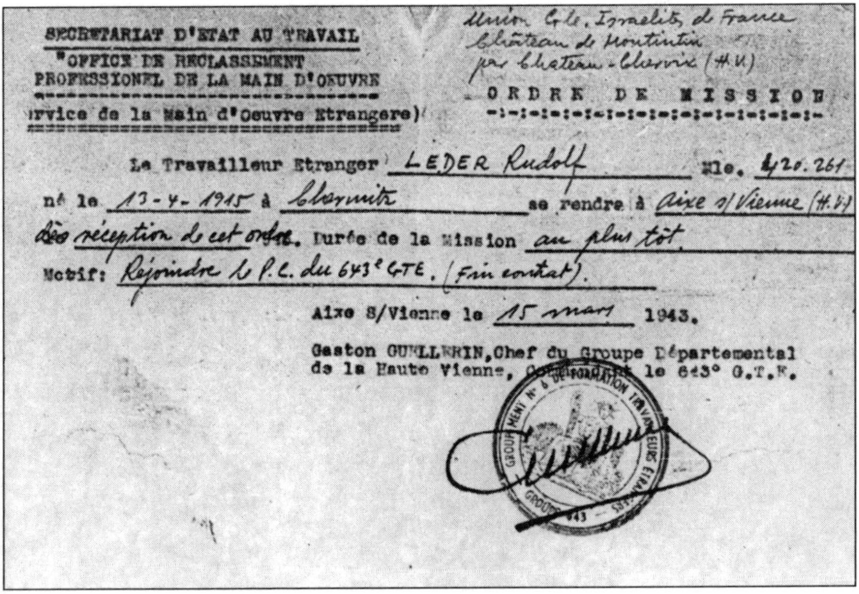
SECRETARIAT D'ETAT AU TRAVAIL
"OFFICE DE RECLASSEMENT
PROFESSIONEL DE LA MAIN D'OEUVRE
(Service de la Main d'Oeuvre Etrangere)

Union Gle. Israélites de France
Château de Montintin
par Chateau-Chervix (H.V)

ORDRE DE MISSION

Le Travailleur Etranger LEDER Rudolf Mle. 420.261
né le 13-4-1915 à Chemnitz se rendre à Aixe s/Vienne (H.V.)
dès réception de cet ordre. Durée de la Mission au plus tôt.
Motif: Rejoindre le P.C. du 643e GTE. (Fin contrat).

Aixe S/Vienne le 15 mars 1943.

Gaston GUILLERIN, Chef du Groupe Départemental
de la Haute Vienne, Commandant le 643° G.T.E.

Marschbefehl aus der Schweizer Flüchtlingsakte, daß sich Rudolf Leder (Hermlin) wegen Ende des Arbeitskontraktes nach Aixe zu begeben habe

[197] s. Ludwig Greve, »Wo gehörte ich hin? Geschichte einer Jugend«. Frankfurt am Main 1994, S. 186

[198] Unterschrieben von Gaston Gurllerin (Unterschrift nicht eindeutig zu entziffern), Chef du Groupe Départemental de la Haute Vienne, Commandant le 643 o G. T. E. Der Befehl zur Rückkehr hatte auch seine Logik, weil das Kinderheim geräumt war und es keine Arbeit mehr gab.

[199] In der Nähe von Limoges gelegen.

war ihm für seine Literatur offenbar immer zu schlicht.[200] Und so ließ er es bis in die achtziger Jahre hinein nicht an Versuchen fehlen, die Realität aufzustutzen. 1985 schrieb er eine Erzählung über einen gewissen Doktor Dubois, die mit den Sätzen beginnt:

»Im vierten Jahr der Besetzung (Frankreichs) war ich so unvorsichtig gewesen, mit meinem Freund Z. von den Rückenschmerzen zu sprechen, die mich in unregelmäßigen Abständen störten oder sogar quälten. Ich tat es in einem Augenblick der Schwäche, denn ich hatte die Gewohnheit, Unpäßlichkeiten, im festen Vertrauen darauf, daß sie von selber verschwinden würden, für mich zu behalten, auch ging ich Ärzten aus dem Wege.« [201]

Der Ich-Erzähler des Textes läßt sich jedenfalls an einen Doktor Dubois verweisen, dem man zumindest periphere Beziehungen zur Résistance nachsagt. Durch irritierende Signale vor dem Haus des Doktors wird der Ich-Erzähler jedoch veranlaßt, die Praxis nicht aufzusuchen und nach Hause zu gehen. Nach dem Krieg stellt sich heraus – so Hermlins Version –, daß der diabolische Doktor Dubois im Keller seines Hauses eine private Gaskammer unterhielt, sechsundzwanzig Personen umbrachte und ihre Knochen zermahlte. Fazit: Hätte der Ich-Erzähler nicht einen so konspirativ geschulten Blick, gewissermaßen einen Résistance-Blick, gehabt, hätte der bestialische Doktor Dubois auch ihn umgebracht, kurz vor der Befreiung von Paris.

In Wirklichkeit hatte Hermlin bei dieser Erzählung die

200 Ein typisches Beispiel für den ›Heroisierungsfaktor‹ bei Hermlin ist das von der angeblichen Zerstörung des Schlosses Montintin und dem thermopylenhaften Untergang der Männer aus der Familie de Neuville. Ein einziger Brief an Madame de Neuville hätte genügt, um die wahre Geschichte zu erfahren!

Geschichte des Pariser Massenmörders Doktor Petiot[202] vor Augen, der in der Tat während der Besatzungsjahre Dutzende von Menschen umbrachte – angeblich Gestapospitzel, so dessen zynische Entschuldigung – und sie dann in seiner Zentralheizung verbrannte. Durch den Gestank aus dem Haus Rue Lesueur Nr. 21 wurden die Verbrechen am 11. März 1944 ruchbar. Petiot stand im März/April 1946 vor Gericht, wurde zum Tod verurteilt und hingerichtet, wie auch die deutschen Zeitungen meldeten.[203]

Hermlin verschleiert die Identität des Doktors Petiot – man fragt sich wieder einmal mit gutem Grund, warum wohl –, und er läßt auch die zeitlichen Abläufe im unklaren. Er schreibt:

»Die Zeit ging dahin. Z. (der den Rat gegeben hatte, Doktor Dubois zu konsultieren) fiel in den Straßenkämpfen in Paris, ein Dreivierteljahr darauf war der Krieg zu Ende, ich kehrte zurück, es vergingen weitere Jahre, und ich dachte längst nicht mehr an Doktor Dubois …« [204]

Jeder unvoreingenommene Leser wird diesen Text zunächst für bare Münze nehmen. Die Signale lauten: Da war dieses Ich bis zur Befreiung der Stadt in Paris, es hatte das Glück, die Kämpfe zu überleben, und danach kehrte es nach Deutschland zurück. Das kann aber schon deswegen nicht so gewesen sein, weil Hermlin Paris Ende Mai 1940 verließ und weil er »im vierten Jahr der Besetzung« Frankreichs schon in der Schweiz lebte.

PETIOT Arzt UND Massenmörd

EIN TATSACHENBERICHT VON ERNST ROBERT SUTTE

Gelbliche Schwaden in der Rue Lesueur.

Monsieur Marcais und der 11. März 1944

Eine Entdeckung

Monsieur Marcais war mit diesem Frühlingsnachmittag zufrieden. Einmal, weil es ein Samstagnachmittag war, was so viel bedeutete, daß man nicht arbeiten mußte, zum anderen, weil die Kastanien auf der Avenue Foch wirklich prächtig blühten. Vor ihm lag der Triumphbogen in einer rötlich untergehenden Sonne, die einen daran erinnerte, daß es der Frühling noch nicht sehr weit gebracht hatte. Monsieur Marcais bedauerte es in diesem Augenblick ein wenig, daß er seinen Uebergangsmantel nicht angezogen hatte. Er beschloß, seinen Weg zur Avenue de la Grande Armée abzukürzen.

Dort, wo die altmodisch gekleidete Dame mit ihrem Spitz an der Leine dahintrippelte, mußte das kleine Verbindungssträßchen sein. Dort konnte man einbiegen. Er warf einen Blick auf seine Sprungdeckeluhr. Es war 18.30 Uhr: höchste Zeit für den Apéritif. Monsieur Marcais war seit jeher ein etwas pedantischer Mann, so daß es nicht wundernehmen kann, wenn er sich vergewisserte, wie dieses kleine, stille Sträßchen hieß, durch das er ging. Auf dem schmalen Straßenschild stand „Rue Lesueur". Noch niemals hatte er diesen Namen gehört, und dabei kannte er doch sein Paris.

Kaum war er ein paar Schritte gegangen, als er bemerkte, wie die Dame mit ihrem Spitz in einen etwas drolligen Galopp überging. Einige Schritte später begriff er, warum. Aus irgendeiner dieser vornehmen Sandsteinfassaden kamen dichte gelbliche Schwaden, und schon im nächsten Augenblick stieg ihm ein scharfer, pestilenzartiger Gestank in die Nase. Marcais beschleunigte seine Schritte, blieb vor dem Torbogen stehen, aus dem der Qualm kam, und bemerkte, daß eine greisenhafte, kleine Frau, die einen schwarzen Wollschal über ihre Schultern gelegt hatte, genau so entsetzt wie er auf dieses Haus Nummer 21 schaute.

„Nom d'une pipe!" fluchte Marcais. Dann sprach er die Alte an: „Was ist das für eine Schweinerei, Madame. Das geht doch nicht mit rechten Dingen zu! Sehen Sie mal, Madame, das ist doch nicht normal. Das muß ein Kaminbrand sein!" Er preßte sich das Taschentuch vor die Nase.

„Es ist nicht das erste Mal, daß es hier qualmt.

Dr. Petiot in einer für ihn typischen Geste

„In der Brasserie an der Ecke. Du, Jean, rufe an. Zuerst die Feuerwehr." Er selbst wollte zur Avenue de la Grande Armee laufen, um den

Tor wurde gewaltsam geöffnet. Als
Torflügel nach innen schwangen, st
Rauchlawine in die Straße, so daß ma
nicht mehr vor den Augen sah. Das
für Monsieur Marcais. Er ging.

Am nächsten Morgen las er in den
daß er am 11. März 1944 eine bedeut
gespielt hatte. Er bedauerte es nur, d
tungen von einem „Unbekannten" sp
den Brand im Hause des Dr. Petio
hatte . . .

Die Pompiers gingen durch die T
den Hof, immer dem Qualm, immer
stank nach. Ehe man die Leitunge
konnte, mußte man erst einmal den
finden. So kam man zu dem Heizung
sen schmale Tür am Ende der To
Dort waren die gelben Schwaden am
Zwei Feuerwehrleute drangen vor
Flammen waren nicht zu sehen.
konnte man zwei Zentralheizung
machen, in denen es schwelte.

„Verstehst du das, Claude?" fragte
beiden. „Die Zentralheizung im Früh
hat wohl zuviel Kohlen?"

Draußen im Hof ist ein tolles Du
von Polizei, Feuerwehr und Straße
die alles genau sehen wollen. Die Zen
im Frühling? Wo ist eigentlich der B

Die beiden Feuerwehrleute nahm
und Pickel, verschafften den Oefen
rissen das Zeug heraus, das offensic
recht brennen wollte. Andere Poli
Feuerwehrleute versuchten, in den
raum einzudringen, aber taumelten
der in den Hof zurück, um Luft zu sc

Gräßlicher Fund

Der Qualm, das ginge noch, aber d
dieser mörderische, unerträgliche,
Gestank! Allmählich wurde es besser.
bekamen Zug. Das schwelende Zeug
den. Man sah etwas besser. Doch wa
Da lagen ja . . . Stücke von Leichen!

Einer der Feuerwehrleute hat ein
nommen. Stochert in die Ecken, w
kommt noch mehr von diesen m
Ueberresten zusammen. Die Feuerwe
nicht viel zu suchen. Sie sorgt dafür,
weiter brennen kann, macht ein bi

Ausschnitt aus dem Fortsetzungsbericht über den Massenmörder Petiot

[201] »Doktor Dubois« in »Entscheidungen«, S. 395. Offenbar drehte es sich bei dem mysteriösen Rückenleiden um eine Mystifikation von Hermlins Colitis.

[202] Der Verf. dankt Günter Kunert für seinen Hinweis

[203] So z. B. die im Zeitungsarchiv des hr von damals ausgewertete Rhein-Neckarzeitung.

[204] »Doktor Dubois« in »Entscheidungen«, S. 397. Gelegentlich erweckt Hermlin auch durch die Datierung von Gedichten, – etwa bei seiner »Nike von Samothrake« durch die Angabe »Louvre, Paris 1942«, – den Anschein, er sei wesentlich länger in Paris gewesen, als den Tatsachen entpricht (s. Stephan Hermlin, »Gesammelte Gedichte«, München o. J., S. 69).

In seiner Genfer Erklärung vom 20. 4. 1943 gegenüber den Schweizer Behörden gab Hermlin zu Protokoll:

»Vom 1-10-42 bis Mitte März 1943 arbeitete ich als Gärtner in einem Kinderheim … in Château-Chervix. Mitte März wurde ich vom Chef der 643. G.(roupe) T.(ravailleur) E(tranger) zurückgerufen. Da die Rückberufung in andern Fällen oft als Vorwand diente, um die betreffenden bei ihrer Ankunft den Deutschen auszuliefern – wenn es sich um Juden handelte –, folgte ich der Aufforderung nicht, sondern versteckte mich bei einem Bauern. Ich entschloß mich dann, mit meinem Kind nach der Schweiz zu reisen. Am 14-4-43 fuhr ich nach Limoges, und von dort weiter nach Annemasse. Am 17-4-43 überschritt ich die Grenze bei Moëllesulaz; dort wurde ich von einem Grenzwächter angehalten und in der Folge den milit(ärischen) Behörden übergeben.« [205]

Noch in dem jüngsten Autorenhandbuch des Aufbau-Verlags von 1996 läßt Hermlin am Datum 1944 für seine Flucht in die Schweiz festhalten.[206] Der Grund für diese Manipulation ist offenbar, daß er zumindest auf dem Papier an dem großen Jahr 1943/44 der Résistance, fast bis zur Befreiung von Paris, teilhaben wollte. Schon zwei Jahre vor Kriegsende Flüchtling in der Schweiz – das bot zuwenig Nimbus.[207]

Noch der letzte Schritt in die Sicherheit, den Hermlin in Begleitung seiner knapp fünfjährigen Tochter machte, wird von ihm dramatisch-blutig stilisiert:

»(Ich) überquerte … bei St. Julien[208] *die Schweizer Gren-*

[205] Akte Leder, Schweiz. Bundesarchiv

[206] s. »Berlin – Ein Ort zum Schreiben. 347 Autoren von A bis Z.« Porträts und Texte. Mit einem Vorwort von Walter Jens. Herausgegeben von Karin Kiwus im Auftrag der Akademie der Künste. Berlin 1996, S. 159: »1944 Flucht in die Schweiz«.

Die Verschleierungsstrategien Hermlins – »Ich hätte noch in Oradour sein können, damals, am 10. Juni 1944« (zitiert nach S. Schlenstedt, S. 61) führen in den biographischen Stichworten verschiedener Werke zu den verblüffendsten Widersprüchen.

Die in der DDR hochoffizielle »Geschichte der deutschen Literatur von den Anfängen bis zur Gegenwart. Elfter Band. Literatur der deutschen demokratischen Republik.« Von einem Autorenkollektiv unter Leitung von Horst Haase und Hans Jürgen Geerdts, Erich Kühne, Walter Pallus. Berlin 1976, schreibt auf S. 105:

»1941 flüchtete er (Hermlin) auf gefährlichen Wegen in die für seinesgleichen keineswegs gastfreundliche Schweiz«.

Laut Herlinde Koelbl, »Jüdische Porträts. Photographien und Interviews«, Frankfurt am Main 1989, S. 286, »gelingt (Hermlin) die Flucht in die Schweiz« 1942.

In dem Band »Als der Krieg zu Ende war. Erinnerungen an den 8. Mai 1945«, hg. von Hans Sarkowicz, Frankfurt 1995, heißt es in dem Interview von Bettina Hindemith mit Hermlin, ihrem Vater, (S. 55):

»Im Juni 1944 mußten sie auch Frankreich verlassen. Sie sind dann in die Schweiz gegangen.«

Auch in der DDR-offiziösen Monographie Silvia Schlenstedts wird mehrfach als Datum für die Flucht in die Schweiz das Jahr 1944 genannt, und zwar ca. Mai (l. c., S. 62 f. und 243).

Die Jahresangaben über die Flucht Hermlins in die Schweiz differieren also bis zu drei/vier Jahren!

[207] Darum immer wieder die gezielte Irreführung des Lesers, s. »Hölderlin 1944« in »Entscheidungen«, S. 374: »Der geschichtliche Moment, von dem die Rede ist, lag zu Beginn des Frühjahres 1944. Die sowjetischen Armeen näherten sich der Weichsel, die Amerikaner und Engländer bereiteten die Landung in der Normandie vor, Frankreich befand sich auf einem Höhepunkt des Widerstandes, kein Tag verging ohne Sprengungen, Anschläge, Massaker.« Und vgl. »Mein Friede« in: »Entscheidungen«, S. 338: »Ich hatte die letzten Monate des Krieges in der Schweiz verbracht«.

Angesichts dieser eindeutigen Festlegungen wirkt die Ausrede Hermlins in seinem SPIEGEL-Gespräch 41/1996, er habe ein schlechtes Zahlengedächtnis und deshalb die Jahre 1943 und 1944 verwechselt, geradezu lächerlich.

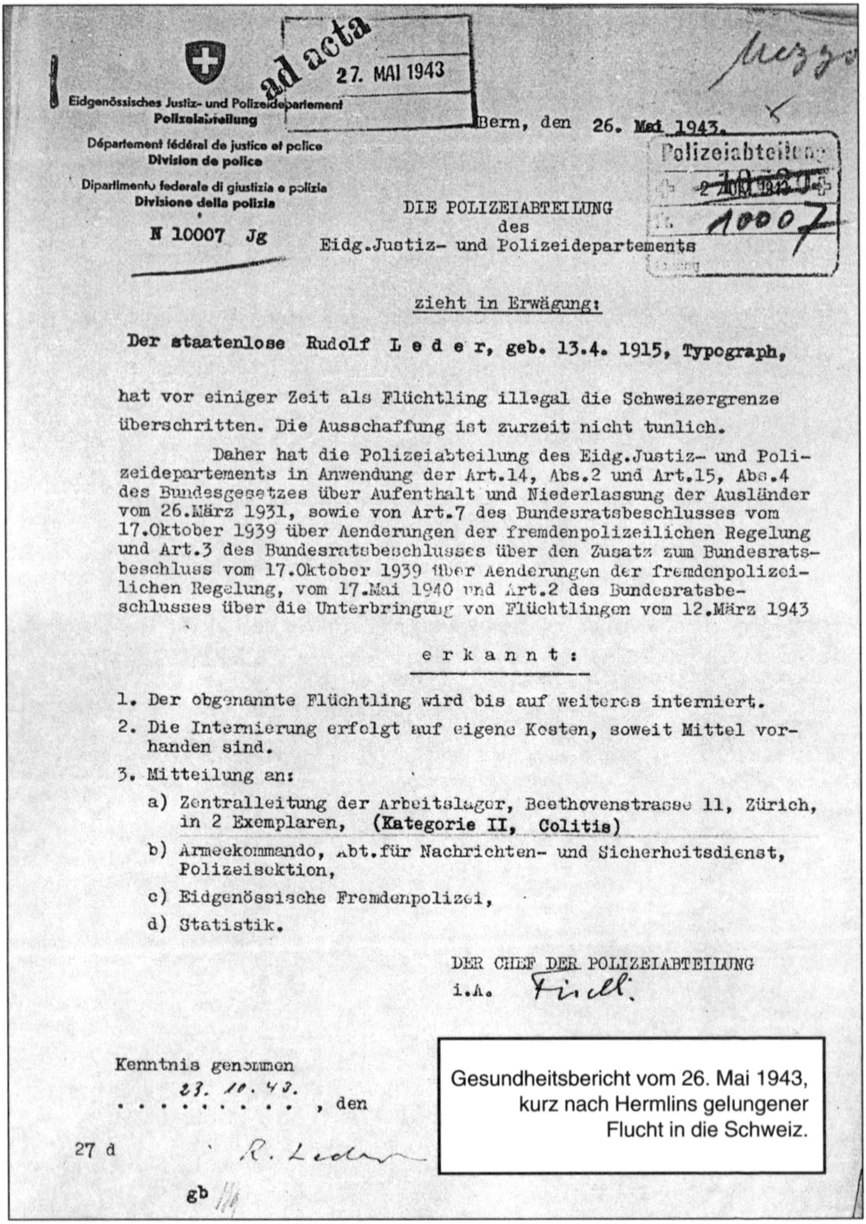

Eidgenössisches Justiz- und Polizeidepartement
Polizeiabteilung

Département fédéral de justice et police
Division de police

Dipartimento federale di giustizia e polizia
Divisione della polizia

N 10007 Jg

ad acta 27. MAI 1943

Bern, den 26. Mai 1943.

Polizeiabteilung 2 JUNI 1943 10007

DIE POLIZEIABTEILUNG
des
Eidg.Justiz- und Polizeidepartements

zieht in Erwägung:

Der staatenlose Rudolf L e d e r, geb. 13.4. 1915, Typograph,

hat vor einiger Zeit als Flüchtling illegal die Schweizergrenze überschritten. Die Ausschaffung ist zurzeit nicht tunlich.

Daher hat die Polizeiabteilung des Eidg.Justiz- und Polizeidepartements in Anwendung der Art.14, Abs.2 und Art.15, Abs.4 des Bundesgesetzes über Aufenthalt und Niederlassung der Ausländer vom 26.März 1931, sowie von Art.7 des Bundesratsbeschlusses vom 17.Oktober 1939 über Aenderungen der fremdenpolizeilichen Regelung und Art.3 des Bundesratsbeschlusses über den Zusatz zum Bundesratsbeschluss vom 17.Oktober 1939 über Aenderungen der fremdenpolizeilichen Regelung, vom 17.Mai 1940 und Art.2 des Bundesratsbeschlusses über die Unterbringung von Flüchtlingen vom 12.März 1943

e r k a n n t :

1. Der obgenannte Flüchtling wird bis auf weiteres interniert.
2. Die Internierung erfolgt auf eigene Kosten, soweit Mittel vorhanden sind.
3. Mitteilung an:
   a) Zentralleitung der Arbeitslager, Beethovenstrasse 11, Zürich, in 2 Exemplaren, **(Kategorie II, Colitis)**
   b) Armeekommando, Abt.für Nachrichten- und Sicherheitsdienst, Polizeisektion,
   c) Eidgenössische Fremdenpolizei,
   d) Statistik.

DER CHEF DER POLIZEIABTEILUNG
i.A. Fischli

Kenntnis genommen
23. 10. 43.
. . . . , den

27 d R. Leder

gb

Gesundheitsbericht vom 26. Mai 1943, kurz nach Hermlins gelungener Flucht in die Schweiz.

5777

Auffanglager: CAMP DE RÉFUGIÉS CIVILS étrangers CHARMILLES
Camp d'accueil:

P. A. Nr. N 10007
D. P. No.

Z. L. Nr.
D. C. No.

Mann (vor 1926 geb.) *
Homme (né avant 1926) *

~~Frau (vor 1926 geb.) *~~
~~Femme (née avant 1926) *~~

~~Kind (nach 1925 geb.) *~~
~~Enfant (né après 1925) *~~

Name: Leder
Nom:

Vorname: Rudolf
Prénom:

Geburtsdatum: 13. 4. 15
Date de naissance:

Nationalität: Apatride
Etat d'origine:

Beruf: Typographe
Profession:

Konfession: Israëlite
Confession:

Befund des Lagerarztes:
Décision du médecin du camp:

Kategorien:
Catégories:

I.	II.	III.	IV.
	X		

Bemerkungen:
Observations:

250/107

Unterschrift des Arztes:
Signature du médecin:

Maystre Plt

Bemerkungen des Lagerkommandanten:
Observations du commandant du camp:

Unterschrift des Lagerkommandanten:
Signature du commandant du camp:

i. V. L. Will
~~Plt. de Weck~~
sgtm.

* Nicht zutreffendes streichen.
* Biffer ce qui ne convient pas.

ze… ich hatte, auf dem Bauch kriechend, unter gleißendem Mondlicht ein flaches Gelände zu überqueren und gleich darauf tiefgestaffelte Drahthindernisse zu überwinden, die mir das Fleisch von den Schenkeln rissen. Ich spürte es nicht, denn ich hatte mich auf die SS zu konzentrieren, die in der Nähe sein mußte, mich aber nicht bemerkte.« [209]

An dieser Schilderung ist ein weiteres mal nahezu alles falsch. Er überquerte die Grenze nicht bei St. Julien, sondern, wie zitiert, bei Moëllesulaz, genau gesagt um 20-30 h »à travers le Foron, campagne Barnoud 20/5«[210]. Der Bach oder das Flüßchen »Le Foron« bildet seit Jahrhunderten die natürliche Grenze zwischen Savoyen und der Republik Genf. Dieses kleine Gewässer also mußte Hermlin zusammen mit einem Dutzend anderer Flüchtlinge überqueren, und wenn er dem in diesem Fall zwangsläufig ahnungslosen SPIEGEL-Reporter sagt:

»Ich stellte mir vor, es sei Wasser. [211]

dann darf man gewiß sein, es war tatsächlich das wirkliche, nicht bloß vorgestellte Wasser, das er durchqueren mußte. Eine »gnadenlose Recherche«? Ich zitiere die Dokumente von damals und heutige Schweizer Historiker:

Gemäß dem Polizeiprotokoll wurde die ganze Gruppe von zwölf Menschen durch einen Passeur, einen Fluchthelfer, »un francais inconnu«, an die Grenze gebracht.[211] Diese Fluchthelfer kannten die unbefestigten Partien

Grenzstation Moëllesulaz-Gaillard

[208] Nach dem Fragebogen vom April 1943 im Schweiz. Bundesarchiv (Antwort V/3 a) überschritt Hermlin die Grenze zur Schweiz nicht bei St. Julien, sondern bei Annemasse/Moëllesulaz! Dazwischen liegt etwa ein Dutzend Kilometer Luftlinie.
Das Protokoll des »CORPS DES GARDES FRONTIERE, Vième ARRONDISSEMENT«, Moëllesulaz, 17. 4. 1942, bestätigt und präzisiert den Fragebogen. Demnach kam er nach Annemasse aus Toulouse mit dem Zug.

[209] »Hölderlin 1944« in »Entscheidungen«, S. 378.
In seinem SPIEGEL-Gespräch 41/1996 scheint Hermlin diese Angaben erstmals ein wenig zu präzisieren:
»Die Widerstandsorganisation half mir, an die Grenze zu kommen. Ich bin nachts, bei Mondschein, durch Gärten geschlichen und, meine kleine Tochter auf der Schulter, über gestaffelte Stacheldrahtverhaue gestiegen.«
Erfreulicherweise erwähnt Hermlin hier zum erstenmal, daß er die überaus wichtige Hilfe eines ortskundigen Passeurs hatte und daß er auf der Flucht von seinem Kind begleitet wurde. Das schloß eine besonders strapaziöse Fluchtroute von vornherein aus. Die übrigen zehn Flüchtlinge erwähnte er nicht.

[210] Protokoll des CORPS DES GARDES-FRONTIÈRE, Vième ARRONDISSEMENT, Moëllesulaz, 17. 4. 1943, Schweiz, Bundesarchiv. Zur Rolle der sog. Passeure s. Jean-Claude Croquet, »Chemins de Passage. Les passages clandestins entre la Haute Savoie et la Suisse de 1940 à 1944«, Saint-Julien-en Genevois 1996, passim.

[211] SPIEGEL 41/1996

der Grenze, die Lücken in den Zäunen und die Häuser direkt auf der Grenze, die auf der einen Seite französisch, auf der anderen Seite schweizerisch waren. Auf französischer Seite war die Grenze damals von italienischen Truppen bewacht, die sehr flüchtlingsfreundlich waren und fliehenden Juden manchmal sogar gegen die Vichy-Polizei halfen. Erst ab September 1943, ein halbes Jahr später, wurde die SS, das SS-Polizei-Regiment Todt an der Grenze stationiert.[213]

Hermlin erkärte gleich bei der Vernehmung seinen Gesundheitszustand für gut,[214] er wurde der Gendarmerie von Chêne-Bourg, Genf, übergeben und anschließend in das Lager Genf-Charmilles überführt. Der untersuchende Arzt attestierte Hermlin einen recht guten Gesundheitszustand, ordnete ihn der zweiten von vier Kategorien zu. Einziges Manko: die leidige Colitis.

Als David Leder 1946 mit seinem Sohn, mit Hermlin, brach, weil der seine zweite Tochter Cornelia in Frankfurt christlich taufen ließ, entschuldigte letzterer diesen ›Verrat‹ am Judentum damit, er habe bei seiner Flucht in die Schweiz zehn jüdische Kinder mit in Sicherheit gebracht.[215] Den Schweizer Behörden ist diese Massenrettung durch ihn offenbar völlig entgangen.

Aus all dem kann man leicht ersehen – Wahrheit ist für Hermlin seit Jahrzehnten eine höchst flexible Materie. Was sie jeweils ist, entscheidet er je nach der taktischen oder strategischen Lage. Manches ist nur Großsprecherei und Ruhmredigkeit, um die eigene Statur imposanter zu machen, anderes gehorcht politischen Zwecken,

[212] Protokoll des CORPS DES GARDES FRONTIÈRE, Vième ARRONDISSEMENT, Moillesulaz, 17. 4. 1943, Frage 9

[213] Jean Claude Croquet, »Chemins de Passage«, l. c., S. 16

[214] s. das in Anm. 212 zitierte Protokoll

[215] Auskunft Ruth Frenkel

[216] s. Jens Ebert, Ina Eichenbach, »Die Kommandeuse: Erna Dorn – zwischen Nationalsozialismus und Kaltem Krieg«, Berlin 1994, vor allem S. 110 ff. Und: André Gursky, »Erna Dorn, zum Tode verurteilt am 22. Juni in Halle/Saale. Hg.: Die Landesbeauftragte für die Unterlagen des Staatssicherheitsdienstes der ehemaligen DDR in Sachsen-Anhalt, Mai 1996«.

[217] s. seine Rede »Schließen Sie niemanden aus!« in: Stephan Hermlin, »In den Kämpfen dieser Zeit«, Berlin 1995, S. 37ff.

dient der Anpassung an die Linie der SED – so z. B. die Unterdrückung und Bagatellisierung seiner zionistischen Vergangenheit, was für die 50er Jahre vielleicht noch einigermaßen verzeihlich war, aber nicht für die späten 70er, als er »Abendlicht« schrieb.

Mitunter stellen die Äußerungen in literarischen Texten wie die nichtliterarischen Fälschungen ein sorgfältig kalkuliertes System dar, mitunter verwickelt er sich in Widersprüche, die fast immer ein Lügenzeichen sind. Oft genug ist Hermlin gewiß auch der Gefangene seiner eigenen Legenden. Man kann wahrscheinlich den Leuten nicht seit Olims Zeiten erzählen, man habe in den internationalen Brigaden in Spanien oder mit der Waffe für die Résistance in Frankreich gekämpft, und dann plötzlich alles zum Irrtum, Mißverständnis oder schlechten Scherz erklären.

Seine Auffassung von der Dehnbar- und Knetbarkeit der Fakten machte ihn natürlich auch zum höchst geeigneten Werkzeug seiner Partei. Musterbeispiel: seine Erzählung »Die Kommandeuse«. Nun erst, nach der Wende, ließ sich durch das Studium der Gerichtsakten erhellen, wie die DDR an jener unseligen Erna Dorn, einer verwirrten Person, einen regulären Justizmord beging und wie sich Hermlin für ein Pseudolehrstück über die angeblich ›faschistischen‹ und geheimdienstlichen Hintergründe des 17. Juni 1953 gewinnen ließ.[216]

Es ist wahr, daß Hermlin sich während seiner Jahre in der DDR immer mal wieder gegen die Parteilinie gesträubt und gegen den Stachel gelöckt hat – sei es bei Biermanns Ausbürgerung 1976 oder beim Ausschluß zahlreicher Autoren aus dem Schriftstellerverband

Stephan Hermlin
(© Keystone)

1979.[217] Aber bei nicht wenigen dieser Aktionen hat man den Eindruck, sie entsprängen eher der Eitelkeit als einer unantastbaren moralischen Substanz. Und man darf nicht vergessen, die Manipulationen seines Lebenslaufs bis hin zur Vorspiegelung von KZ-Haft hätten erpreßbar gemacht, falls sie von Partei oder Stasi entdeckt wurden. Mit Nachdruck hat Gerhard Zwerenz einst in seinen »Ärgernissen« (als er noch nicht Abgeordneter der PDS war) den Widerruf des Widerrufs des Widerrufs die charakteristische Lebensform Hermlins genannt.[218]

Die heute übliche Frage, wem Hermlin mit seinen Hochstapeleien, mit der Beugung der Wahrheit geschadet habe, ist nicht leicht zu beantworten. Es beginnt auf der individuellen Ebene: Die wahrheitswidrige Bezeichnung seiner Mutter als Christin in einer israelischen Zeitung hätte seinen Verwandten in Israel große Schwierigkeiten machen können, da nach jüdischem Recht die Mutter den Status der Kinder bestimmt. Als »commis voyageur«[219] der DDR-Kulturpolitik im Ausland trug Hermlin dazu bei, die Politik der DDR und der Sowjetunion in internationalen Gremien wie dem PEN durchzusetzen (selbst wenn er gelegentlich durch kurzsichtige Kulturbürokraten an den dazu nötigen Reisen gehindert wurde).[220]

Nicht zu verkennen ist schließlich, wie Hermlin sich selbst schadete, indem er sich bei den Menschen, die seine Vergangenheit kannten, den Kredit entzog und sich von den Wurzeln abschnitt, die ihn genährt hatten. Auch scheint es sich bei ihm um einen fast einzigarti-

Haager Treffen Scheveningen im Juli 1982 v. l. n. r. Harry Mulisch, Stephan Hermlin, Bernt Engelmann, Ingeborg Drewitz, Martin Gregor-Dellin (© Ullstein Bilderdienst)

218 Gerhard Zwerenz, »Ärgernisse«, in dem Band »Politische Schriften«, Frankfurt am Main 1975, S. 180 ff.: »Ich halte den ostberliner Schriftsteller Stephan Hermlin für einen erbärmlichen Menschen, dem der Antifaschismus nur als Feigenblatt dient. Mit ihm wird verdeckt der jämmerliche Verrat an der Dichtung (...)
Ich las die Hermlinschen Hymnen auf Stalin. Im Tauwetter las ich Hermlins Hymne des Widerrufs, in der er seinen Irrtum bekannte. Nach dem Tauwetter widerrief er den Widerruf und bekannte sich zum Irrtum über seinen Irrtum. An welcher Kehre hält er gerade Andacht, der von Berufs wegen Zerknirschte? Welche Eide bricht er heute, welchen Meineid schwört er morgen, mit welchem Meineid von übermorgen bekämpft er seinen Meineid von gestern? Welch seltsame Gestalten zaubert die Geschichte ins Panoptikum der Poesie. Kein George Grosz erfände soviel Widerlegung der Natur. Kein Heinrich Mann soviel Untertanerie. Der Bürger ist seine eigene Karikatur? Dann ist so ein Kommunist die Karikatur seiner eigenen Karikatur.«

219 Alfred Kantorowicz, Deutsches Tagebuch. Zweiter Teil, Berlin 1979, S. 644. Wie sich Hermlin von der Sowjetunion und der DDR z. B. im internationalen PEN funktionalisieren ließ, dazu s. Joachim Walter, »Sicherungsbereich Literatur«, S. 374. Wie der Stasi-Oberst Halle am 28. April 1962 berichtet, befürchtete die DDR, auf dem PEN-Kongreß vom Mai 1962 in Brüssel könnten höchst unangenehme Fragen nach verhafteten Autoren gestellt werden. Laut Oberst Halle »hat das DDR-PEN-Mitglied Stephan Hermlin den Auftrag, auf Grundlage unseres Überprüfungsergebnisses die Verleumdung der Initiatoren dieser Kampagnen energisch zurückweisen.«

220 S. Karl Corino, »Die Akte Kant, IM ›Martin‹, die Stasi und die Literatur in Ost und West«, Reinbek 1995, S. 233ff. Hermlin durfte 1966 nicht zum PEN-Kongreß nach New York reisen.

gen Fall von literarischer Selbstschädigung zu handeln, weil er viele, höchst bewegende Episoden seines Lebens nie erzählt, sie aus wechselnden Gründen der Selbstzensur geopfert hat.

Am schwersten wiegt für mich freilich, daß er sich jahrzehntelang mit einer falschen Gloriole umgab und seine Leser in ein »Abendlicht« setzte, in dem die Tatsachen trügerische Konturen annahmen oder ganz verschwanden.

Hermlin, die angebliche Proustsche Existenz aus schwerreichem Großbürgerhause, der ›Illegale‹ im Dritten Reich, der Emigrant in 20 Ländern, der Spanienkämpfer, der Held der Résistance, – das ganze offenbare Geheimnis seiner Existenz sieht er in dem Vers zusammengefaßt:

»Was ich ganz scheine, dessen bin ich bar.«[221]

Stephan Hermlin liest im Gohliser Schlößchen bei Leipzig 1983

221 Das Zitat stammt aus dem »Sonett nach Michael Drayton« in: Stephan Hermlin, »Gesammelte Gedichte«, München o. J., S. 63. Christa Wolf bezeugt in dem »Nicht beendeten Gespräch« mit ihrem Mann Gerhard in: Stephan Hermlin, »In den Kämpfen dieser Zeit«, Berlin 1995, S. 107, Hermlin habe einmal über diesen Vers geäußert: »Wenn von allen meinen Gedichten nichts übrigbleiben sollte, eine Zeile habe ich geschrieben, die vollkommen wahr ist«.

Dokumentarischer Anhang

N 10007

B. C. VI. nº 251/2.1040
du 19.4.43.

Polizeiabteilung
2 0. APR. 1943
Eingang

No. 251/242 B.S. 1747 Moëllesulaz le 19/4 1943

CORPS DES GARDES-FRONTIÈRE
VIème ARRONDISSEMENT

A

Au poste de gardes-frontière

Moëllesulaz

Arrestation de réfugiés.

1. Etat-civil: Nom Leder Prénom: Rudolf
Date de naissance: 17.7.1915 Nationalité: indéterminée
Race et religion: Juif Profession: typographe
Domicile: Toulouse
2. Papiers: carte d'identité française
3. Situation militaire: armée française (sapeur)
4. Domicile avant la guerre: Paris
5. Itinéraire suivi: Toulouse-Annemasse en train
6. Arrestation: Date 19.4.43 heure 21.30 lieu camp. Bernaud
par app. Pasod 24.

Comment, où et quand la frontière a-t-elle été franchie ? à pied à travers le Foron, campagne Bernaud 2015
passeur évent. un français inconnu
à quelles conditions ? aucune
Le réfugié était isolé - faisait partie d'un groupe de 12 personnes dont les membres de sa famille désignés ci-contre.
7. Motif de la fuite: suite de l'occupation Allemande
8. Moyen d'existence en Suisse: aucun

9. Etat de santé (déclaration du réfugié): bon
10. Proches parents en Suisse (père, mère, conjoint, enfants)
nom et adresse

11. Relations étroites avec notre pays ? /
séjours antérieurs:
12. Observations diverses: /

Verhaftungsprotokoll des Schweizer Grenzpostens Moëllesulaz für

13. Etat civil des membres de la famille du prénommé arrêtés avec lui, pour lesquels il n'est pas fait de rapport spécial:

Nom	Prénom	Naissance	Profession	Lien de parenté
Spielter	Andrée	14.5.1938	—	fille

14. Liquidation du cas par

~~Refoulement immédiat~~ _______ (heure, lieu) ~~________~~

" ~~D.A.~~ de l'Of. de Pol." " ~~Plt. Odier~~

~~Remise~~ à la ~~gendarmerie~~ de Chêne-Bourg

Signature de l'agent:
Gde. J. [illegible] 345

Transmis au Cdt. du Corps, Genève.

L'Of. de Sct.
[signature]

Transmis à:
Direction générale des douanes à Berne, par vds.
Of. de Police de l'Ar.ter.
Genève

Le Commandant du Corps:
[signature]

Décision de l'Ar.ter.

GARDE-FRONTIÈRE ... BUREAU DU CORPS 19.IV.43

OBERZOLLDIREKTION 20.IV.43

Au poste de ______________________

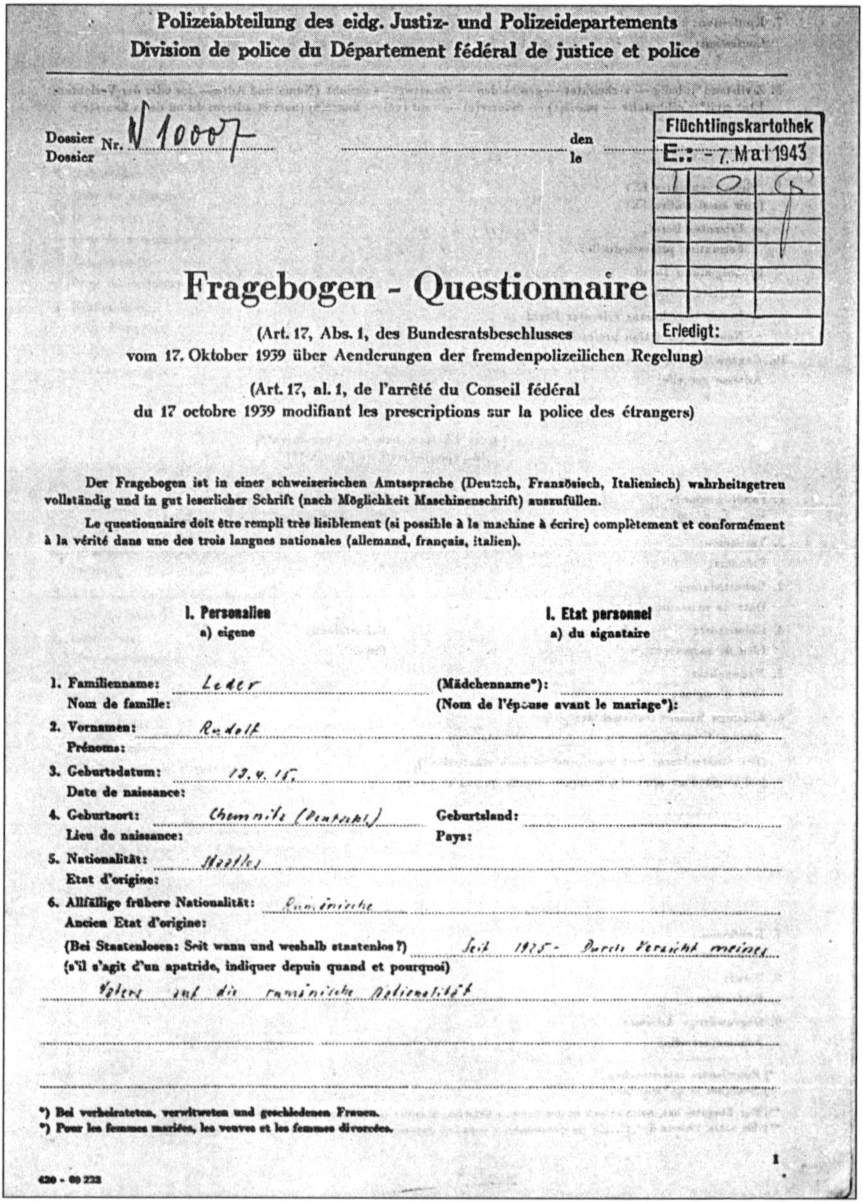

Polizeiabteilung des eidg. Justiz- und Polizeidepartements
Division de police du Département fédéral de justice et police

Dossier Nr. V 10007 den
Dossier le

Flüchtlingskartothek
E.: 7. Mai 1943
Erledigt:

Fragebogen - Questionnaire

(Art. 17, Abs. 1, des Bundesratsbeschlusses
vom 17. Oktober 1939 über Aenderungen der fremdenpolizeilichen Regelung)

(Art. 17, al. 1, de l'arrêté du Conseil fédéral
du 17 octobre 1939 modifiant les prescriptions sur la police des étrangers)

Der Fragebogen ist in einer schweizerischen Amtssprache (Deutsch, Französisch, Italienisch) wahrheitsgetreu vollständig und in gut leserlicher Schrift (nach Möglichkeit Maschinenschrift) auszufüllen.

Le questionnaire doit être rempli très lisiblement (si possible à la machine à écrire) complètement et conformément à la vérité dans une des trois langues nationales (allemand, français, italien).

I. Personalien — a) eigene
I. Etat personnel — a) du signataire

1. Familienname: Leder — (Mädchenname*):
Nom de famille: — (Nom de l'épouse avant le mariage*):
2. Vornamen: Rudolf
Prénoms:
3. Geburtsdatum: 13.4.15.
Date de naissance:
4. Geburtsort: Chemnitz (Deutschl.) — Geburtsland:
Lieu de naissance: — Pays:
5. Nationalität: staatlos
Etat d'origine:
6. Allfällige frühere Nationalität: Rumänische
Ancien Etat d'origine:
(Bei Staatenlosen: Seit wann und weshalb staatenlos?) Seit 1925 - Durch Verzicht meines
(s'il s'agit d'un apatride, indiquer depuis quand et pourquoi)
Vaters auf die rumänische Nationalität

*) Bei verheirateten, verwitweten und geschiedenen Frauen.
*) Pour les femmes mariées, les veuves et les femmes divorcées.

1

420 - 80 232

Fragebogen aus der Schweizer Flüchtlingsakte

7. Konfession: Israelitisch
Confession:

8. Zivilstand*): ledig — verheiratet — geschieden — verwitwet — verlobt (Name und Adresse des oder der Verlobten):
Etat civil*): célibataire — marié(e) — divorcé(e) — veuf (ve) — fiancé(e) (nom et adresse du ou de la fiancé(e):

9. (Siehe auch unter IX)
(voir aussi chiffre IX)
a) Erlernter Beruf: Drucker, Setzer
Formation professionnelle:
b) Ausgeübter Beruf: Landarbeiter, Gärtner, Holzfäller, Übersetzer
Activité professionnelle:
c) Durch Umschulung erlernter Beruf:
Nouvelle formation professionnelle:

10. Gegenwärtige Adresse: Camp des Charmilles, Genf
Adresse actuelle:

b) der Ehefrau, bzw. des Ehemannes**)
de l'épouse, resp. de l'époux **)

1. Familienname: (Mädchenname der Ehefrau):
Nom de famille: (Nom de l'épouse avant le mariage):
2. Vornamen:
Prénoms:
3. Geburtsdatum:
Date de naissance:
4. Geburtsort: Geburtsland:
Lieu de naissance: Pays:
5. Nationalität:
Etat d'origine:
6. Allfällige frühere Nationalität:
Ancien Etat d'origine:
(Bei Staatenlosen: Seit wann und weshalb staatenlos?)
(s'il s'agit d'un apatride, indiquer depuis quand et pourquoi):

7. Konfession:
Confession:
8. Beruf:
Profession:
9. Gegenwärtige Adresse:
Adresse actuelle:

*) Zutreffendes unterstreichen.
*) Souligner ce qui convient.
**) Der Ehegatte hat, wenn er sich in der Schweiz befindet, überdies einen eigenen Fragebogen auszufüllen.
**) En outre, l'époux doit remplir un questionnaire pour son propre compte s'il se trouve en Suisse.

2

c) der Kinder in der Schweiz über 16 Jahre*)
des enfants en Suisse âgés de plus de 16 ans*)

	1	2	3	4
1. Vornamen: Prénoms:				
2. Geburtsdatum: Date de naissance:				
3. Geburtsort: Lieu de naissance:				
Geburtsland: Pays de naissance:				
4. Nationalität: Etat d'origine:				

5. Gegenwärtige Adresse:
Adresse actuelle:

d) der Kinder in der Schweiz unter 16 Jahren
des enfants en Suisse âgés de moins de 16 ans

	1	2	3	4
1. Vornamen: Prénoms:	*Andrée Thérèse*			
2. Geburtsdatum: Date de naissance:	*14. Mai 1938*			
3. Geburtsort: Lieu de naissance:	*Paris*			
Geburtsland: Pays de naissance:	*Frankreich*			
4. Nationalität: Etat d'origine:	*Franz.*			

5. Allfällige frühere Nationalität:
Ancien Etat d'origine:

(Bei Staatenlosen: Seit wann und weshalb staatenlos?)
(s'il s'agit d'apatrides, indiquer depuis quand et pourquoi):

1	2	3	4

6. Konfession:
Confession:

*) Kinder über 16 Jahre haben überdies einen eigenen Fragebogen auszufüllen.
*) En outre, les enfants de plus de 16 ans doivent remplir eux aussi un questionnaire.

3

	1	2	3	4
7. **Besuchte Schulen:** / **Ecoles fréquentées:**				
8. **Gegenwärtige Adresse:** / **Adresse actuelle:**				

II. Militärverhältnis — II. Situation militaire

1. Waren Sie in Ihrem Heimatstaat militärisch eingeteilt? Nein
Etiez-vous incorporé militairement dans votre Etat d'origine?

a) Einteilung:
Incorporation:

b) Grad:
Grade:

c) Haben Sie Militärdienst geleistet? Nein
Avez-vous fait du service militaire?

Wann?
Quand?

d) Haben Sie Arbeitsdienst geleistet? Nein
Avez-vous été enrôlé au service du travail?

Wann?
Quand?

e) Sind Sie später entlassen worden oder haben Sie den Dienst unerlaubt verlassen? Weshalb?
Avez-vous été régulièrement licencié ou bien avez-vous quitté sans permission votre service? Pourquoi?

2. Waren Sie in Ihrem letzten Aufenthaltsstaat oder in einem früheren militärisch eingeteilt? Ja (Frankr.)
Etiez-vous incorporé militairement dans le pays où vous avez séjourné en dernier lieu ou précédemment?

a) Einteilung: 109. Kolonial-Infanteriereg. 317 Prestat.-Komp.
Incorporation:

b) Grad: Prestataire
Grade:

c) Haben Sie sich freiwillig gemeldet oder wurden Sie gegen Ihren Willen eingeteilt? *Freiwillig*
Vous êtes-vous inscrit spontanément ou bien avez-vous été enrôlé de force?

d) Wo und wie lange haben Sie Dienst geleistet? *2. Juni 1940 – Januar 1941*
Où et pendant combien de temps avez-vous servi?

e) Sind Sie später entlassen worden oder haben Sie den Dienst unerlaubt verlassen? Weshalb? *Entlassen*
Avez-vous été régulièrement licencié ou bien avez-vous quitté sans permission votre service? Pourquoi?

3. Haben Sie in Ihrem letzten Aufenthaltsstaat oder in einem frühern Arbeitsdienst geleistet? *Ja*
Avez-vous été enrôlé au service du travail dans le pays où vous avez séjourné en dernier lieu ou précédemment?
Wann?
Quand? *Januar 1941 – März 1943*

a) Handelte es sich um obligatorischen Arbeitsdienst oder haben Sie sich freiwillig gemeldet? *obligatorisch*
S'agissait-il d'un service obligatoire du travail ou bien vous êtes-vous inscrit spontanément?

b) Wo waren Sie eingeteilt?
Où étiez-vous incorporé? *643. Komp. T.E. (Fran. Elsing.)*

4. Besitzen Sie Ausweise über Militär- oder Arbeitsdienstleistung oder Aufgebote hierzu? Welche? *Militärbuch.*
Possédez-vous des papiers de légitimation concernant vos périodes de service militaire ou de service du travail ou des ordres de mobilisation y relatifs? Lesquels?
Identitätskarte T.E.

III. Ausweisschriften

III. Papiers de légitimation

1. Besitzen Sie einen Pass? *Nein*
Possédez-vous un passeport?
2. Nummer:
Numéro:
3. Ausstellende Behörde:
Autorité qui l'a établi:
4. Datum der Ausstellung und der eventuellen Verlängerung:
Date de l'établissement et du renouvellement:
5. Heute gültig bis:
Valable jusqu'au:

5

6. Welche andern Ausweispapiere (Heimatschein, Zivilstandsurkunden, Identitätspapiere, Berufszeugnisse usw.) besitzen Sie?

Possédez-vous d'autres papiers de légitimation (acte d'origine, actes d'état-civil, papiers d'identité, certificats de travail, etc.)?

Geburtsschein, Impfschein, Militärausweis, Identitätskarte T. E., Heiratsurkunde

7. Ausweisschriften der Kinder unter 16 Jahren: Geburtsurkunde

Papiers de légitimation des enfants de moins de 16 ans:

IV. Aufenthalt im Ausland — IV. Séjour à l'étranger

1. Aufenthaltsorte zwischen 1917 und 1939 (es sind nur Aufenthalte von mindestens einem Jahr anzugeben):
Lieux de séjour de 1917 à 1939 (n'indiquer que les séjours d'au moins une année):

In welchen Ländern Dans quels pays	von wann de quand	bis wann à quand
Deutschland	1917	1936
Palästina	1936	1937
Frankreich	1937	1943

2. Aufenthaltsorte vom 1. Januar 1939 bis zur letzten Einreise in die Schweiz (es sind alle Aufenthalte von mindestens einem Monat anzugeben):

Lieux de séjour du 1er janvier 1939 jusqu'à la dernière entrée en Suisse (indiquer tous les séjours d'au moins un mois):

In welchen Ländern Dans quels pays	von wann de quand	bis wann à quand
Frankreich	1. Januar 1939	17. April 1943

6

3. Haben Sie in dem Lande, in dem Sie sich zuletzt — vor der letzten Einreise in die Schweiz — während mindestens drei Monaten aufgehalten haben,
Avez-vous, dans le dernier pays où vous avez séjourné au moins 3 mois — avant votre dernière entrée en Suisse —

a) eine Erwerbstätigkeit ausgeübt? Ja
exercé une activité lucrative?

b) einen Zwangsaufenthaltsort zugewiesen erhalten? Nein
reçu l'ordre de résider dans un lieu déterminé?

c) sich in einem Lager befunden? Ja
été placé dans un camp?
in welchem? Wenn nicht detachiert, in Lagern der T.E., z.B. in Albi, Agde, Castres, Guéret
dans lequel?
von wann bis wann? Verschiedene Male 1940-42
de quand à quand?
haben Sie im Lager gearbeitet und was?
avez-vous exercé un travail dans le camp? Quel travail?
sind Sie aus dem Lager geflüchtet oder sind Sie entlassen worden? geflüchtet, als ich im März 1943 von
vous êtes-vous enfui du camp ou bien avez-vous été licencié?
der Arbeit zurück ins Lager berufen wurde

V. Aufenthalt in der Schweiz

V. Séjour en Suisse

1. Wann sind Sie letztmals in die Schweiz eingereist? 17. April 1943
Quand êtes-vous entré en Suisse pour la dernière fois?

2. Legal oder illegal? Illegal
Etes-vous entré légalement ou illégalement?

3. Bei *illegaler* Einreise:
En cas d'entrée *illégale*:

a) Wo haben Sie die Grenze überschritten? Annemasse
Où avez-vous passé la frontière?

b) Wer hat Ihnen dabei geholfen? Niemand
Qui vous a aidé à passer la frontière?

c) Wo und von wem wurden Sie nach der Einreise angehalten? 100 Meter hinter der Grenze von
Où et par qui avez-vous été appréhendé après votre arrivée en Suisse?
einem Posten

d) Haben Sie sich freiwillig gestellt und wo?
Vous êtes-vous présenté spontanément aux autorités et où?

e) Wo wurden Sie nach der ersten Einvernahme untergebracht? in Genf (Centre d'accueil)
Où avez-vous été placé après le premier interrogatoire?

7

4. **Bei legaler Einreise:**
En cas d'entrée *légale*:

a) **Ueber welche Grenzstelle?** ....
Par quel poste-frontière?

b) **Hatten Sie ein schweizerisches Einreisevisum?** ....
Possédiez-vous un visa d'entrée suisse?
Von welchem Konsulat? ....
De quel consulat?

c) **Wann und wo haben Sie sich nach der Einreise erstmals polizeilich gemeldet?** ....
Quand et où vous êtes-vous annoncé pour la première fois à la police après votre arrivée en Suisse?
....

5. **Bisherige Aufenthalte in der Schweiz (mit Adresse und Zeitdauer nach Datum):** ....
Où avez-vous séjourné en Suisse jusqu'à ce jour (adresse et durée par ordre chronologique)?
Februar bis November 1925 in Zürich und Zuoz (Graubünden)
....
....
....

6. **Besitzen oder besassen Sie eine fremdenpolizeiliche Bewilligung?** ....
Possédez-vous ou bien avez-vous possédé une autorisation de la police des étrangers?
Welche? ....
Laquelle?

7. **Ist oder war Ihnen von der Fremdenpolizei eine Erwerbstätigkeit bewilligt?** ....
Etes-vous ou avez-vous été autorisé par la police des étrangers à exercer une activité lucrative?
Welche? ....
Laquelle?

VI. Vorstrafen

VI. Casier judiciaire

1. **Sind Sie vorbestraft?** Nein
Possédez-vous un casier judiciaire?

2. **Strafen (Delikt, Urteilsdatum, Strafarten, Strafdauer):** ....
Peines (délit, date du jugement, nature de la peine, durée de la peine):
....
....
....
....

8

VII. Existenzmittel *), Kaution und Unterkunft — **VII. Moyens d'existence *), caution et logement**

1. Vermögen?
   Fortune?

   a) in der Schweiz:
   En Suisse:

   b) im Ausland:
   A l'étranger:

2. Einkommen aus Vermögen in der Schweiz:
   Revenu de la fortune en Suisse:

3. Erwerbseinkommen:
   Produit du travail:

4. Haben Sie andere Einkünfte (z. B. Renten, Ansprüche aus Versicherungsvertrag usw.)?
   Avez-vous d'autres ressources (rentes, contrats d'assurance, etc.)?

5. Ist in der Schweiz eine Kaution geleistet worden?
   Une caution a-t-elle été déposée en Suisse?

   a) Wo?
   Où?

   b) Von wem?
   Par qui?

   c) Wie hoch?
   Quel est son montant?

   d) Wofür?
   Dans quel but?

6. Werden Sie unterstützt? Ja
   Recevez-vous des secours?

   a) Von Verwandten? **) Von den Eltern; Leder, Chambers Lane 115, London N.W.10
   De parents? **) ca. 10 £.
   ~~Schweizerfranken~~ monatlich

*) Diese Angaben sind in Schweizerfranken zu machen und zu belegen. Es wird eine detaillierte Vermögensaufstellung verlangt unter genauer Benennung der einzelnen Vermögenswerte im In- und Ausland, sowie Angabe der Anlage- und Aufbewahrungsorte. Die Behörde soll an Hand dieser Angaben ein Bild über die Liquidität und den Verkehrswert des Vermögens erhalten.

*) Ces déclarations doivent être faites en francs suisses et leur exactitude doit être prouvée. Donner un relevé détaillé et précis des divers éléments de fortune situés en Suisse et à l'étranger. Indiquer où ils sont placés et déposés. Ces indications doivent permettre à l'autorité de se faire une idée de la liquidité et de la valeur actuelle de la fortune.

**) Namen und Adresse angeben, sowie Höhe der Beiträge, zeitweise oder regelmässige Unterstützung.

**) Indiquer le nom et l'adresse ainsi que le montant des allocations; préciser s'il s'agit de secours temporaires ou permanents.

9

b) Von Freunden oder Bekannten? *)
D'amis ou de connaissances? *)

c) Von einer Hilfsorganisation? *)
D'une œuvre de secours? *)

Wohnen Sie bei Verwandten oder Bekannten oder sonst privat? (Namen angeben)
Habitez-vous chez des parents ou des connaissances ou chez d'autres particuliers? (indiquer les noms)

In einem Hotel oder einer Pension?
Dans un hôtel ou une pension?

8. Wieviel bezahlen Sie für Unterhalt, Wohnung, Essen und andere Auslagen?
Combien payez-vous pour votre entretien, votre logement, votre nourriture et vos autres dépenses?

9. Befinden Sie sich in einem Lager oder Heim? Lager
Etes-vous placé dans un camp ou dans un home?
a) In welchem? Camp des Charmilles
Dans lequel?
b) Seit wann? 16. April 1943
Depuis quand?

10. Waren Sie vorher in einem Lager oder Heim in der Schweiz?
Avez-vous précédemment été placé dans un camp ou dans un home en Suisse?
a) In welchem?
Dans lequel?
b) Wie lange?
Pendant quelle durée?

VIII. Ausreisemöglichkeit — VIII. Possibilité d'émigration

1. Aus welchen Gründen haben Sie Ihren Heimatstaat verlassen und können nicht dorthin zurückkehren?
Pour quels motifs avez-vous quitté votre Etat d'origine et pourquoi ne pouvez-vous pas y retourner?
a) Glauben Sie wegen politischer Tätigkeit oder politischer Gesinnung verfolgt zu sein?
Croyez-vous être poursuivi à raison de votre activité ou de vos idées politiques?

*) Namen und Adresse angeben, sowie Höhe der Beiträge, zeitweise oder regelmässige Unterstützung.

*) Indiquer le nom et l'adresse, ainsi que le montant des allocations; préciser s'il s'agit de secours temporaires ou permanents.

10

b) Sind Sie oder Ihre Angehörigen nach der Gesetzgebung des Heimatstaates jüdischer Abstammung?
Etes-vous vous-même ou y a-t-il parmi votre parenté ou dans les familles alliées des personnes d'origine juive selon les lois de votre Etat d'origine?

Ja

c) Andere Gründe?
Autres motifs?

2. Aus welchen Gründen haben Sie den Staat, in dem Sie zuletzt während längerer Zeit gewohnt haben, verlassen und können nicht dorthin zurückkehren?
Pour quels motifs avez-vous quitté le dernier pays où vous avez résidé et pourquoi ne pouvez-vous pas y retourner?

a) Glauben Sie wegen politischer Tätigkeit oder politischer Gesinnung verfolgt zu sein?
Croyez-vous être poursuivi à raison de votre activité ou de vos idées politiques?

b) Sind Sie oder Ihre Angehörigen nach der Gesetzgebung dieses Staates jüdischer Abstammung?
Etes-vous vous-même ou y a-t-il parmi votre parenté ou dans les familles alliées des personnes d'origine juive selon les lois de votre Etat d'origine?

Ja

c) Andere Gründe?
Autres motifs?

3. Haben Sie Verwandte oder andere Beziehungen im Auslande? Wenn ja, wo und welche? England
Avez-vous de la parenté ou d'autres relations à l'étranger? Si oui, où et qui?

Eltern und Brüder: London N.W.10 115 Chambers Lane

4. Was haben Sie bisher unternommen, um in einem andern Land (in welchem?) definitiven Aufenthalt zu bekommen? Von wo aus?
Qu'avez-vous fait jusqu'à ce jour pour obtenir une autorisation définitive de séjour dans un autre pays et lequel? D'où avez-vous entrepris ces démarches?

11

5. Besitzen Sie zur Zeit eine gültige Einreisebewilligung für ein Land? Nur für mein Kind

Possédez-vous actuellement une autorisation d'entrée valable pour un pays étranger?

a) Für welches? England

Pour lequel?

b) Gültig bis? unbest. Zeit

Valable jusqu'au:

c) Besitzen Sie Transitvisa? Welche? Nein

Possédez-vous un visa de transit? Lequel?

6. Besassen Sie eine (jetzt verfallene) Einreisebewilligung für ein Land?

Avez-vous été au bénéfice d'une autorisation d'entrée (actuellement périmée) pour un pays étranger?

a) Für welches?

Pour lequel?

b) Wann verfallen?

Périmée depuis le:

7. Ist Ihnen die Einreisebewilligung für ein Land zugesichert?

Avez-vous reçu l'assurance d'obtenir une autorisation d'entrée pour un pays étranger?

a) Für welches Land?

Pour quel pays?

b) Von wem zugesichert?

Par l'entremise de qui?

c) Auf wann endgültig zu erwarten?

Dans quel délai?

d) Sind Ihnen Transitvisa zugesichert? Welche?

Avez-vous reçu l'assurance d'obtenir des visa de transit? Lesquels?

8. Wer unterstützt Sie in Ihren Ausreisebemühungen?

Qui appuie vos démarches en vue de votre émigration?

IX. Bericht über berufliche Ausbildung und Tätigkeit — IX. Formation et activité professionnelle du signataire

Hervorzuheben sind bei Frauen: Besondere Kenntnisse in Hauswirtschaft, Landwirtschaft, Näharbeiten; bei Männern: Besondere Kenntnisse in Landwirtschaft, Bergbau.

En ce qui concerne les femmes il convient de relever les connaissances spéciales en matière de service de maison, d'agriculture, de travaux d'aiguille; en ce qui concerne les hommes: les connaissances agricoles spéciales et les connaissances relatives à l'exploitation des mines.

12

Auf welche ausserhalb Ihres erlernten Berufes liegende praktische Tätigkeit könnten Sie sich am leichtesten umstellen?

A quel genre d'activité pouvez-vous vous adapter le plus facilement en dehors de la profession que vous avez apprise?

X. Gesundheitszustand — X. Etat de santé

1. Sind Sie vollständig gesund? Nein
   Etes-vous en parfaite santé?
2. Eignen Sie sich für körperliche Arbeit? Ja
   Etes-vous apte à fournir un travail physique?
3. Leiden Sie an Gebrechen oder Krankheiten dauernder Art? An welchen? Verdauungsstörungen (Colitis)
   Etes-vous infirme ou souffrez-vous de maladies chroniques? Lesquelles?

XI. Sprachkenntnisse — XI. Connaissance de langues

1. Muttersprache: Deutsch
   Langue maternelle:
2. Welche andern Sprachen beherrschen Sie gründlich? Engl., Franz.
   Quelles autres langues savez-vous à fond?

13

3. In welchen Sprachen können Sie sich verständigen?
Dans quelles langues pouvez-vous vous faire comprendre?

XII. Familienangehörige
(in der Schweiz und im Ausland)

XII. Parenté et personnes alliées
(en Suisse et à l'étranger)

	Name Nom	Vornamen prénoms	Geburtsdatum date de naissance	Adresse adresse
Ehemann: Epoux:				
Ehefrau: Epouse:				
Kinder: Enfants:				
Vater: Père:	Leder	David	28.10.88.	London N.W.10 115 Chambers Lane
Mutter: Mère:	Leder	Lola	11.6.93.	″
Geschwister: Frères et sœurs:	Leder	Alfred	16.5.17.	England (mit R.A.F.)
Schwiegervater: Beau-père:	Brandler	Siegmund		London W. Vror Court
Schwiegermutter: Belle-mère:				

14

XIII. Besondere Bemerkungen — **XIII. Observations**

....

....

....

....

....

....

....

....

Der Unterzeichnete erklärt, diesen Fragebogen wahrheitsgetreu und vollständig ausgefüllt zu haben. Er nimmt davon Kenntnis, dass er bei den Angaben, die er gemacht hat, behaftet wird, und dass falsche Angaben gemäss Bundesratsbeschluss vom 17. Oktober 1939 über Aenderungen der fremdenpolizeilichen Regelung geahndet werden.

Le soussigné certifie avoir rempli ce questionnaire complètement et conformément à la vérité. Il prend connaissance qu'il sera tenu pour responsable de ses déclarations et, qu'en cas de fausses déclarations, il sera poursuivi, conformément aux dispositions de l'arrêté du 17 octobre 1939 modifiant les prescriptions sur la police des étrangers.

Unterschrift — Signature:

.................................R. Leder.................................

Beilagen — Annexes:

15

MG/PS/G/9a
(Rev. 15 May 45)

MILITARY GOVERNMENT OF GERMANY

Fragebogen

WARNING: Read the entire Fragebogen carefully before you start to fill it out. The English language will prevail if discrepancies exist between it and the German translation. Answers must be typewritten or printed clearly in block letters. Every question must be answered precisely and conscientiously and no space is to be left blank. If a question is to be answered by either "yes" or "no", print the word „yes" or „no" in the appropriate space. If the question is inapplicable, so indicate by some appropriate word or phrase such as "none", or "not applicable". Add supplementary sheets if there is not enough space in the questionaire. **Omissions or false or incomplete statements are offenses against Military Government and will result in prosecution and punishment.**

WARNUNG: Vor Beantwortung ist der gesamte Fragebogen sorgfältig durchzulesen. In Zweifelsfällen ist die englische Fassung maßgebend. Die Antworten müssen mit der Schreibmaschine oder in klaren Blockbuchstaben geschrieben werden. Jede Frage ist genau und gewissenhaft zu beantworten und keine Frage darf unbeantwortet gelassen werden. Das Wort „ja" oder „nein" ist an der jeweilig vorgesehenen Stelle unbedingt einzusetzen. Falls die Frage durch „Ja" oder „Nein" nicht zu beantworten ist, so ist eine entsprechende Antwort, wie z. B. „keine" oder „nicht betreffend" zu geben. In Ermangelung von ausreichendem Platz in dem Fragebogen können Bogen angeheftet werden. **Auslassungen sowie falsche oder unvollständige Angaben stellen Vergehen gegen die Verordnungen der Militärregierung dar und werden dementsprechend geahndet.**

A. PERSONAL / A. Persönliche Angaben

1. List position for which you are under consideration [include agency or firm]. — 2. Name [Surname]. [Fore Names]. — 3. Other names which you have used or by which you have been known. — 4. Date of birth. — 5. Place of birth. — 6. Height. — 7. Weigth. — 8. Color of hair. — 9. Color of eyes. — 10. Scars, marks or deformities. — 11. Present address [City, street and house number]. — 12. Permanent residence [City, street and house number]. — 13. Identity card type and Number. — 14. Wehrpass No. — 15. Passport No. — 16. Citizenship. — 17. If a naturalized citizen, give d te and place of naturalization. — 18. List any titles of nobility ever held by you or your wife or by the parents or grandparents of either of you. — 19. F gion. — 20. With what church are you affiliated? — 21. Have you ever severed your connection with any church, officially or unofficially? — 22. If so, give particulars and reason. — 23. What religious preference did you give in the census of 1939? — 24. List any crimes of which you have been convicted, giving dates, locations and nature of the crimes

1. Für Sie in Frage kommende Stellung: Radio Frankfurt Liter. Sendung
2. Name LEDER Rudolf
Zu-[Familien-]name Vor-[Tauf-]name
3. Andere von Ihnen benutzte Namen oder solche, unter welchen Sie bekannt sind Stephan HERMLIN
4. Geburtsdatum 13.4.15. 5. Geburtsort Chemnitz/Sa.
6. Größe 1.79 7. Gewicht 72 8. Haarfarbe braun 9. Farbe der Augen blau
10. Narben, Geburtsmale oder Entstellungen keine
11. Gegenwärtige Anschrift Frankfurt am Main, Germaniastr. 28
[Stadt, Straße und Hausnummer]
12. Ständiger Wohnsitz
[Stadt. Straße und Hausnummer]
13. Art der Ausweiskarte Reg. Karte Nr. 14. Wehrpaß-Nr. 15. Reisepaß-Nr. Schweizer Flüchtlingspa.
16. Staatsangehörigkeit Deutsche 17. Falls naturalisierter Bürger, geben Sie Datum und Einbürgerungsort an
18. Aufzählung aller Ihrerseits oder seitens Ihrer Ehefrau oder Ihrer beiden Großeltern innegehabten Adelstitel —
19. Religion — 20. Welcher Kirche gehören Sie an? Keiner 21. Haben Sie je offiziell oder inoffiziell Ihre Verbindung mit einer Kirche aufgelöst? Ja 22. Falls ja, geben Sie Einzelheiten und Gründe an Aus weltanschaul. Gründen 23. Welche Religionsangehörigkeit haben Sie bei der Volkszählung 1939 angegeben? — 24. Führen Sie alle Vergehen, Übertretungen oder Verbrechen an, für welche Sie je verurteilt worden sind, mit Angaben des Datums, des Orts und der Art Nicht betreffend

B. SECONDARY AND HIGHER EDUCATION / B. Grundschul- und höhere Bildung

Name & Type of School (If a special Nazi school or military academy, so specify) Name und Art der Schule (Im Fall einer besonderen NS oder Militärakademie geben Sie dies an)	Location Ort	Dates of Attendance Wann besucht?	Certificate Diploma or Degree Zeugnis, Diplom od. akademischer Grad	Did Abitur permit University matriculation? Berechtigt Abitur od Reifezeugnis zur Universitätsimmatrikulation?	Date Datum
Staatsgymnas.	Chemnitz	1920-29			
Steglitzer Gymn.	Berlin	1930-32			
Prinz Heinrich Gymn.	Berlin	1932-33	Abitur		
Universität	Berlin	1933-36			

25. List any German University Student Corps to which you have ever belonged. — 26. List (giving location and dates) any Napola, Adolph Hitler School, Nazi Leaders College or military academy in which you have ever been a teacher. — 27. Have your children ever attended any of such schools? Which ones, where and when? — 28. List (giving location and dates) any school in which you have ever been a Vertrauenslehrer (formerly Jugendwalter).

25. Welchen deutschen Universitäts-Studentenburschenschaften haben Sie je angehört? Keinen
26. In welchen Napola, Adolf-Hitler-, NS-Führerschulen oder Militärakademien waren Sie Lehrer? Anzugeben mit genauer Orts- und Zeitbestimmung Keine
27. Haben Ihre Kinder einer der obengenannten Schulen besucht? Nein Welche, wo und wann? Nicht betreffend
28. Führen Sie (mit Orts- und Zeitbestimmung) alle Schulen an, in welchen Sie je Vertrauenslehrer (vormalig Jugendwalter) waren Nicht betreffend

C. PROFESSIONAL OR TRADE EXAMINATIONS / C. Berufs- oder Handwerksprüfungen

Name of Examination Name der Prüfung	Place Taken Ort	Result Resultat	Date Datum
Keine			

Fragebogen der amerikanischen Besatzungsmacht vom

D. CHRONOLOGICAL RECORD OF FULL TIME EMPLOYMENT AND MILITARY SERVICE

29. Give a chronological history of your employment and military service beginning with 1st of January 1931, accounting for all promotions or demotions, transfers, periods of unemployment, attendance at educational institutions (other than those covered in Section B) or training schools and full-time service with para military organizations. (Part time employment is to be recorded in Section F.) Use a separate line for each change in your position or rank or to indicate periods of unemployment or attendance at training schools or transfers from one military or para military organization to another.

D. Chronologische Aufzählung jeglicher Hauptanstellungen und des Militärdienstes

29. Geben Sie in zeitlicher Folge eine Aufzählung Ihrer Beschäftigung und Ihres Militärdienstes seit dem 1. Januar 1931 an, mit Begründungen für alle Beförderungen oder Degradierungen, Versetzungen, Arbeitslosigkeit, Besuch von Bildungsanstalten (außer solchen, die bereits in B angeführt sind) oder Ausbildungsschulen, und Volldienst in militärähnlichen Organisationen (Nebenbeschäftigungen sind in Abschnitt F anzugeben). Benutzen Sie eine gesonderte Zeile für jeden Wechsel in Stellung oder Rang, oder zur Angabe von Arbeitslosigkeits-Zeitabschnitten, oder für den Besuch von Ausbildungsschulen oder für Versetzungen von einer militärischen oder militärähnlichen Organisation zu einer anderen.

From / Von	To / Bis	Employer and Address or Military Unit / Arbeitgeber und Anschrift oder Militäranschrift	Name and Title of Immediate Superior or C. O. / Name und Titel des Dienstvorgesetzten oder vorgesetzter Offiz.	Position or Rank / Stellung oder Dienstgrad	Duties and Responsibilities / Art der Tätigkeit und Verantwortungsbereich	Reasons for change in Status or Cessation of Service / Grund für Änderung oder Beendigung des Dienstverhältnisses
Jan. 31	Apr. 33	Schüler				
Apr. 33	Jan. 36	Student				
Jan. 36	Juli '45	Emigrant				
Dez. 37	Dez. 38	in Spanien Int. Brig.				
Mai 40	Sept. 40	Franz. Armee (169e Rtd.)				

30. Were you deferred from Military Service? — 31. If so, explain circumstances completely. 32. Have you ever been a member of the General Staff Corps? — 33. When? — 34. Have you ever been a Nazi Military Leadership Officer? — 35. When and in what unit? — 36. Did you serve as part of the Military Government or Wehrkreis administration in any country occupied by Germany including Austria and Sudetenland? — 37. If so, give particulars of offices held, duties performed, location and period of service. — 38. Do you have any military orders or other military honors? 39. If so, state what was awarded you the date, reasons and occasion for its bestowal.

30. Waren Sie vom Militärdienst zurückgestellt? Nein 31. Falls ja, geben Sie die genauen Umstände an Nicht betrefftd. 32. Waren Sie Generalstäbler? Nein 33. Wann? Nicht betrefftd. 34. Waren Sie NS-Führungsoffizier? Nein 35. Wann und in welchem Truppenverband? Nicht betrefftd.

36. Haben Sie in der Militärregierung oder Wehrkreisverwaltung irgendeines der von Deutschland besetzten Länder, einschließlich Oesterreich und Sudetenland, gedient? Nein

37. Falls ja, geben Sie Einzelheiten über Ihre Ämter und Pflichten, sowie Ort und Zeitdauer des Dienstes Nicht betreffend

38. Sind Sie berechtigt, militärische Orden oder andere militärische Ehrenauszeichnungen zu tragen? Nein 39. Falls ja, geben Sie an, was Ihnen verliehen wurde, das Datum, den Grund und Anlaß für die Verleihung Nicht betreffend

E. MEMBERSHIP IN ORGANIZATIONS / E. Mitgliedschaften

40. Indicate on the following chart whether or not you were a member of and any offices you have held in the organizations listed below. Use ines 96 to 98 to specify any other associations, society, fraternity, union, syndicate, chamber, institute, group, corporation, club or other organization of any kind whether social political professional, educational, cultural, industrial, commercial or honorary, with which you have ever been connected or associated. — Column 1: Insert either "yes" or "no" on each line to indica te wheter or not you have ever been a member of the organization listed. If you were a candidate, disregard the columns and write in the word "candidate" followed by the date of your application for membership. — Column 2: Insert date on which you joined. — Column 3: Insert date your membership ceased if you are no longer a member. Insert the word "Date" if you are still a member. Column 4: Insert your membership number in the organization. — Column 5: Insert the highest office, rank or other post of authority which you have held at any time. If you have never held an office, rank or post of authority, insert the word "none" in Columns 5 and 6. — Column 6: Insert date of your appointment to the office, rank or post of authority listed in Column 5.

40. In der folgenden Liste ist anzuführen, ob Sie Mitglied einer, der angeführten Organisationen waren und welche Aemter Sie darin bekleideten. Andere Gesellschaften, Handelsgesellschaften Burschenschaften, Verbindungen, Gewerkschaften, Genossenschaften, Kammern, Instituten, Gruppen, Körperschaften, Verein e, Verbände, Klubs, Logen oder andere Organisationen beliebiger Art, seien sie gesellschaftlicher, politischer, beruflicher, sportlicher, bildender, kultureller, industrieller, kommerzieller oder ehrenamtlicher Art, mit welchen Sie je in Verbindung standen oder welchen Sie angeschlossen waren, sind auf Zeile 96—98 anzugeben.

1. Spalte: „Ja" oder „nein" sind hier einzusetzen zwecks Angabe Ihrer jemaligen Mitgliedschaft in der angeführten Organisation. Falls Sie Anwärter auf Mitgliedschaft oder unterstützendes Mitglied oder im „Opferring" waren, ist unter Nichtberücksichtigung der Spalten, das Wort „Anwärter" oder „unterstützendes Mitglied" oder „Opferring" sowie das Datum Ihrer Anmeldung oder die Dauer Ihrer Mitgliedschaft als unterstützendes Mitglied oder im Opferring einzusetzen.

2. Spalte: Eintrittsdatum.

3. Spalte: Austrittsdatum, falls nicht mehr Mitglied, andernfalls ist das Wort „gegenwärtig" einzusetzen.

4. Spalte: Mitgliedsnummer.

5. Spalte: Höchstes Amt, höchster Rang oder eine anderweitig einflußreiche, von Ihnen bekleidete Stellung. Nichtzutreffendenfalls ist das Wort „keine" in Spalte 5 und 6 einzusetzen.

6. Spalte: Antrittsdatum für Amt, Rang oder einflußreiche Stellung laut Spalte 5.

	1 Yes or No ja oder nein	2 From von	3 To bis	4 Number Nummer	5 Highest Office or rank held Höchstes Amt oder höchster Rang	6 Date Appointed Antrittsdatum
41. NSDAP	Nein					
42. Allgemeine SS	Nein					
43. Waffen SS	Nein					
44. Sicherheitsdienst der SS	Nein					
45. SA	Nein					
46 HJ. einschl. BdM	Nein					
47. NSDStB ANST	Nein					
48. NSDoB	Nein					
49. NS-Frauenschaft	Nein					
50. NSKK	Nein					
51. NSFK	Nein					
52. Reichsb. der deutschen Beamten	Nein					
53. DAF	Nein					
54. KdF	Nein					
55. NSV	Nein					
56. NS-Reichsb. deutsch. Schwestern	Nein					
57. NSKOV	Nein					
58. NS-Bund Deutscher Technik	Nein					
59. NS-Aerztebund	Nein					
60. NS-Lehrerbund	Nein					
61. NS-Rechtswahrerbund	Nein					
62. Deutsches Frauenwerk	Nein					
63. Reichsbund deutscher Familie	Nein					
64. NS-Reichsb. für Leibesübungen	Nein					
65. NS-Altherrenbund	Nein					
66. Deutsche Studentenschaft	Nein					
67. Deutscher Gemeindetag	Nein					
68. NS-Reichskriegerbund	Nein					
69. Reichsdozentenschaft	Nein					
70. Reichskulturkammer	Nein					
71. Reichsschrifttumskammer	Nein					
72. Reichspressekammer	Nein					
73. Reichsrundfunkkammer	Nein					
74. Reichstheaterkammer	Nein					
75. Reichsmusikkammer	Nein					
76. Reichskammer der bildend. Künste	Nein					
77. Reichsfilmkammer	Nein					
78. Amerika-Institut	Nein					
79. Deutsche Akademie München	Nein					
80. Deutsches Auslandsinstitut	Nein					
81. Deutsche Christen-Bewegung	Nein					
82. Deutsche Glaubensbewegung	Nein					
83. Deutscher Fichte-Bund	Nein					
84. Deutsche Jägerschaft	Nein					
85. Deutsches Rotes Kreuz	Nein					
86. Ibero-Amerikanisches Institut	Nein					
87. Institut zur Erforschung der Judenfrage						

	1 Yes or No / ja oder nein	2 From / von	3 To / bis	4 Number / Nummer	5 Highest Office or rank held / Höchstes Amt oder höchster Rang	6 Date Appointed / Antrittsdatum
88. Kameradschaft USA.	Nein					
89. Osteuropäisches Institut	Nein					
90. Reichsarbeitsdienst (RAD)	Nein					
91. Reichskolonialbund	Nein					
92. Reichsluftschutzbund	Nein					
93. Staatsakademie für Rassen- und Gesundheitspflege	Nein					
94. Volksbund für das Deutschtum im Ausland (VDA)	Nein					
95. Werberat d. Deutschen Wirtsch.	Nein					
Others (Specify) andere:						
96.						
97.						
98.						

99. Have you ever sworn an oath of secrecy to any organization? — 100. If so, list the organizations and give particulars. — 101. Have you any relatives who have held office, rank or post of authority in any of the organizations listed from 41 to 95 above? — 102. If so, give their names and addresses, their relationship to you and a description of the position and organization. — 103. With the exception of minor contributions to the Winterhilfe and regular membership dues, list and give details of any contributions of money or property which you have made, directly or indirectly, to the NSDAP or any of the other organizations listed above including any contributions made by any natural or juridical person or legal entity through your solicitation your solicitation or influence. — 104. Have you ever been the recipient of any titles, ranks, medals, testimonials or other honors from any of the above organizations? — 105. If so, state the nature of the honor, the date conferred, and the reason and occasion for its bestowal. — 106. Were you a member of a political party before 1933? — 107. If so, which one? — 108. For what political party did you vote in the election of November 1932? — 109. In March 1933? — 110. Have you ever been a member of any anti-Nazi underground party or groupse since 1933? — 111. Which one? — 112. Since when? — 113. Have you ever been a member of any trade union or professional or business organization which was dissolved or forbidden since 1933? — 114. Have you ever been dismissed from the civil service, the teaching profession or ecclesiastical positions or any other employment for active or passive resistance to the Nazis or their ideology? 115. Have you ever been imprisoned or have restrictions of movement, residence or freedom to practice your trade or profession been imposed on you for racial or religious reasons or because of active or passive resistance to the Nazis? — 116. If you have answered yes to any of the questions from 110 to 115, give particulars and the names and addresses of two persons who can confirm the truth of your statements.

99. Sind Sie jemals zu einem Schweigegebot für eine Organisation verpflichtet worden? Nein 100. Falls ja, geben Sie die Organisation und Einzelheiten an Nicht betreffd.

101. Haben Sie irgend welche Verwandte, die jemals Amt, Rang oder einflußreiche Stellungen in irgendeiner der von Nr. 41 bis 95 angeführten Organisationen haben? Nein 102. Falls ja, geben Sie deren Namen und Anschriften an, den Grad Ihrer Verwandtschaft sowie eine Beschreibung der Stellung und Organisation. Nicht betreffd.

103. Mit Ausnahme von kleineren Beiträgen zur Winterhilfe und ordnungsmäßigen Mitgliedsbeiträgen, geben Sie nachfolgend im Einzelnen alle von Ihnen direkt oder indirekt an die NSDAP oder irgendeine andere der oben angeführten Organisationen geleisteten Beiträge in Form von Geld oder Besitz an, einschließlich aller auf Ihr Ersuchen oder auf Grund Ihres Einflusses seitens einer natürlichen oder juristischen Person oder einer anderen rechtlichen Einheit geleisteten Beiträge. Nicht betreffend

104. Sind Ihnen von einer der oben angeführten Organisationen irgendwelche Titel, Orden, Zeugnisse, Dienstgrade verliehen oder andere Ehren erwiesen worden? Nein 105. Falls ja, geben Sie an, was Ihnen verliehen wurde, das Datum, den Grund und Anlaß für die Verleihung Nicht betreffend

106. Waren Sie Mitglied einer politischen Partei vor 1933? Ja 107. Falls ja, welcher? KPD (KJVD) 108. Welche politische Partei haben Sie in der Novemberwahl 1932 gewählt? Noch nicht wahlber. 109. Und im März 1933? Noch nicht wahlb. 110. Waren Sie seit 1933 Mitglied einer verbotenen Oppositionspartei oder -gruppe? Ja 111. Welcher? KJVD, Freie Deutsche Jug. 112. Seit wann? 1931 113. Waren Sie jemals Mitglied einer nach 1933 aufgelösten oder verbotenen Gewerkschaft oder eines Berufs- oder Wirtschaftsverbandes? ADS, SSB 114. Sind Sie jemals aus dem Beamtenstand, dem Lehrerberuf oder aus einer kirchlichen oder irgendeiner Stellung auf Grund aktiven oder passiven Widerstandes gegen die Nazis oder Ihre Weltanschauung entlassen worden? Nein 115. Wurden Sie jemals aus rassischen oder religiösen Gründen oder weil Sie aktiv oder passiv den Nationalisten Widerstand leisteten, in Haft genommen oder in Ihrer Bewegungs- oder Niederlassungsfreiheit oder sonstwie in Ihrer gewerblichen oder beruflichen Freiheit beschränkt? Ja 116. Ist die Antwort auf eine der Fragen von 110 bis 115 bejahend, so sind Einzelheiten, sowie Namen und Anschriften von zwei Personen, welche dies wahrheitsgemäß bezeugen können, anzuführen. Jan.-März 1934 KL Sachsenhausen

Lore Wolff, Betreuungsstelle Frankfurt, Wiesenhüttenstr. 44

Peter Gingold, Frankfurt, Gutleutstr. 12

F. PART TIME SERVICE WITH ORGANIZATIONS / F. Mitgliedschaft oder Nebendienst in anderen Organisationen

117. With the exception of those you have specifically mentioned in Sections D and E above, list: a. Any part time, unpaid or honorary position of authority or trust you have held as a representative of any Reich Ministry or the Office of the Four Year Plan or similar central control agency; b. Any office, rank or post of authority you have held with any economic self-administration organization such as the Reich Food Estate, the Bauernschaften, the Central Marketing Associations, the Reichswirtschaftskammer, the Gauwirtschaftskammern, the Reichsgruppen, the Wirtschaftsgruppen, the Verkehrsgruppen, the Reichsvereinigungen, the Hauptausschüsse, the Industrieringe and similar organizations, as well as their subordinate or affiliated organizations and field offices; c. Any service of any kind you have rendered in any military, paramilitary, police, law en forcement, protection, intelligence or civil defense organization such as Organisation Todt, Technische Nothilfe, Stoßtruppen, Werkscharen, Bahnschutz, Postschutz, Funkschutz, Werkschutz, Land- und Stadtwacht, Abwehr, SD, Gestapo and similar organizations.

117. Unter Auslassung der bereits in Abschnitten D und E beantworteten Punkte führen Sie an:

a) jedwedes Nebenamt, einflußreiches unbezahltes oder Ehrenamt, oder Vertrauensstellung, welche Sie als Vertreter eines Reichsministeriums, oder der Leitstelle für den Vierjahresplan, oder ähnlichen Wirtschaftsüberwachungsstellen innehatten.

b) Amt, Rang oder einflußreiche Stellung jedweder Art, welche Sie bei öffentlich-rechtlichen Selbstverwaltungskörperschaften innehatten, wie z. B. dem Reichsnährstand, den Bauernschaften, den Hauptvereinigungen, den Reichswirtschaftskammern, den Gauwirtschaftskammern, Reichsgruppen, Wirtschaftsgruppen, Industrieringen oder ähnlichen Körperschaften, sowie bei deren untergeordneten und angeschlossenen Körpersehaften und Gebietsstellen.

c) Jeglicher Dienst in militärischen, militärähnlichen, polizeilichen, Gesetzvollzugs-, Schutz-, Aufklärungs- oder Luftschutzdiensten, wie z. B. der Organisation Todt, der Technischen Nothilfe, den Stoßtrupps, Werkscharen, dem Bahnschutz, Postschutz, Funkschutz, Werkschutz, der Land- und Stadtwacht, Abwehr, des SD, der Gestapo und ähnlichen Organisationen.

From Von	To Bis	Name and type of organization Name und Art der Organisation	Highest office or rank you held Höchstes Amt oder Rang erreicht	Date of your Appointment Antrittsdatum	Duties Pflichtenkreis
		Nicht betreffend			

G. WRITINGS AND SPEECHES / G. Veröffentlichungen und Reden

118. List on separate sheet the titles and publishers of all publications from 1923 to the present which were written in whole or in part, or compiled or edited by you, and all public addresses made by you, giving subject, date, and circulation or audience. If they were sponsored by any organization, give its name. If no speeches or publications write "none" in this space.

118. Geben Sie auf einem Extrabogen die Titel und Verleger aller von Ihnen seit 1923 bis zur Gegenwart ganz oder teilweise geschriebenen, zusammengestellten oder herausgegebenen Veröffentlichungen, und alle von Ihnen gehaltenen öffentlichen Ansprachen und Vorlesungen, mit Angabe des Themas, Datums, der Auflage oder Zuhörerschaft. Falls Sie unter Obhut einer Organisation standen, geben Sie deren Namen an. Falls keine Reden, Ansprachen oder Veröffentlichungen, setzen Sie das Wort „keine" ein.

H. INCOME AND ASSETS / H. Einkommen und Vermögen

119. Show the sources and amount of your annual income from January 1, 1931 to date. If records are not available, give approximate amounts.

119. Herkunft und Beträge des jährlichen Einkommens vom 1. Januar 1931 bis zur Gegenwart. In Ermangelung von Belegen sind ungefähre Beträge anzugeben.

Year Jahr	Sources of Income — Einkommensquelle	Amount Betrag
1931	Von 1931–36 lebte ich bei meinen Eltern als Schüler	
1932	u. Student, später in der Emigration aus eigenen Mitteln,	
1933	die mir meine Eltern zukommen liessen oder durch	
1934	Gelegenheitsarbeiten. Seit 1940 war ich erst Soldat	
1935	(Franz. Armee), dann abwechselnd in franz. Internie-	
1936	rungslagern und bei Bauern als Knecht und Holz-	
1937	fäller. 1942–45 im Schweizer Arbeitslager. Seit Sept.	
1938	1945 Mitarbeiter der „Frankf. Rundschau" (Monats-	
1939	gehalt 500 RM.)	
1940		
1941		
1942		
1943		
1944		
1945		

120. List any Land or buildings owned by you or any immediate members of your family, giving locations, dates of acquisition, from whom acquired, nature and description of buildings, the number of hectares and the use to which the property is commonly put. — 121. Have your or any immediate members of your family ever acquired property which had been seized from others for political, religious or racial reasons or expropriated from others in the course of occupation of foreign countries or in furtherance of the settling of Germans or Volksdeutsche in countries occupied by Germany? — 122. If so, give particulars, including dates and locations, and the names and whereabouts of the original title holders. — 123. Have you ever acted as an administrator or trustee of Jewish property in furtherance of Aryanization decrees or ordinances? — 124. If so, give particulars.

120. Ihnen, oder unmittelbaren Angehörigen Ihrer Familie gehöriger Grundstücks- oder Hausbesitz. Erwerbsdatum, von wem erworben, Art der Häuser, Grundstücksgrößen in Hektaren, und die übliche Verwendung des Besitzes sind anzugeben.

121. Haben Sie oder ein unmittelbarer Angehöriger Ihrer Familie jemals Besitz erworben, welcher anderen Personen aus politischen, rassischen oder religiösen Gründen entzogen oder anderen Personen enteignet wurde im Verlauf der Besetzung fremder Länder, oder zwecks Förderung der Ansiedlung von Deutschen oder Volksdeutschen in von Deutschland besetzten Gebieten? Nein 122. Falls ja, geben Sie Einzelheiten an, einschließlich Zeit- und Ortsangaben, sowie Namen und gegenwärtigen Aufenthalt der ursprünglichen Besitzer. Nicht betreffd.

123. Waren Sie jemals als Verwalter oder Treuhänder für jüdischen Besitz zwecks Förderung von Arisierungserlassen oder -verordnungen tätig? Nein 124. Falls ja, geben Sie Einzelheiten an. Nicht betreffd.

I. TRAVEL OR RESIDENCE ABROAD / I. Reisen oder Wohnsitz im Ausland

125. List all journeys or residence outside of Germany including military campaigns.

125. Zählen Sie alle Reisen oder Wohnsitze außerhalb Deutschlands auf (Feldzüge einbegriffen).

Countries Visited Land	Dates Datum	Purpose of Journey Zweck der Reise
1936-37 Österr., Jugoslaw., Ital.,		
Griechenld., Ägypt., Paläst.		Emigration
1937-39 Frankr., Engl., Span.		„
1940-45 Frankr., Schweiz		„

126. Was the journey made at your own expense? – 127. If not at whose expense was the journey made? – 128. Persons or organiza[illegible] visited. – 129. Did you ever serve in any capacity as part of the civil administration of any territory annexed to or occupied by the Reich? – [illegible] so give particulars of office held, duties performed, location and period of service. – 131. List foreign languages you speak, indicating degree of fluency.

126. Haben Sie die Reise auf eigene Kosten unternommen? Ja 127. Falls nein, auf wessen Kosten? Nicht betr.

128. Welche Personen oder Organisationen haben Sie besucht? Keine

129. Haben Sie jemals, und falls ja in welcher Rolle in der Zivilverwaltung in einem der von Deutschland eingegliederten oder besetzten Gebiete gedient? Nein

130. Falls ja, geben Sie Einzelheiten an über Ihr Amt, Ihren Pflichtenkreis, sowie Ort und Zeitdauer des Dienstes Nicht betreffend

131. Kenntnis fremder Sprachen und Grad der Vollkommenheit Engl. u. Franz. fliessend in Wort u. Schrift

REMARKS / Bemerkungen

The statements on this form are true and I understand that any omissions or false or incomplete statements are offenses against Military Government and will subject me to prosecution and punishment.

Die auf diesem Formular gemachten Angaben sind wahr und ich bin mir bewußt, daß jegliche Auslassung oder falsche und unvollständige Angabe ein Vergehen gegen die Verordnungen der Militärregierung darstellt und mich der Anklage und Bestrafung aussetzt.

Stephan Hermlin — Signed / Eigenhändige Unterschrift

15. März 1946 — Date / Datum

CERTIFICATION OF IMMEDIATE SUPERIOR

I certify that the above is the true name and signature of the individual concerned and that, with the exceptions noted below, the answers made on the questionnaire are true to the best of my knowledge and belief and the information available to me. Exceptions (if no exceptions, write "none").

Bescheinigung des unmittelbaren Dienstvorgesetzten

Ich bescheinige hiermit die Richtigkeit obigen Namens und obiger Unterschrift. Mit Ausnahme der nachfolgenden Punkte, sind die in diesem Fragebogen gegebenen Antworten meines besten Wissens und Gewissens und im Rahmen der mir zur Verfügung stehenden Auskunftsmöglichkeiten richtig. Ausnahmen: (Das Wort „keine" ist einzufüllen, falls solche nicht vorhanden sind)

Signed / Eigenhändige Unterschrift — Official Position / Amtsstellung — Date / Datum

Druck: Hans Dorn, Friedberg i. H.

Haas, Anton
Habermann, Ludwig
Hackbarth, Herbert
Hadlich, Henry
Hager, Kurt
Hager, Sabine
Hagge, Rolf
Hahn, Bernhard
Hans, Peter
Hartenberger, Rudolf
Hartmann, Felix
Hartmann, Paul
Hasselbrinck, Heinz
Hausladen, Georg
Heiden, Karl
Heilmann, Johann
Heine, Helmuth
Heinz, Oskar
Heinzmann, Georg
Heis, Leo
Heitzmann, Ferdinand
Hellberg, Paul
Henfling, Hans
Henke, Georg
Henschke, Erich
Henschke, Reinhold
Herger, Felix
Hergel, Josef
Hering, Arno
Herr, Willi
Herschel, Herbert
Hettrich, Otto
Heyer, Ludwig
Hilger, Fritz
Hilgert, Richard
Hoetzel, Karl
Höfer, Kurt

Hoffmann, Erich
Hoffmann, Heinz
Hoffmann, Matthias
Hoffmann, Rudi
Hoffmann, Rudolf
Hofmann, Mathias
Hofmann, Peter
Höhn, Willi
Holderbaum, Fritz
Holland, Wilhelm
Hollender, Heinrich
Hollender-Namiot, Liza
Holzer, Heinrich
Holzhauser, Ernst
Horn, Richard
Hornick, Paul
Huber, Helmut
Hummel, Otto
Hunzinger, Adolf
Hus, Ernst

Laenen, Karl
Lange, Fritz
Laube, Kurt
Lausch, Ottomar
Lechky, Josef
Lehmann, Otto
Lehmann, Otto
Lehmann, Otto
Lehmann, Richard
Lehnert, Arthur
Lehr, Paul

Leidner, Paul
Leipold, Hermann
Leist, Viktor
Lenz, Fritz
Leupolt, Erich
Levin, August
Liebernickel, Alfred
Liesegang, Erich
Lindert, Alfred
Lindner, Bruno
Linick, Edgar
Linz, Adolf
Lippe, Kurt
Lischka, Hans
Loesch, Karl
Lohberger, Kurt
Lorenz, Sepp
Lorenz, Willi
Lorscheider, Josef
Ludwig, Paul

Auszug aus der Namensliste der mit der Hans-Beimler-Medaille ausgezeichneten Widerstandskämpfer, verliehen vom Ministerrat der Deutschen Demokratischen Republik.

Weder unter dem Buchstaben H wie Hermlin noch unter dem Buch staben L wie Leder findet sich die Ehrung des »Spanienkämpfers«

Nachwort

»Aufzubessern, umzudeuteln, umzukehren, zu verdrängen, ist er (Hermlin) nicht der Mann.«

Gerhard Wolf

Um es noch einmal zu sagen:
Ich bin zu diesem Buch gekommen wie die Jungfrau zum Kind oder besser: zum Wespennest. Ich wollte ein Datum erfahren, das von Hermlins Flucht in die Schweiz, und geriet in eine Recherche, die mich ein Dreivierteljahr in Atem hielt. Was ich auch an biographischem Material überprüfte – ich stieß immer wieder ins Leere, ich stieß auf kleinere, größere oder gigantische Übertreibungen, auf Lücken, auf Verdrehungen, Kontaminationen – auf alle Modi der Verfälschung und des Aufschneidens. Hatten wir es hier mit einem Jahrhundertfall literarischer Hochstapelei zu tun?

Es gab Phasen, in denen ich manchmal zu glauben geneigt war, dieser ganze Mann Stephan Hermlin löse sich in ein Phantom auf, und es stimme buchstäblich gar nichts mehr. All diese Details einer imaginären Biographie – sie waren teils komisch, teils ärgerlich, sie waren Ausfluß von Ruhmredigkeit, Eitelkeit, Maulheldentum, Selbststilisierung.
Sie waren Teil einer Wunsch-Biographie oder genauer gesagt: zweier Wunsch-Biographien.

In der einen wird der Held mit einem goldenen Löffel im Mund geboren. Er lebt in einem prächtigen Haus, umgeben von einem Park, in dem die Pfauen schreien. Im Haus erklingt immer Musik, prächtige Gemälde, Teppiche, Gobelins und Bücher schmücken die Räume, ein Heer von Bediensteten kümmert sich um das leibliche und geistige Wohl des Heranwachsenden, man liest ihm jeden Wunsch von den Augen ab, bei der kleinsten Krankheit schickt man ihn in Schweizer Sanatorien, und bei der Rückkehr warten die gesattelten Reitpferde auf ihren jungen Herrn. Das Leben ein langer Urlaub, dem geistigen Vergnügen und dem Kunstgenuß gewidmet.

In der anderen formiert sich ein proletarischer Lebenslauf: früh stößt der Protagonist in diesem Jahrhundert zu den Organisationen des Proletariats, er kämpft gegen das Bildungsprivileg und die Verbildungen der herrschenden Klasse, marschiert hinter der roten Fahne, taucht bei Hitlers Machtübernahme in den Untergrund, wird verhaftet, kommt ins KZ, kann fliehen und setzt seinen Kampf gegen den Faschismus im Spanischen Bürgerkrieg und in der Résistance fort.

Die Lebensläufe, die Hermlin in den letzten fünfzig Jahren, seit seiner Rückkehr aus dem Schweizer Exil, in lyrisch-prosaischer wie nichtliterarischer Form zu Protokoll gegeben hat, bilden aus belletristischem Schein und autobiographischem Statement tendenziell ein ›Gesamtkunstwerk‹. Sie kombinieren die eben skizzierten Wunsch-Viten: er war angeblich das reiche Glückskind, der Groß-Spätbürger, Spät-Groß-Bürger, der mit seiner sozialen Klasse brach (obwohl der Lebensstil des Großbürgertums in der Familie Leder sich bei seinem

Eintritt in den Kommunistischen Jugendverband schon längst verflüchtigt hatte und einer spürbaren Deklassierung gewichen war), der aber die verfeinerte Kultur der jüdisch-deutschen Großbourgeoisie in den Arbeiter- und Bauernstaat hinüberrettete. *Diese* Kombination von musikalischer Bildung, Belesenheit, Gewandtheit in den zwei dominierenden europäischen Fremdsprachen, diplomatischem Geschick und gleichzeitig hochfahrender Abweisung des Klassenfeindes mit einem sozusagen ›tätigen‹ Exil in Spanien und Frankreich hatte praktisch kein anderer Schriftsteller der DDR aufzuweisen. Sie machte die Sonderstellung Hermlins in der Literatur der DDR aus, vor allem in der Ära Honeckers seit 1971, und sie erlaubte ihm gelegentlich Sonderwege und – aus der Sicht der Partei – auch Eskapaden. Freilich muß man dabei berücksichtigen, daß gerade dieses Aus-der-Rolle-Fallen seine strategische Position im deutsch-deutschen Gespräch und im Internationalen PEN-Club verbesserte. Um es einmal unliebsam zuzuspitzen: ein Hermlin, der sich im eigenen Lande von Zeit zu Zeit für verhaftete junge Autoren einsetzte, konnte im PEN um so energischer auftreten, wenn es galt, bei »Writers in prison« die skandalöse Drangsalierung von Schriftstellern im Ostblock, vor allem in der Sowjetunion, herun terzuspielen.

Welche Rolle Hermlin genau in der DDR spielte, ist vorderhand ja nur ganz vage bekannt: niemand kann seine Reaktionen in summa genau einschätzen; es gibt keinerlei Briefsammlung, keinerlei Studium des Materials, das SED und Staatsapparat der DDR hinterlassen haben. Hier sei nur auf zwei Beispiele eingegangen, auf die seine Freunde nach der teilweisen Vorveröffentlichung in der ZEIT des hier gebotenen Materials immer wieder rühmend verwiesen haben: er habe doch Reiner Kunze geholfen, und er habe die Biermann-Petition vom November 1976 angestoßen.

Es ist richtig, Kunze hat Hermlin seine Verse »Brief mit blauem Siegel« gewidmet und sie 1973 auf die Rückseite seines gleichnamigen Bändchens bei Reclam-Leipzig drucken lassen. Das wäre ohne eine fördernde Teilnahme Hermlins an der ›Rückgewinnung‹ des seit 1968 in der DDR verfemten Reiner Kunze nicht möglich gewesen. Dies war aber offensichtlich kein dauerndes Engagement für Kunze und seine Literatur, sondern ein kulturpolitisches Kalkül, das sofort abgebrochen wurde, als Kunze die »Wunderbaren Jahre« veröffentlichte und 1977 in den Westen ausreiste. Von da an verweigerte er Kunze bei Sitzungen der Westberliner Akademie der Künste den Handschlag. Als Reiner Kunze kürzlich weitere zwölf Bände mit Stasimaterial über ihn einsehen konnte, fand er darin Äußerungen Hermlins, die von der Traktierung Mozarts durch den Salzburger Erzbischof inspiriert sein könnten. Man müsse Kunze, nach einem Besuch beim Ständigen Vertreter der Bundesrepublik Deutschland in der DDR, Günter Gaus, in den Arsch treten.

Und was die Biermann-Petition betrifft: unbestreitbar hat Hermlin im November 1976 seine Kollegen zusammengerufen und mit ihnen das Papier erarbeitet, in dem der Führung der DDR die Bitte unterbreitet wurde, die Ausbürgerung des Liedermachers zu überdenken. Allerdings: wie Hermlin der erste war, die Protestierenden zusammenzurufen, so war er auch der erste, der sich wieder umbiegen ließ. Auf Bitten Honeckers verfaßte er einen Revers, es könne ein Fehler gewesen sein, die Petition in den Westen zu geben. Honecker machte daraus einen Indikativ, »es war ein Fehler« usw., und damit wurden dann die übrigen Unterzeichner der Bittschrift unter Druck gesetzt. Hermlin war nicht Manns genug, gegen die Verfälschung seines Revers zu protestieren, er ließ sich als Waffe benutzen gegen jene, die mit ihm das Wagnis der Solidarität eingegangen waren.

Ein Nachwort wie dieses ist nicht geeignet, die kulturpolitischen Aktivitäten Hermlins von 1947 bis 1989, von seiner Übersiedlung in die sowjetische Besatzungszone bis zum Ende der DDR, nachzuzeichnen. Das Material zu sammeln und zu gewichten, dies wird Jahre dauern. Aber ein vorläufiger summarischer Überblick muß gleichsam ein Rundschwenk sein, denn dieser Mann ist nicht nur janusköpfig. Sein Verhältnis zur Realität und zur Wahrheit ist so gebrochen, daß es für ein einziges ›Faktum‹ in seinem Leben mitunter fünf, sechs verschiedene Versionen gibt

Nehmen wir nur die angebliche Lebensstation Spanien. Mir sind vorläufig folgende Varianten bekannt:

1. Hermlin war von Dezember 1937 bis Dezember 1938 Mitglied und Offizier der Internationalen Brigaden (Lebenslauf und Fragebogen im Archiv des hr) – die allerheroischste Variante!

2. »1936 mußte er emigrieren und gelangte über Ägypten, Palästina, England und Spanien nach Frankreich, das ihm seit 1937 Aufenthalt bot.« (»Geschichte der deutschen Literatur. Literatur der DDR«, Berlin 1967, S. 105)

3. Hermlin machte auf der Rückkehr aus Palästina oder Ägypten (!) 1937 in Spanien Station, kämpfte eine Weile und merkte dann, er sei nicht der Mann dafür, verließ Spanien und fuhr gegen Ende des Kriegs mit einem Hilftstransport in die Pyrenäen (geäußert gegenüber dem SPIEGEL-Redakteur Mathias Schreiber vor einigen Jahren; ähnlich in Sachen Hilfstransport die Hermlin-Monographie von Silvia Schlenstedt, die ihn freilich die Pyrenäen überschreiten läßt).

4. Hermlin ließ sich nach der Rückkehr aus Palästina nach Frankreich (via Marseille) in Paris mustern und bestand die medizinische Tauglichkeitsprüfung nicht (so erzählte er es einst seiner Familie und wiederholte es jetzt im SPIEGEL 41/1996; ein solches Musterungsbüro mit ärztlichem Veto ist in der gesamten Literatur über den Spanien-Krieg nicht bekannt).

5. Hermlin debattierte mit seinem Vater in England ca. 1937 über seine Teilnahme am spanischen Krieg und fuhr gegen seinen Rat dorthin, während der Vater nach Deutschland zurückkehrte und ins KZ wanderte (Interview mit Elisabeth Endres in der Süddeutschen Zeitung vom 14. Juli 1995; eine Version, in der die Unmöglichkeiten potenziert sind: Hermlins Vater

konnte erst im Juli 1939 aus Deutschland ausreisen, traf seinen Sohn in Paris und fuhr im Herbst weiter nach England. Hermlin hatte im Oktober 1937 keine Einreise nach England bekommen und konnte bis zum Ende des Kriegs englischen Boden nicht betreten).

6. Hermlin war als »Ambulanzfahrer ... dann aber doch an der Front, auch unter Beschuß mehrere Monate« (SPIEGEL-Interview 41/1996; welche Monate denn, bei welcher Einheit? Das vergaß der SPIEGEL zu fragen. Es ist aber in jedem Fall erneut eine untaugliche Variante, denn als Ambulanzfahrer unter Beschuß wäre Hermlin regulärer Spanien-Kämpfer gewesen und hätte in dem offiziellen Werk des Militär-Verlags der DDR, »Pasaremos«, 1970 (2. A.) aufgeführt werden müssen.).

7. Hermlin war konspirativ in Spanien.

8. Die wahrscheinlichste Variante ist: Hermlin schrieb von Paris aus Texte für den Freiheitssender 29,8 in Barcelona, er arbeitete für das Internationale Spanienhilfskomitee in Paris und begleitete nach dem Zusammenbruch der Republikaner im Frühjahr einen Hilfstransport nach Südfrankreich, um die schreckliche Not der Flüchtlinge lindern zu helfen. Ehrenwert, aber Hermlin für eine offizielle Version nicht heroisch genug.

Wem sind weitere Varianten der spanischen Abenteuer Hermlins bekannt? Ich nehme sie gern zur Kenntnis und halte vorläufig nur das Nachspiel für gesichert: es waren die Schießwettkämpfe in Ostberlin mit Hermann Kant, per Luftgewehr und unter dem Motto »Internationale Brigaden gegen Deutsche Wehrmacht« ... (Hermann Kant, Abspann, S. 490, Aufbau-Verlag, 1991).

Wer bei einer so wichtigen Epoche der europäischen Geschichte und, hypothetisch, der eigenen Biographie einen so laxen Umgang mit der Wahrheit pflegt, muß sich nicht wundern, wenn man ihn einen Mythomanen nennt und in die Nähe der Pseudologia phantastica rückt.

Solche Diagnose zeitigte Reaktionen, wie sie nach den Vorveröffentlichungen in der ZEIT und im Hessischen Rundfunk zu verzeichnen waren. Es ist nicht zu leugnen – vielen Lesern in Ost und West scheint schon mit meinem ZEIT-Dossier, meinem hr-Feature (»Quasi una fantasia. Die Legenden des Stephan Hermlin«) einer ihrer letzten Heroen zu schwinden. Sie badeten mit ihm gern im »Abendlicht« wie in Drachenblut und glaubten sich darin, wie er, unverwundbar und gefeit gegen die Unbill des sozialistischen Alltags. Aber sie übersahen, daß der Schmelz, der Panzer, mit dem Hermlin gewappnet schien, Hunderte von Löchern hatte ...

Der fadenscheinigste der Vorwürfe, mit denen ich in manchen Feuilletons und in Leserbriefen bedacht wurde, ist der, ich hätte die Erzählungen Hermlins und sein »Abendlicht« autobiographisch mißverstanden. Eben dies hat man fast fünf Jahrzehnte getan, und diejenige, die in ihrer Monographie über Hermlin seitenweise nur paraphrasierte, was in Hermlins Texten stand und darauf verzichtete, seine Phantasmen auch nur einmal auf den Prüfstand zu stellen – Silvia Schlenstedt – schreit im »Neuen Deutschland« am lautesten. Wen wundert's. Es ist die alte Methode »Haltet den Dieb!«. Was seit den späten Vierzigern ungenierter Usus, Hermlins Texte quasi als »Selbsterlebungsbeschreibungen« zu lesen (um es mit Jean Paul zu sagen) – Devise: »So ungefähr muß es gewesen sein, und genauer wollen wir es nicht wissen« –, das wollte ich nach den ersten alarmierenden Funden nicht unwidersprochen lassen. Dies war nämlich ein Verfahren, das die Zeitungsarchive und Bibliotheken zur Vervielfältigungsmaschine für Irrtümer und Täuschungen machte.

Da ich mich selber nicht gerne anlügen lasse, schon gar nicht auf Dauer, habe ich mich leider als erster daran machen müssen, ausgiebig zu fragen, *wie* autobiographisch Hermlins Texte denn nun wirklich seien. Das läßt sich, trotz allem Aufruhr bei Germanistik-Professoren, halt nicht anders machen, als daß man das Geschriebene zunächst einmal buchstäblich nimmt und mit der Wirklichkeit vergleicht, wie sie sich aus dem Material der Archive und den Aussagen von Zeugen ergibt. So erst ist die Scheidung von Faktum und Fiktion und umgekehrt: von Literatur und Leben möglich, und wenn die Ergebnisse nicht so sind, wie es sich viele Anhänger Hermlins gewünscht hätten, habe nicht ich das zu verantworten. Man kann manche Gedichte, viele Erzählungen und das »Abendlicht« Hermlins künftig als Bruchstücke von Heldenepen, als moralische

Fabeln oder als Märchen für Kinder lesen, die den lieben Onkel nicht fragen, woher er denn das alles habe, – aber nicht mehr als direkten Reflex eines Lebens.

Die vorliegende Studie ist leider erst der Beginn der Hermlin-Forschung, und es wird vieljähriger Arbeit bedürfen, die Recherchen über den Punkt hinauszuführen, an dem ich vorläufig resigniert abgebrochen habe, – im April 1943. Die ersten 28 Jahre Hermlins sind jedenfalls der Abschnitt, aus dem er später seinen Mythos speiste. Aber jeder, der wirklich etwas über ihn wissen will, wird bei der Erforschung der folgenden Jahrzehnte seine Abenteuer und blauen Wunder erleben. Diese Prophetie gilt sowohl für die politische als auch die private Existenz Hermlins. Ich kann, da ich von einer Leserin ›unbarmherziger Recherchen‹ bezichtigt wurde, nur versichern, ich habe mich beim Privatleben Hermlins vornehm zurückgehalten und vieles Pikante oder Monströse verschwiegen. Werde ich nach seinen Ehen und seinen Kindern gefragt, die für einen Kommunisten und die kommunistische Moral ja keine Privatangelegenheit gewesen sind, flüchte ich in ein chinesisches Lächeln. Jedoch es gefriert, wenn ich an die stalinistischen Ergüsse Hermlins denke, und ich pflichte halbherzig Marko Martin bei, der im »Tagesspiegel« schrieb, meine Enthüllungen seien »harmlos im Vergleich zu Stephan Hermlins Stalinismus«.

Halbherzig sage ich deswegen, weil ich der Meinung bin, bestimmte Charakterstrukturen, die Mischung von Subreption und hochfahrendem Wesen und vor allem das innige Verhältnis zur Lüge, zur rücksichtslosen Beugung der Wahrheit, wie ich sie zeigen mußte, prädestinierten für die stalinistische Entartung geradezu. Es leuchtet mir ein, man sah sich als in der DDR lebender Jude während der Stalin-Epoche angesichts der Schauprozesse in Budapest und Prag gegen Rajk und seine Leidensgenossen zu größter Vorsicht angehalten hinsichtlich eines Bekenntnisses zum Judentum oder gar zu Israel, vor allem, wenn man aus der Westemigration, aus der Schweiz kam, wo der gefürchtete Noël Field sein Unwesen getrieben hatte. Aber nach Stalins Tod brach eine Zeit an, in der Hermlin sich zu seiner jüdischen Abstammung und nicht zuletzt: zu der seiner Mutter hätte bekennen können. Beim Schützling und Berater Honeckers bedurfte es, zumindest in diesem Punkt, keiner Verschleierung und Beschneidung der Wahrheit mehr.

Mit Bedrückung liest man heute, was er noch kurz vor dem Ende der DDR, 1989, in seinem Gespräch mit Herlinde Koelbl sagte, nämlich seine Beziehung zum Judentum beschränke sich auf den jüdischen Vater, der im Sinne des mosaischen Gesetzes ein schlechter Jude gewesen sei; und in seinem Elternhaus seien nur die christlichen Feste gefeiert worden (als wäre die Mutter Christin gewesen). Wahr ist, seine Mutter war eine stolze und bewußte Jüdin. Wahr ist wohl, er feierte, wie er einst Peter und Monika Huchel erzählte, selbstredend seine jüdische Konfirmation, die Bar-Mizwa, und las darauf mit Hochgefühl zum erstenmal aus der Thora vor. Wahr ist, daß er all die Jahre den entschiedenen Zionismus seiner Familie seit den frühen Zwanzigern leugnet, seine zionistische Auswanderung, sein zionistisches Scheitern; und schließlich, im SPIEGEL-Gespräch von Anfang Oktober 1996, will er nichts wissen von der Rettung seines Lebens im Lager Nexon durch den Judenrat – »Wenn ich dein je vergäße, Jerusalem ...«.

Aber das Neue Deutschland (Herr Schlenstedt und Herr Tragelehn) wie die Süddeutsche Zeitung (Elisabeth Endres) sieht nicht vielleicht Hermlin in der Nähe eines besonders vertrackten antisemitischen Ressentiments, sondern mich, da ich auf diesen Komplex hinweise. Ich begebe mich selten in diesem Buch auf die Ebene des psychologischen Räsonnements, aber man bedenke doch einmal, was es bedeutet, wenn Hermlin wohlüberlegt dem Mißverständnis Vorschub leistete, sein Vater sei im Konzentrationslager Sachsenhausen umgekommen. Vor einem Millionenpublikum von Fernsehzuschauern ließ sich Hermlin im September 1984 von Günter Gaus ins Gesicht sagen:

»Ihr Vater, Herr Hermlin, war ein sehr wohlhabender, kunstsinniger, gebildeter, großbürgerlicher Unternehmer. Die Nationalsozialisten haben ihn als Juden im Konzentrationslager ermordet«

Jeder moralisch integre Mensch hätte die Gelegenheit genutzt, diese Geschichtsklitterung wenigstens im entscheidenden Punkt ein für allemal aus der Welt zu schaffen, etwa nach dem Motto:

»Herr Gaus, ich muß hier endlich etwas richtigstellen. Mein Vater ist zwar vom 9. November bis 20. Dezember 1938, nach der Kristallnacht, im KZ Sachsenhausen eingesperrt und drangsaliert worden, aber dann hat man ihn mit der Auflage nach Hause geschickt, das Dritte Reich möglichst schnell zu verlassen. Er hat mich nach seiner Ausreise im Juli 1939 in Paris besucht, bis er mit meiner Mutter nach England einreisen konnte. Er hat dort schwer gearbeitet, mich bis zum Kriegsende materiell unterstützt und ist am 1. März 1947 an einer schrecklichen Krankheit gestorben, an Krebs.«

Kein Wort dieser Art, nein, schweigende Zustimmung. Natürlich, Hermlin war auch an diesem besonders heiklen Punkt der Gefangene im eisernen Käfig seiner Legenden. Die Psychoanalytiker indes mögen sich darüber einmal den Kopf zerbrechen, ob hinter einer insinuierten und geduldeten Nachrede dieser Art nicht auch eine Art von fatalem Wunsch steckt, zumal wenn es subliminale Gründe für Rachegefühle gab.

Im Lauf der letzten Wochen ist mir klar geworden: ich habe mit meiner in jedem Sinne vorläufigen Studie über Hermlin die heikelsten Punkte der political correctness berührt. Darf ein deutscher Goi des Jahrgangs 1942 einem Juden des Jahrgangs 1915, der im Exil war und unstrittig schwer gelitten hat, nachsagen, er sei nicht in einem deutschen Konzentrationslager gewesen und sein Vater sei dort nicht gestorben? Darf er darauf hinweisen, das angebliche Großbürgertum dieses Schriftstellers sei im wesentlichen die Sache von ein paar Inflationsjahren gewesen? Darf er, gut marxistisch nach der ökonomischen Basis forschend, verlauten, der Großvater Leon habe ganz klein, als Hausierer, angefangen und sich dann zum Kaufmann und Hausbesitzer hochgearbeitet?

Man darf es anscheinend nicht, – aber ich lasse es mir dennoch nicht verbieten. Mir, der ich Hausierer und ihre nützliche Warenvermittlung während der späten vierziger Jahre in einem entlegenen fränkischen Dorf noch miterlebte, ist nämlich ein ehrlicher Hausierer allemal lieber als ein literarischer Hochstapler. Juden, unsere jüdischen Mitbürger hier in Deutschland kurz vor dem Jahr 2000 unter moralische Sonderrechte zu stellen und wissenschaftliche Aussagen über ihren Lebenslauf mit Tabus zu belegen, bedeutet eine Diskriminierung.

Manche Zeitungen reagieren auf den Streit um Hermlin mit einer sorgfältig kalkulierten Schizophrenie, nicht zuletzt die in Berlin. Sie versuchten dem West- wie dem Ost-Leser das Seine zu bieten. Auf S. 6 des TAGESSPIEGEL z.B. meine Beschimpfung durch einen Ossi, auf S.21 eine mir zustimmende Analyse durch einen ehemaligen Ossi; es gibt auch Pro und Contra auf einem einzigen Blatt. Oder eine Berichterstattung nach dem Muster: Heute so und morgen so. Hermlin hat die Menschen immer polarisiert, und er tut es heute vielleicht mehr denn je.

Wie tief Deutschland noch gespalten ist, habe ich seit der Buchmesse '96 nachdrücklich erlebt. Die neue deutsch-deutsche Dialektik habe ich durch den Artikel von Herrn Professor Schlenstedt, dem Präsidenten des deutschen Ost-Pen, begreifen müssen: Hermlin sagt mit seinen Lügen die Wahrheit, Corino bietet mit den Fakten die Lüge.

Und Hermlin selbst? Daß er mir nach dem einstweiligen Abschluß meiner Recherchen ein Tonbandgespräch verweigert hat, verstehe ich. Er hat geahnt, was ich wußte. Das Interview im SPIEGEL 41/1996 nutzt er für die völlig bodenlose Attacke, ich hätte ihn »seit Jahren verfolgt« und ich hätte als einer der allerersten seine Stasiakten eingesehen. Da er diese Akte für die Forschung sperren ließ, habe ich sie bis zum heutigen Tag nicht gesehen, meine aber, man *müßte* sie jetzt ansehen. Im übrigen nimmt Hermlin zu seinen alten Methoden Zuflucht: Ausreden, Ausflüchte, Verdrehungen. Und das Zugeständnis der Lüge nur da, wo jeder Ausweg versperrt war. In einem nichtexistenten KZ konnte nicht einmal er gewesen sein.

Solange nicht das Gespräch darüber beginnt, wo im Leben Hermlins Wahrheit und Lüge, in meiner Darstellung Tatsache und Irrtum liegen, ist ein wissenschaftlicher Dialog über diese deutsche Symbolfigur nicht möglich. Was taugt eigentlich eine Ost-Identität, so fragt man sich, wenn sie auf der Unversehrtheit der Hermlinschen Mythen basiert?

Am erfreulichsten war für mich ein Bericht des jungen Journalisten Roman Grafe über eine Fahrt von Frankfurt am Main nach Berlin. Mit ihm kehrte eine junge Lehrerin vom Besuch der Buchmesse zurück. Sie las im Zug das ZEIT-Dossier »Dichtung in eigener Sache«. Schließlich erzählte sie, sie arbeite an einer Schule, die absolut PDS-dominiert sei, und entsprechend heftig geistere dort die DDR durch die Klassenräume und Lehrerzimmer. Sie werde sich jetzt diesen Artikel einstecken und ihn immer herausziehen, wenn sie darüber verzweifelt sei, wie wenig die Wende in den Köpfen der alten Kader bewirkt habe. Hermlin – nach wie vor ein Vorbild für die Jugend in den Kämpfen unserer Zeit? Bitte nicht!

Postscriptum

Unmittelbar vor der Drucklegung erreichte mich noch ein sehr aufschlußreiches Dokument über die Untergrundtätigkeit Hermlins während des Dritten Reichs und über ein angebliches Mitglied seiner Widerstandszelle, – das einzige, das er beim Namen nennt.
In seinem SPIEGEL-Interview 41/1996 erklärte er:

»Ich habe eine fünfköpfige, illegalc Gruppe des Kommunistischen Jugendverbandes (KJV) geführt (...) Einer von uns, Willi Lange, wurde in Berlin verhaftet und kam zur Gestapo. Wir hatten große Angst, daß er unsere Namen verriet. Er hat geschwiegen, obwohl man ihn ins Konzentrationslager brachte. Irgendwann wurde er gottlob freigelassen.«

Dazu teilte »Gedenkstätte und Museum Sachsenhausen« mit:

»Unsere Recherche zu Ihrer Anfrage ergab mehrere Hinweise zu Willi Lange. Danach wurde Willi Lange am 19. 12. 1936 in das KZ Sachsenhausen als Schutzhäftling eingeliefert (...)«

Zu jenem Zeitpunkt war Hermlin fast schon ein Jahr in

Tel Aviv und hätte auch von einem Verrat nichts zu fürchten gehabt.
Und was noch merkwürdiger ist: Willi Lange, geb. am 6. 7. 1897 war fast 20 Jahre älter als Hermlin. Langes Schicksal in Ehren. Aber seltsam, seltsam, daß ein damals ca. Zwanzigjähriger einen fast Vierzigjährigen geführt haben soll. Die Leute vom Kommunistischen Jugendverband müssen z. T. ganz schön alt ausgesehen haben!

P01

Stiftung Brandenburgische Gedenkstätten Gedenkstätte und Museum Sachsenhausen

Straße der Nationen 22
16515 Oranienburg
Telefon: 03301 / 80 37 15
Telefax: 03301 / 80 37 18

Gedenkstätte und Museum Sachsenhausen Straße der Nationen 22, 16515 Oranienburg

Bearbeiter:

Hessischer Rundfunk

Abt. Literatur, HF,
z. Hd. Dr. Karl Corino
Bertramstr. 8
60320 Frankfurt am Main

10. 10. 1996
2 - 10/11

Telefon:
Aktenzeichen:
Datum:

betr.: **KZ - Haft von Willi Lange, geb. am 06. 07. 1897 (nach Unterlagen des Archives Sachsenhausen)**

Sehr geehrter Herr Dr. Corino,

unsere Recherche zu Ihrer Anfrage ergab mehrere Hinweise über Willi Lange.
Danach wurde Willi Lange am 19. 12. 1936 in das KZ Sachsenhausen als Schutzhäftling eingeliefert, bekam die Häftlingsnummer 508 und ab 10. 11. 1937 die Häftlingsnummer 1172 zugeteilt und war in den Wohnblöcken Nr. 14 und Nr. 27 des Häftlingslagers untergebracht.

Für das Jahr 1937 gibt es Eintragungen in Listen über eine Überführung am 16. 8. 1937 und zwei Eintragungen über Zugänge vom 3. 9. 1937 und 10. 11. 1937. Darunter könnte die Rückführung nach Vernehmungen zu verstehen sein.

Mit freundlichen Grüßen
Im Auftrag
I. Roß

I. Roß
Archivarin

Über ein Exemplar Ihres Buches für unsere Präsensbibliothek in der Gedenkstätte würden wir uns sehr freuen.

Nachschrift und Vorschlag zur Güte

Da ich, wie jeder Journalist, auf die Auskünfte eines Zeitungsarchivs, auf den »Munzinger« usw. angewiesen bin, schlage ich den Betroffenen einen sofortigen Austausch der bislang gespeicherten Desinformationen vor. Die richtigen Daten könnten künftig lauten:

»Stephan Hermlin (bürgerlicher Name: Rudolph Leder) ist am 13. 4. 1915 als Sohn jüdischer Eltern in Chemnitz geboren. Sein Vater David Leder stammte aus Jassy, Rumänien. Er war Kaufmann und brachte es während der Inflationsjahre zu großem Reichtum und einer imponierenden Kunstsammlung, von der er sich danach allerdings wieder Schritt für Schritt trennen mußte. Seine Mutter Lola (Lea Laura) war eine geborenen Bernstein aus Tarnov, Galizien.

David Leder war während des Ersten Weltkrieges als feindlicher Ausländer interniert.1920 zog er nach Berlin, ging mit Malern wie Liebermann und Corinth um, förderte den Geiger Andreas Weissgerber und den bildenden Künstler O.Th. W. Stein. Ende 1925 kehrte er nach Chemnitz zurück und gründete dort eine neue Firma, die in den späten 20er Jahren notleidend wurde und liquidiert werden mußte.1930 übersiedelte die Familie erneut nach Berlin, wo David Leder als kaufmännischer Angestellter und Vertreter sein Brot verdiente.

Stephan Hermlin verbrachte 1925 ein Dreivierteljahr in Zuoz, Schweiz, in der »hygienischen Schule Bellaria«.

Im November jenes Jahres trat er in das Staatsgymnasium Chemnitz ein. 1931 schloß er sich dem Sozialistischen, d.h. Kommunistischen, Schülerbund Berlin (SSB) und dem KJVD an. Aufgrund eines Artikels über Lenin, Liebknecht und Luxemburg im »Schulkampf« von Januar 1932 wurde er wegen unerlaubter politischer Betätigung von einem Berliner Gymnasium relegiert und absolvierte von 1933 bis 1935 eine Druckerlehre.

Gleich nach Hitlers Machtantritt im Jahre 1933 wurde eine Auswanderung der drei Kinder von Familie Leder nach Palästina beschlossen. Stephan Hermlin – er legte sich dieses Pseudonym 1931 für die Veröffentlichung seines ersten Gedichts in einer Anthologie zu – mußte als der älteste am längsten warten, nämlich bis Januar 1936, während seine jüngeren Geschwister Alfred und Ruth bereits Anfang 1934 auswandern konnten. Politische Widerstandstätigkeit Hermlins ist für das Jahr 1933 wahrscheinlich, für die Zeit danach vorläufig nicht nachgewiesen. Im Dezember 1935 heiratete Hermlin in Charlottenburg die kaufmännische Angestellte Juliett Brandler. Mit ihr verließ er ca. Januar/Februar 1936 auf legalem Weg Deutschland.

Von Triest aus fuhr er per Schiff nach Jaffa. Bis zu einer schweren Erkrankung im Frühjahr 1937 (postoperative Lugenembolie) arbeitete er bei einem Buchhändler in Tel Aviv. Der arabische Aufstand in Palästina seit April 1936 bereitete ihm großes Mißbehagen an der zionistischen Politik. Als Begründung für seinen Abschied von Palästina im Herbst 1937 nannte er den Wunsch, auf der Seite der internationalen Brigade in Spanien zu kämpfen. Freilich machte er nach seiner Ankunft in Paris im Oktober 1937 sofort den Versuch, nach England einzureisen, wurde jedoch vom Immigration Officer abgewiesen und mußte nach Paris zurückkehren. Dort lebte er bis zum Mai 1940, engagierte sich bei der Freien Deutschen Jugend und schrieb Texte für den spanischen Freiheitssender 29,8 in Barcelona.

Sein Vater David wurde im Zusammenhang mit der Reichspogromnacht (9. November 1938) sechs Wochen lang im KZ Sachsenhausen interniert und konnte Deutschland zusammen mit seiner Frau Lola erst am 15. Juli 1939 verlassen. Die Eltern übersiedelten nach etwa zweimonatiger Wartezeit in Paris im Herbst 1939 nach England. Dort starb David Leder am 1. 3. 1947, seine Frau wurde 1948 englische Staatsbürgerin.

Hermlin wurde Ende Mai 1940 als Prestataire (Hilfssoldat) zur französischen Armee eingezogen und in ein Militärlager nach Albi geschickt. Im Januar 1941 wurde er demobilisiert, seine Kompanie in eine zivile Arbeitskompanie umgewandelt. Er wurde in der Land- und Forstwirtschaft, bei Bauern in der Gegend von Albi eingesetzt. Seine Frau, die ihm gefolgt war, starb am 29. 9. 1941 in Albi an den Folgen einer Abtreibung, nachdem sie von einem Vichy-Beamten zum Verkehr gezwungen worden war. In der Folge arbeitete Hermlin im Auftrag der Arbeitskompanie in Agde, dann im Departement Creuse. Ende August 1942 wurde er für vier Tage im Lager Nexon interniert, einem Auslieferungslager, in dem er nur durch eine Intervention der pädagogischen Sektion des Judenrats der Deportation entging.

Vom Oktober 1942 bis Mitte März 1943 arbeitete er als Gärtner in einem jüdischen Kinderheim auf Schloß Montintin bei Mont-Chervix, wohin Ernst Papanek die »Kinder von Montmorency« überführt hatte. Als Hermlin Mitte März 1943 den Befehl bekam, wegen seines abgelaufenen Vertrages zu seiner Arbeitskompanie zurückzukehren, witterte er eine Falle, da die Rückberufung oft als Vorwand diente, um die Betroffenen an die Deutschen auszuliefern, wenn es sich um Juden handelte. Er versteckte sich ein paar Wochen bei einem Bauern, holte seine Tochter Andrée Therese aus dem Kinderheim Poulouzat (bei Limoges) ab und fuhr mit ihr von Toulouse nach Annemasse. Am 17. 4. 1943 überschritt er, geführt von einem »Passeur«, einem Fluchthelfer, mit einer Gruppe von zwölf Menschen bei Moëllesulaz die Schweizer Grenze in Richtung Genf usw.«

(Irrtum vorbehalten, Korrekturen erwünscht)

Pressestimmen zum Vorabdruck in der ZEIT, 3. Oktober 1996

Hermlins Wahrheit

... Corino hat alle wichtigen Selbstaussagen Hermlins einer dokumentarischen Nachprüfung unterzogen, und sein Ergebnis ist, daß wesentliche Angaben legendär verfälscht oder sogar frei erfunden seien. Corinos Befunde sind offenbar hieb- und stichfest. So hat Hermlin eben kein Abitur abgelegt, er war nicht Spanienkämpfer und auch nicht im Konzentrationslager Sachsenhausen interniert. Auch die großbürgerlichen Lebensumstände seiner Herkunft scheint Hermlin übertrieben zu haben. Über vieles, was Corino jetzt belegen konnte, war seit langem gemunkelt worden. Jetzt weiß man aber, was sachlich stimmt und nicht stimmt.

... Corino freilich konnte Hermlin auch bei falschen Angaben in Formularen und Lebensläufen ertappen. So hat Hermlin jetzt zugegeben, daß er seinen Aufenthalt in Sachsenhausen erfunden hat, um sich 1946 die amerikanischen Besatzungsbehörden geneigt zu machen. Das ist schlimm, auch wenn man in Rechnung stellt, daß Hermlin die Erfahrung der Lager auf französischem Boden gemacht hatte. Mit Recht sagt Corino, man dürfe sich so schwere Leidenserfahrungen nicht anmaßen. Hermlin hat jetzt mit einem Satz zugegeben: »Das war gelogen.« Dieser einfache Satz stellt die Ehre eines Mannes wieder her, der jahrzehntelang einen festen Ort im zerklüfteten Gelände der Epoche suchte und sich am Ende als bürgerlicher Subjektivist erwiesen hat. Nicht das Standbild Hermlin wird bleiben, sondern ein paar Seiten, die die Farben dieses Lebens tragen.

gs.

FAZ, 8. Oktober 1996

Offener Brief an Johano Strasser

... Ich frage mich, ob es Karl Corino nicht bewußt ist, daß er auf den nun über achtzigjährigen, sich nicht gerade bei bester Gesundheit befindenden Mann noch einmal zur Hatz bläst. Und Sie, lieber Johano Strasser, weisen gleich die Richtung, in die die Meute laufen soll.
Eine so schwerwiegende Erwägung, wie der von Ihnen angeratene Amtsverzicht, hätte doch zumindest noch die Kenntnis einer Gegendarstellung vorausgesetzt. Ich sehe nicht nur in Karl Corinos, sondern leider auch in Ihrem Verhalten den unzureichenden Willen, sich mit dem was unsere andere, ostdeutsche Herkunft bedeutet, wirklich zu befassen.
Zum Tag der deutschen Einheit erhält das alles einen besonderen aparten Sinn. Mit Gruß

Ihr Joochen Laabs
Süddeutsche Zeitung, 5./6. Oktober 1996

Old Shatterhand des deutschen Kommunismus?
Spätes »Abendlicht« für die Wunschbiographie Stephan Hermlins

... In einer offenbar mit Akribie und Spürsinn betriebenen Recherche, die eines Undercover Agenten würdig wäre, hat er die Biographie der »grauen Eminenz« der ehemaligen DDR Literatur als ein Geflecht von Wahrheit und Dichtung enthüllt. Von Hermlins Familienverhältnissen bis zu seinen politischen Aktivitäten – kommunistischer Widerstand mit Honecker, KZ-Haft,

Spanienkämpfer und Mitglied des französischen Maquis –: laut Corinos Erkenntnissen sind das alles wunschbiographische Überhöhungen zum Zwecke einer mustergültigen kommunistischen Ästhetik des Widerstands, der jedoch oft banale Beteiligungen, wo nicht sogar eher »in der Etappe« verbrachte Zeiten an den heroischen Kämpfen des Jahrhundert« zugrunde lägen...

Und nun? Ein biographischer Hochstapler? Ein Karl May des deutschen Kommunismus, dem einer auf die erfindungsreichen Schliche gekommen ist? Überführt und vorgeführt?

Kein Monument des Triumphes in diesem bitteren Augenblick der Entmythologisierung einer Biographie. Mit der Formulierung, es sei »das Vorrecht der Dichter, vernunftlos zu träumen«, hat er einmal auf einem DDR-Kulturkongreß »die bürgerliche Literatur« verteidigt. Aus seinem heroischen-biographischen Traum ist Stephan Hermlin nun geweckt worden. Sein Abendlicht bleibt – große Literatur.

WoS
Frankfurter Rundschau, 4. Oktober 1996

Dichterisch sehr frei
Stephan Hermlin soll seine Biographie als KZ-Insasse und Widerstandskämpfer erfunden haben

... Die Gründlichkeit, mit der Corino die Lebensspuren Hermlins verfolgt hat, ist beeindruckend. Gleichzeitig stellt sich an den entsprechenden Stellen die Frage, ob

es legitim ist, ein literarisches Werk wie »Abendlicht« auf biographische Fakten abzuklopfen. Darf man so umstandlos Passagen aus dem Prosaband den Ergebnissen des Archivstudiums gegenüberstellen? Die Sache ist so einfach nicht. Natürlich gibt es einen grundlegenden quellenkritischen Vorbehalt, den man schlicht als »dichterische Freiheit« bezeichnen kann. Hermlin selbst hat jedoch relativ wenig in Interviews oder Essays von sich preisgegeben. So war es mit der Zeit üblich geworden, die wenigen Lebensdaten unkritisch aus seinen autobiographischen Texten herauszuklauben. Das haben Literaturwissenschaftler im Westen (Stephan Wackwitz) ebenso wie im Osten (Gerhard Wolf) getan, und selbst die Biographin Silvia Schlenstedt hat sich bisweilen aus Mangel an anderen Lebenszeugnissen aus den Texten bedient.
Corino muß sich allerdings nicht einmal auf zweifelhaftes Gewohnheitsrecht berufen, wenn er das, was Lettau als »Ästhetik des versteckten Zeigens« rühmt, als den Versuch Hermlins ernst nimmt, falsche biographische Fährten zu legen. Denn der Dichter hat die entsprechende Lesart seiner Biographie nicht nur unwidersprochen hingenommen, sondern ihr durch die eine oder andere »versteckte Mitteilung« in seinen literarischen Texten und in Interviews neuen Stoff gegeben. Corino muß also keine Scheu haben, die Öffentlichkeit mit den Fakten zu konfrontieren, zumal er das Charakterbild Hermlins mit dem Ergebnis seiner Forschungen ergänzt ...
Der Vorwurf wird nicht ausbleiben, wieder einmal habe das westdeutsche Feuilleton eine Identifikationsfigur des Ostens demontiert. Aber die Öffentlichkeit hat ein Recht auf die Fakten, und Corino holt nur nach, was die

Biographen des Dichters vor ihm versäumt haben. Was er präsentiert, ist das Nachspiel einer tragischen Biographie: Denn die eigentliche Lebenslüge von Hermlin ist nicht erst heute, sondern schon 1989 geplatzt.

Peter Walther
die tageszeitung, 4. Oktober 1996

Kritik an Karl Corinos versuchter Hermlin-Demontage in der »Zeit«
»Lügner im Umhang der Wahrheit«

... Es handelt sich da um ein Wissen, das voyeuristischen Literaturliebhabern Gelegenheit für ihre Begierden und germanistischen Oberseminaren Stoff gibt, das verwickelte Verhältnis von Literatur und sogenannter Wirklichkeit wieder einmal zu diskutieren.
Das aber war nicht die Absicht des Privatdetektivs, der mit hohem finanziellen Aufwand, im Auftrag eines Rundfunksenders, in vier Ländern und einer Menge Archive Vergangenheit observierte. Ihn ärgerte, schreibt er, »die Autorität des DDR-Schriftstellers«, und er machte sich nun daran, sie zu erschüttern. Das seiner Destruktionswut Gemäße konnte er in der Biographie Hermlins nicht finden. Und so bemühte er sich, die Authentizität des Intellektuellen auf anderem Wege zu erschüttern. Das Verfahren: Behauptet wird, der Mann habe öffentlich, in ernsten Aussagen gesagt, dies und das zu sein; dies aber lasse sich mit endlich aufgedeckter Faktizität widerlegen: folglich ist er ein Fälscher. Tatsächlich ist Corino der Lügner mit der Raffinesse, im

Umhang der Wahrheit zu sprechen: die angeführten Fakten mögen stimmen; die Behauptung jedoch, Hermlin habe anderes in der vorgegebenen Art gesagt, ist reine Unterstellung …

Dieter Schlenstedt,
Präsident des Deutschen PEN-Zentrums (Ost)

Daß die Kunstfigur Stephan Hermlin nicht identisch ist mit der Person Rudolf Leders, hat jeder einsichtige Leser bemerkt. Wer ein Empfinden für Literatur hat und Textsorten zu unterscheiden vermag, wird das Buch »Abendlicht« nicht mit einem Fragebogen zusammenspannen. Die politische Absicht ist durchsichtig und findet doch den Dummkopf, der die Frage nach der Vizepräsidentschaft des Internationalen PEN stellt. Corinos Spekulation auf die antikommunistischen und antisemitischen Reflexe der Leser aber ist widerlich …

B. K. Tragelehn, Regisseur und Schriftsteller
Beide Stellungnahmen: Neues Deutschland,
5./6. Oktober 1996

Nun also Hermlin
Wie ein Stück Literatur zur »Lebenslüge« umgedeutet wird

… Es ist die Zerstörungswut gegen einen bedeutenden Dichter und vor allem auch gegen den Menschen Hermlin, die entsetzt. Ostdeutsche werden sich zudem besonders betroffen fühlen, weil sie erlebt haben, welche

Bedeutung Hermlin für die Literatur in der DDR hatte und für den Dialog zwischen Ost und West zu Zeiten, als das sehr schwierig war. Welcher unserer großen Dichter wurde in den letzten Jahren nicht mit Dreck beworfen? Hermlin konnte man mit der »Stasiklatsche« nicht treffen, nun wird anderes zusammengekramt.
Stephan Hermlin hat in seinem langen Leben mancherlei Gefahren und Anfeindungen überstanden. Er wird auch jetzt seinen Kopf oben behalten.

Irmtraud Gutschke
Neues Deutschland, 4. Oktober 1996

Verleger: Vorwürfe sind »Schwachsinn«
Meinungen zur »Zeit«-Veröffentlichung über Hermlin

... Hermlin habe nie gesagt, daß er in Spanien, wohin er Hilfsgüter schaffte, mit den Internationalen Brigaden gekämpft habe. Auch von einem Aufenthalt im KZ Sachsenhausen habe sie nie aus seinem Mund gehört, sagte Schlenstedt.Ebensowenig habe er von sich behauptet, Honecker bereits während der Zeit des Nationalsozialismus getroffen zu haben. »Er kannte ihn, ohne ihn zu kennen.« Sein Buch »Abendlicht« habe Hermlin selbst als »fiktives Erinnerungsbuch« bezeichnet. Ein poetisches Werk quasi als biographischen Fragebogen zu benutzen, zeuge nicht von Kunstverstand...

Neues Deutschland, 4. Oktober 1996

Die Moral der Lügen

Auf die schroffen Fragen nach den von Corino aufgedeckten Un- und Halbwahrheiten in Hermlins Biographie wiederholte der sichtlich erregte 81jährige Dichter nicht nur sein Eingeständnis, in bestimmten Lebenssituationen um seiner Existenz willen gelogen zu haben. Er setzte vielmehr zum Gegenangriff auf seinen biographischen Verfolger an: Auch Karl Corino lüge. Jedoch: »Ich habe gelogen aus sehr dringenden Gründen, aber Herr Corino lügt nicht aus denselben Gründen wie ich«. Sein Kritiker lüge, weil seine Recherchen von »tiefer antikommunistischer Überzeugung« geleitet sind.
Damit tut Stephan Hermlin nun das seinige, daß aus der Affäre mehr wird als die sachliche Korrektur eines Lebenslaufs. Der Vorwurf, Corinos Nachforschungen seien interessengelenkt, macht den Fall zu einer ideologischen Kontroverse: die gute, hilfreiche Lüge des Kommunisten gegen die böse, zerstörerische Lüge des Antikommunisten. Hermlin rettet sich in einen politischen Lügenbegriff, hinter dem die Frage nach der Faktenwahrheit verschwindet. Diese Haltung erklärt sich aus den politischen Erfahrungen seines Lebens. Sie dient aber der Aufklärung seiner Leser nicht, die er in seinem Werk so schön und ernst, auch aufstörend betreibt.

Volker Müller
Berliner Zeitung, 12. Oktober 1996

Hermlin im Streit
Schuß
Hermlin hat zu DDR-Zeiten so manches Mal versucht, bei Konflikten zu vermitteln; ein unangreifbarer Heiliger wird er dadurch noch nicht. Umgekehrt erwartet niemand, daß er den Gegner Corino umarmt. Sein Schuß auf ihn aber geht nach hinten los.

Rainer Hartmann
Kölner Stadtanzeiger, 12./13. Oktober 1996, S. 37

»Ich hatte bis 1943 genug durchgemacht«
Stephan Hermlin äußert sich zu Vorwürfen gegen ihn

In dem Interview werden einzelne Widersprüche konkret angesprochen, darunter auch die Frage, ob Hermlin im Spanischen Bürgerkrieg aktiv war oder nicht, wie Karl Corino behauptet. Hermlin sagt dazu: «Ich wollte zu den Brigaden, wurde in Paris gemustert und wegen meines schlechten Gesundheitszustandes für untauglich befunden. Als Ambulanzfahrer war ich dann aber doch an der Front, auch unter Beschuß – mehrere Monate.« Corino stützt sich in seinem Beitrag auf eine Aussage des Schriftstellers Alfred Kantorowicz, der als Mitglied der Internationalen Brigaden in die Kämpfe involviert war und von Hermlins Aufenthalt in Spanien zur gleichen Zeit nichts bemerkt hat. Diesem Widerspruch war im übrigen der Journalist und Schriftsteller Fritz J. Raddatz bereits auf der Spur, als er im Dezember 1987 ein Hermlin-Porträt in der »Zeit« veröffentlichte. Er bemerkte damals, daß die DDR-Biographin Herm-

lins, Silvia Schlenstedt, seine Teilnahme im Spanien-Krieg im unklaren lasse: »Nur einer kann wissen, was stimmt. Und der schweigt.«
Da fragt man sich, warum Hermlin nicht schon eher auf diesen Widerspruch eingegangen ist, und stößt so auf das Hauptproblem der Debatte um die Recherchen Corinos. Der mythische Glanz, in dem das Leben dieses »spätbürgerlichen Schriftstellers in der DDR« immer erschienen ist, wurde weniger von Hermlin selbst verbreitet als von seinen Interpretatoren. Er aber protestierte nicht öffentlich dagegen, daß seine literarischen Werke wie »Abendlicht« oder die Erzählung »Zeit der Gemeinsamkeit« autobiographisch gelesen worden sind – sondern nur, wenn er direkt gefragt wurde.

Cornelia Geißler
Berliner Zeitung No. 234, 7. Oktober 1996

Zeichen einer Paranoia, deren Ausgeburt Verrat war

Bei den Lebenslauf-Korrekturen im Fall des DDR-Poeten Stephan Hermlin, die seit voriger Woche in der Welt der Literaten Wogen schlagen, zeichnet sich das bekannte Muster deutlich ab: Wer seinen ehrlichen, aber zu bösartigen Kalauern reizenden Geburtsnamen Rudolf Leder zum Stephan mit ph und zu Hermlin – also zur Bezeichnung des Pelzwerks der Könige – veredelt, gibt deutlich bekannt, daß er zu den besseren Leuten gehören will. Daß er lieber von seinem in die gute Gesellschaft aufgerückten Vater als von seinem tüchtigeren, aber in niederen Geschäften tätigen Großvater

erzählt, ist ebenso seine Sache wie die Stilisierung der aus Galizien stammenden und erst auf der Flucht vor den Nazis nach London gelangten Mutter zur schönen Engländerin, die mit rotblondem Haar und durchsichtiger Haut ihrer angeblichen Heimat Ehre machen sollte. Heikler wird es, wenn es den Schriftsteller Hermlin dann auch noch nach politischen Ruhmesblättern verlangt, wenn er in Hitlers Tagen nicht einfach Jude und Jungkommunist und Emigrant gewesen sein will, sondern über die Tatsachen hinaus Mitglied des Arbeiter-Widerstandes, KZ-Häftling , Spanienkämpfer und Kombattant der französischen Résistance. Hatte der Mann die Angeberei wirklich nötig? Reicht nicht die wirkliche Biographie eines Verfolgten völlig aus?
Wie üblich widersprach Hermlin nicht, als der Interviewer Günter Gaus noch 1983 in seiner Fernseh-Sendung die Teilnahme des Poeten am Spanischen Bürgerkrieg und an der Résistance in Frankreich andeutete ...
Leute wie Hermlins Verleger Klaus Wagenbach zürnen. Sie nennen es unanständig, seinen 81 jährigen Dichter zur Rechenschaft einzuladen. Leute wie Wagenbach irren. Es handelt sich um die späte Chance, das Dichterleben in Ehrlichkeit zu überführen.

Jost Nolte
Die Welt, 12. Oktober 1996

Das wahre Lügen des Stephan Hermlin

Wer die konsequente Haltung bewundert, wer erstaunt registriert, wie Hermlin sich im Alter zur Reverenz

gegenüber Ernst Jünger herbeiließ – der muß um so befremdeter auf Hermlins KZ-Legende reagieren. Der Mann hat sich mit der Behauptung , selbst Opfer gewesen zu sein, nach dem Krieg bei den Amerikanern angebiedert, die ihm dafür eine Stelle als Rundfunkredakteur in Frankfurt besorgten.
Andere aus dem Exil Heimgekehrte wie Hans Mayer oder Golo Mann hatten dies offenbar nicht nötig. Diejenigen, die nun tatsächlich in den KZ der Nazis eingesperrt waren und mit schwersten Schäden diese Zeit überstanden haben, müssen das Eingeständnis der Fälschung als nachträgliche Verhöhnung empfinden.

Wolf Scheller
Rheinischer Merkur, 11. Oktober 1996

Süßes Leben

Was ist passiert? Ein Dichter hat sich in Dunst gehüllt. Er hatte, das war in der letzten ZEIT zu lesen, ein paar Kindermädchen, ein paar Reitpferdchen weniger als bisher vermutet. Auch stammt die Mutter nicht aus England, wie der »Munzinger« behauptet, und ist der Vater nicht im KZ, wie der Sohn beispielsweise der Jungen Welt anvertraute, sondern in London und an Leberkrebs gestorben. Ob des Dichters legendäre Mitwirkung im Spanischen Bürgerkrieg lediglich vom Offizier in den Internationalen Brigaden bis zum Ambulanzfahrer herunterdividiert oder doch ganz aus der Vita gestrichen werden muß, steht noch dahin. Der KZ-Aufenthalt hingegen, den Stephan Hermlin sich im amerikanischen

Fragebogen 1946 selbst bescheinigt hat, war eine Lüge. Das sind die nackten Fakten. Nun beginnt der Streit ... Und der Dichter? Ein Kleines wäre es gewesen, die englische Mutter, den im KZ umgekommenen Vater aus der »Munzinger«-Biographie zu entfernen; ein Leichtes, den sagenumwobenen Spanienkämpfer beizeiten mit Rang, Ort und Datum auszustatten; ein Nichts, die »schwersten Stunden in einem französischen Internierungslager« mit dem Stalin-Bild unterm Kopfkissen, rechtzeitig zu schwersten Stunden in einem französischen Internierungslager werden zu lassen. Stephan Hermlin hat es nicht getan. Er hat sein Leben, nicht nur unter dem Vorbehalt des Fiktiven, nicht nur in seinem Bericht »Abendlicht«, schöngeschrieben und vor allem: unwidersprochen schönschreiben lassen. Die nüchterne Sprache der Fakten paßte nicht zu den süßen Geigenklängen des Kommenden. Es gibt keine Menschenpflicht zur Wahrheit. Aber es gibt ein Menschenrecht, den Süßholzrasplern zu mißtrauen.

Iris Radisch
DIE ZEIT, 11. Oktober 1996

Enthüllung, wie vorgeplant

Es sollte eine Bombe sein und es war eine Bombe. Gut geplant. Karl Corino, Redakteur des Hessischen Rundfunks, veröffentlichte in der ZEIT des 4. Oktober offensichtlich als Beitrag zum Tag der Deutschen Einheit eine knallige Enthüllungsstory. Stephan Hermlin, der Grand Old Man der DDR-Literatur ist ein Schwindler.

Pech für seine Ankläger, daß er kein IM war. Glück für sie, daß Corino, einer von ihnen, recherchierte. Hermlin habe sich eine Autobiographie zusammenphantasiert. Nichts, was der Dichter in dem Buch »Abendlicht«, das 1979 erschien und damals in der ZEIT enthusiastisch gelobt wurde, stimme. Die ganze jüdisch-großbürgerliche Abstammung sei ein Produkt der Imagination. Ebenso seine kommunistischen Heldentaten. Er habe nie richtig im Widerstand, geschweige denn in der französischen Résistance, gearbeitet. Corino hat Fragebögen der Nachkriegszeit, ebenso wie alte Adressenverzeichnisse durchforstet und befindet sich damit im Vorteil. Bis irgendein Freund des einundachtzigjährigen kranken Stephan Hermlin, etwa sein Verleger Klaus Wagenbach, Nachforschungen anstellen kann, ist der Fall schon halb vergessen. Im Hirn der Leser bleibt wie immer etwas hängen. So war die DDR! Selbst ein Mann, der angeblich für Humanität kämpfte, sich für Kunze einsetzte und den Protest gegen die Biermann Ausbürgerung initiierte, war im Grunde ein Lügner, ein Scharlatan. Was man beweisen mußte: Nun mag ja wahr sein, daß Stephan Hermlin sich manchmal in seinen Memoiren täuschte. Die moderne Psychologie kennt dies Phänomen. Es gibt freilich einen Unterschied. Die falschen Erinnerungen des Durchschnittmenschen werden von seiner Familie spöttisch kommentiert. Wenn berühmte Männer (und Frauen) sich irren, freut sich jenes Publikum, das die Schlüsselloch-Perspektive liebt ...

end
Süddeutsche Zeitung, 4. Oktober 1996

Der Glanz ist weg, das Elend endgültig? Zum Stephan-Hermlin-Dossier von Karl Corino

Eine Ausblendung gelebter Geschichte

... Manch einer meint auch, solche Dinge solle man nicht ernst nehmen. Versuche zur Demontage hätte es in den letzten Jahren immer wieder gegeben. »Der Hetze gegen die bekannten Autoren der DDR – so sage, 1992 Hermlin – liegt der Wunsch zugrunde, diesen vergangenen Staat insgesamt als ein Nichts im Abgrund der Zeit verschwinden zu lassen.« (Zur Lage). Und doch: In einem gesellschaftlichen Klima, das periodisch angeheizt wird von Enthüllungen aus unbekannten Papieren und Akten, das bestimmt wird von Eklat-Berichten zur Person, besonders, wenn es um die vergangene DDR geht, einem Klima, in dem Kunst vorzüglich ihrem Markt- und ihrem Sensationswert gemäß zur Sprache gebracht wird, kann man die Skandalisierung eines Dichters wie Stephan Hermlin nicht einfach gelassen einordnen oder degoutiert abtun ...

In Corinos Vorgehen wirkt zum einen ein (gewolltes?) Mißverstehen von Kunst, von literarischen Texten, die auf schon peinliche Weise mit biographischen Selbstzeugnissen verwechselt werden. Da wird *Abendlicht* durchweg als Autobiographie hergenommen und in rügendem Ton festgehalten, was an Lebenstatsachen des Verfassers nicht oder davon abweichend dargestellt wird - ohne Rücksicht auf die Struktur dieser poetischen Prosa, die aus unterschiedlichen Stücken komponiert ist, Träumen und kargem Bericht, musikalischer Paraphrase und Szenen, die das Ich der Erzählung durch

Gemälde-Landschaften gehen lassen. Vor allem aber: Es muß so nicht gefragt werden nach der Substanz des Zeitbildes, das das Buch gibt, den reflektierten Erfahrungen mit Menschen, ihrem Verhalten in der Geschichte ...
In Wahrheit über eine Gestalt wie Stephan Hermlin zu schreiben, ohne die Geschichte ernst zu nehmen, die ihn prägte und die er zu bestehen hatte, widerständig, unangepaßt, entschlossen? Corino will aber von der Geschichte nichts wissen, und das zeigt sich auch, wenn er Widersprüche konstruiert zwischen illegaler Widerstandsarbeit in Deutschland nach 1933 und legaler beruflicher Tätigkeit und standesamtlicher Eheschließung. Solche Schlüsse bezeugen auch, wie wenig der Verfasser des Dossiers geschichtlich unterrichtet ist. Oder ist es etwa so, daß er, beflissen auf der Suche nach Belegen für die Fragwürdigkeit des Schriftstellers, auf die gelebte Wirklichkeit nicht recht schauen kann und will?

Silvia Schlenstedt
Neues Deutschland, 8. Oktober 1996

Hermlin verteidigt sich: Corino lügt aus Überzeugung

Der Schriftsteller Stephan Hermlin hat seinem Kritiker Karl Corino vorgeworfen, aus »tiefer antikommunistischer Überzeugung« zu lügen. Bei einer öffentlichen Lesung nahm Hermlin am Donnerstag abend in der Berliner Galerie »Zunge« zu den gegen ihn erhobenen und teilweise eingestandenen Vorwürfen wie Stellung. Corino sei »seit Jahrzehnten einer der konsequentesten Verfolger von DDR-Schriftstellern«, sagte der Autor, ohne den Vorwurf der Lüge näher zu begründen.

Hermlin sagte, er könne in seiner Biographie »alle möglichen Punkte finden, in denen ich mit mir nicht zufrieden sein kann«. Zu der 1946 in einem Fragebogen der amerikanischen Alliierten fälschlich angegebenen Inhaftierung im KZ Sachsenhausen sagte Hermlin: »Das gefällt mir heute auch nicht mehr«. Zu berücksichtigen sei dabei jedoch, daß er illegal in ein unbekanntes Land voller Nazis kam »und dazu mit einer Besatzungsmacht, die mir bedenklich zu sein schien«. Besagter Fragebogen sei im übrigen damals von Tausenden von Leuten gefälscht worden.

»Ich habe gelogen aus sehr dringenden Gründen, aber Herr Corino lügt nicht aus denselben Gründen wie ich«, sagte der 81 jährige. Während seiner illegalen Arbeit Mitte der 30er Jahre in Berlin sei er mehrere Male in äußerst unangenehme Situationen geraten, aus denen er sich nur durch grobes Lügen habe retten können.

Nach Angaben des Literaturwissenschaftlers Corino war Hermlin weder im KZ Sachsenhausen, noch habe er im Spanischen Bürgerkrieg oder im französischen Widerstand gegen den Faschismus gekämpft.

dpa Berlin, 10. Oktober 1996

Im Streit um Stephan Hermlins Leben geht es ums Ganze
Wahrheiten und Dichtungen

... Was jeweils für sich richtig zu sein scheint, wird insgesamt den Menschen und Situationen kaum gerecht. Wer dürfte es einem jungen Juden in den dreißiger Jahren verargen, wenn er auf die Kommunisten setzt und ihnen ein Leben lang vergilt, was er von einzelnen unter ihnen an Solidarität erfahren hat? Etwas weniger auftrumpfende Rechthaberei und Gehässigkeit, Herr Corino, und etwas mehr Menschenfreundlichkeit, und die Aufklärung wäre sinnvoller. Und auf der anderen Seite, verehrter Herr Hermlin: Wer war denn mit sich selbst je identisch und in den Visionen von sich selbst nicht immer am liebsten ein anderer und besserer? Ihre Leser werden Sie kaum weniger schätzen, wenn sich herausstellt, daß die Bilder, die Sie von sich haben, schöner sind, als das Leben sie wahrhaben wollte und will. Umso trauriger für das Leben. Ob Ihre Träume zu guter Letzt nicht doch wahrer sind als ihre Entzauberungen - wer weiß? Über Wahrheit und Lüge von Dichtern sollte man jedenfalls lieber im außermoralischen Sinne reden.

Gert Mattenklott
die Tageszeitung, 7. Oktober 1996

Dichtung, Lügen und Geheimnisse

Nüchterne Bilanz eines Falles: Hermlins Biographie muß neu geschrieben werden

... Karl Corino hat seine journalistische Arbeit gut gemacht, zumal: Wer weiß, ob jemals einer sie gemacht hätte? Und Stephan Hermlin hat im aktuellen »Spiegel« mit geradezu aristokratischer Noblesse die Irrtümer seiner Biographen und Klappentexter eingeräumt; im berühmten Fragebogen der Alliierten habe er 1946 eine »wahre Lüge« gebraucht und behauptet, er sei im KZ Sachsenhausen gewesen, an anderer Stelle sich schlicht in der Jahreszahl geirrt.

Mit diesen Erkenntnissen ist für die Literaturwissenschaft einiges gewonnen, insoweit sie es für sinnvoll hält, das Biographische miteinzubeziehen (Und sei es nur um zu zeigen, zu welchen Listen und Tücken raffinierte Ich-Literatur fähig ist.)...

Statt daß sich anhand des neuen Falles eine Diskussion über den Zusammenhang von Literatur und Biographie entsponnen hätte, werden nun (von den Hermlin-Freunden) die Biermann-Petition und (von den Gegnern) die Stalin-Gedichte gegeneinander aufgerechnet. Das Deuteln, das Motive-Kramen, das schnelle In-Schutz-Nehmen und das pampige Verdammen, das Corinos Text ausgelöst hat, wird schnell vergessen sein. Zu welch großen Worten haben sich manche hinreißen lassen: »Schwachsinn!« sagte Hermlins Verleger Klaus Wagenbach über Corinos Entdeckungen. Der Präsident des deutschen PEN-Zentrums (Ost), Dieter Schlenstedt, sprach von »Verleumdungen«. Hermlin-Biographin Sil-

via Schlenstedt schließlich erkannte in Corinos Aufsatz lediglich den »Versuch, einen Mann mit großem Ansehen ... zu demolieren.« Jetzt, wo Hermlin die Recherche Corinos bestätigt, hört sich das reichlich unangemessen an.
Stephan Hermlins Biographie muß neu geschrieben werden. Das ist, nüchtern gesehen, das Ergebnis der Debatte. Aber Nüchternheit ist nicht das, was dem Publikum dieses Schaukampfes Spaß macht. Der Kabarett-Autor Peter Ensikat schreibt im »Tagesspiegel«: »Der Skandal in diesem Fall heißt Corino.« Und wir brauchen in derselben Zeitung nur ein paar Seiten nach hinten zu blättern, da lesen wir das Wort schon wieder, freilich unter gegensätzlichen Vorzeichen: Diesmal ist der »Skandal«, daß Hermlin bis heute »ein zutiefst totalitärer Geist« geblieben sei.
Die Affaire zeigt, zu welcher Hysterie die Beteiligten fähig sind, wenn – gerade im zeitlichen Umfeld des Walther-Buchs – Lügen und Geheimnisse der letzten verbliebenen »Identifikationsfiguren« offenbar werden. Denn so wenig Hermlins Verteidiger von der Richtigkeit der Nachprüfungen Corinos überzeugt sein wollten, so sehr fühlen sich seine Gegner nun bemüßigt, alles in den Hermlin-Topf zu werfen, was nur irgendwie mit Ost und West zu tun hat ...

Das ist die Hysterie, die auf dem Schrecken beruht, daß am Ende die Wahrheit doch immer ans Licht kommt.

C. Geißler und R. Koberg
Berliner Zeitung, 8. Oktober 1996

Biographische Angaben aus den Lexika und Literaturgeschichten

HERMLIN, STEPHAN
Geboren am 13.4. 1915 in Chemnitz; begann Lehre als Drucker; 1931 Mitglied des Kommunistischen Jugendverbandes; 1933 bis 1936 illegale Widerstandsarbeit; 1936 Emigration; Teilnahme am Spanischen Bürgerkrieg, dann Arbeit in der französischen Widerstandsbewegung; 1945 Rückkehr nach Deutschland; Arbeit bei Radio Frankfurt; 1947 Übersiedlung in die SBZ; freier Schriftsteller in Berlin (Ost) ...

Aus: Erzähler aus der DDR, Thilo Koch, Horst Erdmann Verlag, Tübingen und Basel

HERMLIN, STEPHAN
Geb. 13. 4. 1915 in Chemnitz; begann Lehre als Drukker; 1931 Mitglied des Kommunistischen Jugendverbandes; 1933 bis 1936 illegale antifaschistische Tätigkeit in Berlin; 1936 Emigration; Teilnahme am Spanischen Bürgerkrieg, dann in der französischen Résistance; 1945 Rückkehr nach Deutschland; Arbeit am Rundfunk in Frankfurt/M.; 1947 Übersiedlung in die SBZ; seit 1947 freier Schriftsteller in Berlin; Mitglied verschiedener kultureller Institutionen der DDR; eigentlich: Rudolf Leder.

Aus: Kindlers Literaturgeschichte der Gegenwart. Die Literatur der Deutschen Demokratischen Republik, Konrad Franke, Kindler Verlag, Zürich u. München

Stephan HERMLIN
deutscher Schriftsteller; PDS

Stephan Hermlin (eigentl. Rudolf Leder) wurde am 13. 4. 1915 in Chemnitz geboren. Er ist Sohn einer Engländerin und eines jüdischen großbürgerlichen Unternehmers. Sein Vater, der in einem KZ umkam, war leidenschaftlicher Kunstliebhaber. Hs. Bruder fiel als britischer Jagdflieger im Zweiten Weltkrieg.

H. wurde von Hauslehrern erzogen und besuchte das Gymnasium in Berlin. 1931 trat er in den Kommunistischen Jugendbund ein. 1933–1936 arbeitete er illegal für die KPD in Berlin. Im Jan. 1936 emigrierte er über Ägypten, Palästina, England und Spanien nach Frankreich. Dort schloß er sich der Résistance an. Während des Zweiten Weltkrieges hielt sich H. in der Schweiz auf und gab hier mit Hans Mayer und Michael Tschesno die Zeitschrift und Schriftenreihe »Über die Grenzen« heraus.

Ein Schweizer Verlag veröffentlichte 1945 den ersten Gedichtband (»Zwölf Balladen von den großen Städten«) des Emigranten H., der 1945 nach Deutschland zurückkehrte und 1946 als literarischer Redakteur bei Radio Frankfurt Arbeit fand. Sein Platz aber konnte nach den vorausliegenden Erfahrungen und Entscheidungen das sog. »Adenauer-Deutschland« nicht werden. So ging H. 1947 nach Ostberlin, schloß sich der SED an, wurde Redaktionsbeirat der Monatszeitschrift »Aufbau« und arbeitete beim »Ulenspiegel« mit ...

Aus: Munzinger-Archiv/Internat. Biograph. Archiv 30/95

HERMLIN, STEPHAN
Deutschland
(IP) – Geb. am 13.4. 1915 als Rudolf Leder in Chemnitz als Sohn einer Engländerin und eines jüdischen großbürgerlichen Unternehmers. Sein Vater, der in einem KZ umkam, war leidenschaftlicher Kunstliebhaber. Wurde von Hauslehrern erzogen und besuchte das Gymnasium in Berlin. Trat 1931 in den kommunistischen Jugendbund ein. Arbeitet 1933–36 illegal für die KPF in Berlin. Emigrierte im Januar 1936 über Ägypten, Palästina, England und Spanien nach Frankreich. Schloß sich dort der Résistance an. Hielt sich während des zweiten Weltkrieges in der Schweiz auf ...

Aus: INTERPRESS Internationaler biographischer Pressedienst, Nr. 29/5. April 1995.
Der Schriftsteller Stephan Hermlin

HERMLIN, STEPHAN
1915 in Chemnitz geboren, dort und in Berlin aufgewachsen. 1931 Beitritt zum Kommunistischen Jugendverband. 1933- 36 Druckereiarbeiter; illegaler Widerstand. 1936 Emigration: Ägypten, Palästina, England, Spanien und ab 1937 Frankreich. 1944 Flucht in die Schweiz, zeitweise interniert. 1945 Rückkehr nach Deutschland ...

Aus: BERLIN- ein Ort zum Schreiben, Aufbau-Verlag

STEPHAN HERMLIN
wurde am 13. 4. 1915 in Chemnitz (jetzt Karl-Marx-Stadt) geboren, verlebte dort und in Berlin Kindheit und Jugend, trat 1931 als Gymnasiast dem Kommunistischen Jugendverband Deutschlands bei. 1933-1936 in einer Berliner Druckerei beschäftigt, illegale Arbeit gegen den Faschismus. 1936 Emigration, die ihn durch verschiedene Länder führte: Österreich, Italien, Ägypten, Palästina, England, Frankreich und die Schweiz; Teilnahme am Spanischen Bürgerkrieg auf republikanischer Seite. 1945 Rückkehr nach Deutschland, Mitarbeit am literarischen Programm von Radio Frankfurt/M. Lebt seit 1947 wieder in Berlin als freischaffender Schriftsteller.

Aus: Literatur der DDR, In Einzeldarstellungen, Hans Jürgen Geerdts, Alfred Kröner Verlag, Stuttgart

HERMLIN, STEPHAN
(eigentl. Rudolf Leder) 13. 4. 1915
Schriftsteller
Geb. in Chemnitz; Vater Unternehmer; Gymnasium in der Schweiz; 1931 KJVD, erste Gedichtveröff.; 1933-36 als Drucker in Berlin tätig, antifaschist. Arbeit; 1936 Emigration, Aufenthalte in Ägypten, Palästina, England, Frankreich; Teilnahme am Span. Bürgerkrieg, 1939 in Frankreich interniert; 1944 Flucht in die Schweiz, Internierung ...

Aus: Wer war wer – DDR, Ein biographisches Lexikon, Berlin, 1992

HERMLIN, Stephan. 13. 4. 1915 Chemnitz (Karl-Marx-Stadt); Lyriker, Nachdichter, Erzähler, Funkautor und Essayist. H. schloß sich mit 16 Jahren dem KJV an: in dieser Zeit erste Gedichtveröffentlichungen; 1933/36 in Berlin illegaler Kampf gegen den Faschismus. 1936 Emigration (Ägypten, Palästina, England, Spanien, Frankreich); 1937 Teilnahme am Freiheitskampf des span. Volkes; 1939 in der Hilfstruppe der frz. Armee, nach der Besetzung Frankreichs in verschiedenen Lagern, mit Hilfe des Marquis Flucht in die Schweiz, dort interniert; Mitarbeit in der Bewegung »Freies Deutschland«; 1945 Rückkehr nach Deutschland ...

Aus: Günter Albrecht, Kurt Böttcher, Herbert Greiner-Mai, Paul Günter Krohn, Schriftsteller der DDR, VEB Bibliographisches Institut, Leipzig 1974

Stephan Hermlin,
geboren am 13.4.1915 in Chemnitz, aus großbürgerlicher jüdischer Familie, aufgewachsen in Berlin. 1931 als Gymnasiast Eintritt in den Kommunistischen Jugendverband Deutschlands. 1933–1936 Beschäftigung in einer Berliner Druckerei und illegale politische Arbeit. 1936 Emigration, die ihn über Ägypten, Palästina und England nach Frankreich führte. Beteiligung am Spanischen Bürgerkrieg, 1940 Angehöriger der französischen Armee. 1944 bis 1945 in Schweizer Internierungslagern. 1945 Rückkehr nach Deutschland ...

»Dieses Buch (»Abendlicht«) ist mehr als eine rückblickende Lebensbeschreibung, es ist ein Gedicht in

Prosa, in dem die Ursprünge und Kämpfe, die Hoffnungen und Niederlagen eines Einzelnen und mit ihm die seiner Familie und seiner Partei, seiner Zeitgenossen und seiner Epoche verzeichnet sind ...«

Auch hier wieder Lebensläufe, faschistische und antifaschistische, solche von Helden und Feiglingen, von Mördern und Opfern. Durch ihre Verbindung mit dem Leben des Autors gewinnen sie jedoch eine neue Beglaubigung, werden ›ergreifend durch Authentizität‹ ...

Die Achtung vor der Person des Einzelnen zeigt sich vor allem in den liebevollen Porträts des feinsinnigen, Kunst sammelnden Vaters, der im Konzentrationslager umkommt, und des Bruders, der als Flieger in der Royal Air Force kämpft und fällt.

In diese private Geschichte finden sich eingeschlossene Reflexionen über die Niederlage der Arbeiterklasse, den beginnenden Stalinismus und über ›die lange Blutspur der Dichtung seit den Tagen des Chiü Yüan und des Ovid über jene des André Chénier und Hölderlins und durch die kahle Landschaft von Harrar bis in unsere Tage (...); sie lief durch Exil, Haft und Tod‹.

Genau in der Mitte dieses freiesten und dennoch genau komponierten Werkes steht ein Selbstporträt, zusammengesetzt aus lauter bedeutenden Augenblicken, ...«

Bernd Witte, Kritisches Lexikon der Gegenwartsliteratur, hrsg. von Heinz Ludwig Arnold, edition text + Kritik

Inhalt